结尾与开始

百年江南·范小青中短篇小说集

范小青 著

四川文艺出版社

图书在版编目（CIP）数据

结尾与开始 / 范小青著. —成都：四川文艺出版社，2020.1
（百年江南·范小青中短篇小说集）
ISBN 978-7-5411-5526-0

Ⅰ.①结… Ⅱ.①范… Ⅲ.①中篇小说—小说集—中国—当代②短篇小说—小说集—中国—当代 Ⅳ.①I247.7

中国版本图书馆CIP数据核字（2019）第214832号

BAINIANJIANGNAN FANXIAOQINGZHONGDUANPIANXIAOSHUOJI
百年江南·范小青中短篇小说集

JIEWEI YU KAISHI
结尾与开始
范小青 著

出 品 人	张庆宁
策划统筹	崔付建　陈　武
责任编辑	徐　欢　宋　玥
特约编辑	罗路晗
责任校对	汪　平
封面设计	叶　茂
出版发行	四川文艺出版社（成都市槐树街2号）
网　　址	www.scwys.com
电　　话	028-86259285（发行部）　028-86259303（编辑部）
传　　真	028-86259306
邮购地址	成都市槐树街2号四川文艺出版社邮购部　610031
印　　刷	山东泰安新华印务有限责任公司
成品尺寸	149mm×215mm　　开　本　16开
印　　张	20　　　　　　　　字　数　223千
版　　次	2020年1月第一版　印　次　2020年1月第一次印刷
书　　号	ISBN 978-7-5411-5526-0
定　　价	38.00元

版权所有·侵权必究。如有质量问题，请与出版社联系更换。028-86259301

目　录

歧　义 …………………………… 001
木樨园 …………………………… 043
结尾与开始 ……………………… 084
苍茫秋色 ………………………… 141
独自去乡下 ……………………… 193
平凡的爱情 ……………………… 234
菜花黄时 ………………………… 279

歧 义

一

现在的文化单位三钱没个两钱,日子总是紧巴巴,事情却是少做不得。其实那些事情便不做也罢,反正是软杠子,不做什么事情,一年混混也过去了。若你做事情便会越做越多,政府拨的款,三下两下就没了,得自己创,这就难,难也得做。就是这样,改作家协会的事情也得做,别人都改了,就你不改,对不起上面也对不起下面。核算会议经费时吓一跳,再打报告,批是要批一点的,但不会全给,另外的得自己谋去。都这行情,无非是讨点儿赞助什么的,有脸没脸也就这样了。说到底,文人就是穷,但是穷人也要过日子,富人有富人的活法,穷人有穷人的活法,也挺滋润。这么三拼两凑文协改作协的会倒也开起来了，从此以后，文协会员便成作协会员，听起来响亮多了。其实文人也不在乎这个，什么响亮不响亮，文人心想，那是空。

改作家协会的大会，因为经费问题，只开半天，不备饭。每人一件纪念品，是一只书写台灯，适合文人用，二十块钱。也好，大家看着互相笑笑，文人碰到一起是很能说的，但是他们不便对台灯发表什么。会议议程很简单，大会报告再大会发言，再选举，最后有短短的时间分组讨论，都是惯例。分组的时候起了点小小的波澜。游一掌站于会场中间四顾，道："我是流浪汉。"便有小任几个人跟着他道，我们也是流浪汉。游一掌说得并不错。小说、散文、诗歌、散文诗、报告文学、杂文、儿童文学，他们都有固定的一圈，唯游一掌几个人没有归宿。大家笑道，游一掌，到我们组来吧。游一掌只是笑，也不作声，小任、小唐几个道，做什么要到你们组。后来大会结束，大家回家，一人提一只台灯，灯不算大，包装盒挺大，倒也显得有些壮观，会也算是比较圆满。

游一掌出门时和小任几个一道走，开自行车锁的时候，小任道："游一掌，你出来做吧。"

游一掌侧脸看着小任，又看别几个，他们都笑，游一掌问道："做什么？"

小任朝他挤眼，道："我们也搞个什么会。"

游一掌再看另几个人都点头，便笑道："叫作什么会呢？"

大家齐齐地说，叫方言文学学会。

游一掌道："原来你们都已经想妥，抬我来做傀儡呀。"

小任几个便大笑，笑过一阵，小任道："其实，你自己也想过了是不是？"

游一掌道："那是，英雄所见略同。"看到文联主席和新当选的作协主席一起出来，游一掌几个便慢慢地蹭上前。

小任说："这便是爷爷和爸。"

两位主席道，什么爷爷和爸。

游一掌笑，说："我们商量成立学会的事情。我们若成立学会，你们便是我们的爷爷和爸。"

作协主席道："什么爷，养不起儿孙的爷能称爷呀，给钱才是爷，拨款才是爷，政府才是爷。"

文联主席亦笑，道："我们鼓励大家开展各种活动，不过，钱是没有，做爷做孙子也就这样了。"

小任道："行啊，给一台造血机器我们就能活。"

作协主席看小任、游一掌说得认真，知道他们不开玩笑，便也认真道："真的成立学会？"把几个一一看过来，问，"你们几个，什么学会？"

小任道，方言文学学会，两位主席互相看一眼，不作声。

小任追道："怎么，不说话？没有态度？"

作协主席犹豫道："现在的方言，红是两头，南下广东，北上东北和北京，我们夹中间，奶奶不疼姥姥不爱，谁稀罕。"

文联主席不说话，看着他们。

游一掌道："奶奶不疼我们自己疼，姥姥不爱我们自己爱便是。"

小任几个道，正是这话。

作协主席向文联主席道："就这，文人的酸劲，自我感觉。"

文联主席仍是笑。

小任道:"本来,文人便是茅坑里的砖,又硬又臭,偏还要逆风臭十里。"

大家一起笑了一回。

作协主席道:"行啊,你们有兴趣便是好事。"

说着看文联主席,文联主席想了一想,道:"你们搞方言什么,我提一个人给你们,刘老,可以请刘老出来。"

游一掌点过头,文联主席和作协主席便走开去,游一掌向小任道:"爸和爷爷都许了,我们怎么,另找个时间商量?"

小任看看另几个人,道:"别另找时间了,就现在,我们找地方撮一顿。边吃边说说,怎么样?"

大家说好。

游一掌笑道:"谁请?"

小任道:"谁做会长谁请。"

游一掌道:"想得美。"

小任道:"看起来游一掌已经自认会长了。"

游一掌道:"那是,难道你行吗?"

小任道:"我不行。只是这饭怎么办?"

游一掌道:"劈硬柴。"

小唐道:"AA制。"

游一掌道:"那是洋称呼。"

一群人便向饭店走去,不敢进上档次的,只拣个中不溜秋的进去,也没人过来招呼,便自己坐了。回头看柜台小姐低垂着头,似未见他们进来,小任便喊"小姐",柜台小姐抬了一下眼皮,复又垂下,道:"点菜到柜台来。"游一掌看大家,问:"点什么?"

小任道:"你做主便是。"

游一掌道:"我点菜是可以,但是说好劈硬柴,不许赖。"

小任几个笑,道:"谁赖啦。"

游一掌便过去点菜,不敢拣好的,只管看着菜价拣便宜的来几个,问饮料,游一掌道,酒,便回过来坐下,告诉大家,只有酒。小唐站起来道:"我不喝酒,我自己去要饮料。"小任几个起哄,道是谁喝饮料谁付钱,小唐竟真的不去拿饮料,复坐下,朝小任几个看看,道:"嘴凶是吧。"小任便求饶,道是知道小唐的酒量,不敢和小唐较,小唐才笑了。店里没什么生意,上菜倒是快,酒也上了,便喝开,三五杯下肚,都活泼起来,连不怎么开口的高书案也连笑带说,小任几个便要划拳,游一掌道:"怎么,真的喝酒来的?"

小任便笑,道:"游会长真的像会长了。"又问,"主席说刘老,谁呀?"

游一掌道:"原先的文化局长,现退了。"

小任咦唏一声,道:"虎落平阳。"

游一掌摇头,道:"不,刘老是有根基的。"

小唐道:"知道,搞地方戏的。"

游一掌道:"正是,所以对方言偏爱,主席提醒很有道理,是爱护我们。隔日我们便去拜访刘老。"

小任道:"就是说,名誉主席。"

游一掌点头。大家道,游一掌看你不出,心里早有打算,游一掌道:"那是,没个打算,这会长还不被你等篡了权去。"

大家笑道:"说得出,谁会长了,谁选你的,说你胖你就喘,已经会长似的了。"

游一掌道："会长一职，非我莫属。你么，任飞翔？你么，唐小彬？你么，高书案？你么，季渊？"

大家道，不的，不的，我们不的，会长是你，游一掌。

游一掌道："当仁不让。"

接着又喝，唐小彬不知为什么和任飞翔较上了，小任道："越怕鬼鬼越缠，没办法。"

小唐只是朝他举着杯，也不说话。小任嘴说好男不和女斗，却见他一杯杯往下灌，游一掌道："看看，成立会开不开？"

大家道，开，怎么不开，非开不可。

游一掌道："注意了，把头脑搞清楚，我们可比不得人家，我们是晚儿子，比不得人家小说散文什么的，那是亲儿子，乖儿子，我们晚儿子，没人管的，要靠自己。"

小任道："可别说，现在亲儿子也没人管了。"

游一掌道："不管别人！倒是兴致很高似的，拿什么来开会，费用哪里来？"

大家道，会长想办法，要会长做什么，就是办事情的。

游一掌道："除非把我卖了。"

大家又笑，把你卖了值几钱。撒泡尿照照自己，谁要，我们是不要。小任乘机反小唐一把，道："除非卖小唐，还能值几个，开个会大概够了，还能赚一点，撮一顿。"

小唐道："行啊。舍身救方言么。"

大家复又笑。

游一掌道："没办法的事情，告诉你们，你们这几个，谁也逃不脱，我现封了，副会长，每人解决一部分。"

高书案急道："我不行的，我到哪里解决，我们地方志，本来就是讨一口过一日的。"

游一掌道："你道是向你自己的单位要呀，你道我们都在自己单位想办法呀。路子要野，找找，看有没有什么乡镇企业，哪怕乡下的小厂什么，越下面的越好哄，说几句好话，告诉他我们将在报纸上鸣谢，也算互利。"

小任道："报纸鸣谢，套红半版，你谢得起，你知道要多少。"

小唐道："打个招呼么，我和报社主任说说，文人碰文人，高抬贵手吧。"

小任一哼鼻子："那你说去吧，不斩你一刀算你有面子，还高抬贵手，那贵手只对一件东西高抬。"

大家笑，小唐没了面子，也不怎么沮丧，只道："那你说怎么办。"

游一掌道："鸣谢什么也只是说说的罢了，到时候我们不登报，告诉他们我们登不起报，他们也不能把我们怎样，不定还可怜我们。"

高书案犹豫道："哄骗呀。"

游一掌道："你理解便是。"

季渊苦着脸，道："说是越下面越好哄，现在也不了，现在下面也精了，厂长村长什么，他们玩一把就几万几十万，就不给你，你有何法。"

高书案道："正是，跟你们说，我跟我们地方志主任去过，算什么，人家根本不明白你地方志是什么，只知道不经济不政治，人家也不怎么理你，饭倒是四菜一汤，有什么办法。"

季渊道:"四菜一汤算好的了。"

说得大家叹气。游一掌道:"别气,气是气不出什么来的,说我们的事情。我说,我们这几个一个也不得逃脱,成立会的费用就从我们这里出来。"

大家愣了一会,便齐齐地道,是,会长。

游一掌又说:"这是开始,如小任说的,先弄起一架造血机器来,哪怕先抽自己的血,也得把这造血机弄起来,弄起来就活了。"

大家默不作声,游一掌继续道:"我们办个执照,领营业证,自己干事情。"

小任道:"开饭店吗?"

小唐笑,指着小任道:"开饭店够你吃的。"

小任道:"哪能我一个人吃,大家吃。"

小唐道:"那店名就叫'大家吃'。"

一群人都笑,小任尤其愉快,季渊低声道:"开饭店,容易的事么,地方呢,资金呢,我弟弟为开个饭店跑了半年八字还未见一撇,苦死。"

游一掌道:"这话还早着点儿,开饭店还是开别的什么店,再说。先把事情一样一样做起来,先成立会。"

大家道,是了,黄泥萝卜,揩一段吃一段。酒也喝得畅了,事情也说得差不多了,呼小姐来结账,小姐道:"结账到账台来。"游一掌去结了账,道:"五个人,二百零八,八块算我的,二百五人平分,每人四十,不算多吧。"说着伸手向大家,小任摸摸口袋,突然"哎呀"了一声,道:"不好,钱包今天没带出来。"

小唐道:"你没带钱包,我没带提包,和你一样,空的。"

游一掌脸挂下来:"怎么,想赖?"

高书案摸摸索索地掏钱,全是些零碎,数了半天,连分币都算上了,道:"真是的,不够,三十块还差几角。"

小任道:"老婆抠这么紧呀。"

高书案道:"也无法,我本来就挣得少,不抠怎么办,还能让我胡花呀。这钱,今天二十四号吧,一星期的伙食在里边呢。"说得凄凄地。

小任回头看着游一掌笑,道:"游会长,你忍心不?"

游一掌道:"就你们紧巴,我不紧巴?就你们老婆凶,我老婆不凶?"

小任道:"知你老婆凶的。"

游一掌道:"既是知道,那就拿出来。"手已经伸得酸,却没有一个人拿出来,游一掌道,"赖。"

小任道:"这样,算我们先欠着你,以后还就是了,我今天真的没带钱,又没说要吃,说要吃,我就多带些,请你们也是可以的。"

游一掌道:"我知道,千年不赖万年不还。"

大家笑。

小任突然道:"不如这样,发票先搁着,我们今天不是讨论成立会的事情么,算是工作餐吧,等有了进账,报销,大家说,怎么样?"

大家说,好。

游一掌道:"还没做事情,先吃了。"

大家道,有道是,筷子一提,可以可以,许他们经济那样,就不许我们文化这般。

游一掌收起发票，道："我认了，被你们坑一回，也算长点儿见识罢了。"

大家笑道，到今天游会长才认得我们呀。

一群人喝得恰到好处。醉醺醺出来，夜风一吹，无比的惬意，小任哼起歌来，并朝小唐身上撞一下，小唐尖叫，任飞翔你要死。

回到家，游一掌看老婆的脸阴沉着，赔笑道："今天挺好吧。"

老婆哼一声，不予理睬。

游一掌凑近点儿，又道："对不起，回来迟了。商量点事情。"

老婆仍不给脸。

游一掌再说："今天，单位好吧，不累吧。"

老婆斜他一眼，终于道："人不累，心里累。"

游一掌见老婆开了腔，心里一松，连忙道："怎么，有什么不顺心的事？"

老婆道："下岗呀。"

游一掌一吓："下岗？不是已经结束了么，你不是不下岗么，那天我碰到你们厂长，跟他说了，他说这次没有你，厂长也很客气，他也知道我虽然不是什么大人物，但不管怎么说……"

老婆打断他道："不管怎么说，这次要叫我下岗了。"

游一掌道："不可能，不可能，已经说妥的。"

老婆道："名额又扩大了，就扩大到我了，看什么工作情况，下什么岗，比后台罢了。史文萍怎么啦，比我强还是怎么，就没有她，有我。我不错别人，就错她，她和我别的都一样，做活还不如我，就是男人比我的男人强罢了。"

游一掌低垂了头。过一会抬起来，道："我找你们厂长去。"

老婆道:"屁用,你顶什么,顶屁。"

游一掌道:"已经定了?"

老婆道:"差不多了,你不是正中下怀么,我下了岗,可以天天在家做奴隶,你可以天天喝酒玩什么去,不归家也行了。"

游一掌叹气道:"我没本事,我没用,我顶屁,老婆我都帮不了,我算什么。"

老婆并不被他的苦肉计感动,哼道:"告诉你,没那么便宜的事情,我不跟他闹呀。"

游一掌这才明白老婆不过吓吓他罢了,下岗的事看起来并没有定夺,细细一想,也是,若真的定了,老婆不能有这么沉着稳定吧,便笑了一下,道:"那是,跟他们闹。"

老婆也笑了一下:"我有那么好欺,下岗,下岗我不活了,靠你那几个钱,养谁呢。"

游一掌道:"那是。"

老婆追加道:"连儿子不如,儿子今天又带菜回来了,在馆子里做,倒也不错。"

游一掌道:"那是。"见老婆说到儿子情绪好了些,便笑了一下。

老婆道:"笑,还不许儿子学烹饪,做厨子有什么不好,比你强。"

游一掌再说:"那是。"

老婆指着道:"那是个鬼,没用的东西。"

游一掌见老婆阴转多云,趁势道:"我们马上成立方言文学学会。"

老婆道:"别提了,能当饭吃呀。"

游一掌道:"不管怎么说,我们有自己的组织了,一群人也能凑到一起,让我当会长呢。"

老婆道:"找个借口喝酒罢了。"一语道破似的,一撇嘴。

游一掌道:"那是。不过,我们也要出成果的。"

老婆道:"出成果呢。独出一张嘴巴。"

游一掌道:"我们这一群,一直是散兵游勇,聚到了一起也能成个气候。我已经想妥,先要出本集子,方言文学集,把我们这些人的作品一一收进去,也展览展览,看看我们的实力。"

老婆道:"想得倒是好,钱呢。"

游一掌道:"成立了会,就能生钱,合法挣钱。"

老婆道:"能挣钱,不如自己挣,做什么要大家沾光。"

游一掌道:"那不成,开口向人求赞助,道是我自己要怎么怎么,怎么开得出口,道是我们学会要怎么怎么,那还能说上几句,别人也不至于把你看小了去。"

老婆道:"你以为现在别人都把你看得很大是吧。"

游一掌道:"那也不是,我心里有数。"

这么说说这一晚上也就过了去。游一掌想抽支烟睡觉,被老婆凶掉,也不怎么气愤,免了这支安眠烟,倒也很快睡去。

过了两天,游一掌、任飞翔带上小唐一起到刘老家拜访,商量见面礼时,小任和游一掌有些犹豫,不知道是朝多些去还是朝少些去,是朝俗的去还是朝雅的去,是朝贵重些去还是朝一般性的去,论了半天,没个结果。小唐道:"罢了罢了,你们这算什么,现在的人还有嫌多嫌贵的么,没见过。"

游一掌道:"刘老比较疙瘩的,小心些好。"

小唐道:"买了我提着,我给,成就成,若不成或者退回来什么,反正是我没脸,与你们无关,行吧?带回来,算我的,给错了,怪我便是。"

游一掌和小任给小唐这一说,倒是没脸,道,那也用不着你一个女的出面,就去买了礼,带了上刘老家。刘老正在家听一出地方戏,这戏还是老带子,声音已经不大好,想是放的次数多了。保姆开门引游一掌三人进来,刘老便迎出来,认得游一掌,握手道:"好久不见了,怎么想到来。"又看小任和小唐,对小唐自是多看几眼。

游一掌一一介绍,刘老一一与他们握手,道:"好,好,欢迎,欢迎,我退下来,也没有什么事,也难得有人来看看我。"说的恐怕倒是实话,见家中也冷冷清清,摆设什么也一般,挂着几幅字画,"难得糊涂"之类,刘老让游一掌他们坐了,吩咐泡上茶来,小任道:"刘老本地人吧,口音很浓呀。"

刘老道:"那是当然,若不是本地人,官也让我做大了去呢。我们这地,不出大官的,故以临到离休也不过副厅级,1946年的地下党呢。"看游一掌他们都严肃了,便笑道,"不当真,说说笑笑的。"

大家也跟着一笑。

地方戏还继续唱着,刘老过去关了录音机,道:"也没别的了,就爱听个戏。"

小唐道:"带子是不是旧了,音色好像不怎么好了。"

刘老道:"小唐好耳力,是旧带子。"

小任道:"什么戏,刘老说便是,我们给你另外搞新的来听。"

刘老一笑,有点苦涩,道:"这地方戏,已经绝种,没处买,这带子还是托了许多人找来的,听着实在舒心,句句方言土语,多少生动多少丰富,到哪里去找这样的高雅艺术。唉,没有人问了,现在都奔那一个字去了,唉,不说也罢,说了也无用。"说着便叹气。

游一掌便抓住话题,道:"刘老,今日我们来,正是向您汇报我们的想法,我们正筹备成立方言文学学会,文联作协领导都已同意,想听听您的意见,并且想请您出山。"

刘老听了眼睛亮起来,朝游一掌、小任、小唐挨个看过来,最后道:"你们,你们搞方言文学研究?"

游一掌点头:"是这个意思,也振兴一下,弄点气候出来。"

刘老便有些激动,站起来,走了几步,搓着手,道:"是好事,是好事,只是,只是……"

游一掌知道刘老想说什么,便道:"经费的事情,我们自己想办法,现在的文人,只有靠自己。"

刘老一拍手,道:"好,有志气,有出息,我支持,有什么事要我出面的,我一定尽力。"

游一掌道:"我们不敢多劳刘老大驾,只请刘老担任名誉主席,刘老的意思……"

刘老点头,又沉吟片刻,道:"我是外行,不过,找个什么领导之类,我还能办办,成立会如果要请谁,你们尽管跟我说,我退虽退了,这点面子还是有的。"

游一掌道:"那是。"

刘老又朝小唐看,笑道:"小唐,难得难得,年轻轻的姑娘,也做学问,让我们老头汗颜。"

小唐一笑,道:"我是瞎混混。"

小任道:"刘老,小唐的方言文学创作,很有成就的,只是不能引起广泛重视，不公。"

刘老喜道："是吗，哪天拿来我看看。"

小唐道："刘老你听他的，我是瞎弄弄的。"

刘老问道："你在哪个单位工作？"

小唐道："在中学教书。"

刘老道："教语文吧？"

小唐摇头："教地理，才有些空出来，教语文带做班主任，很忙的。"

刘老点头："原来是学的地理，所以对地方的语言有兴趣。"

都觉得刘老这话似有些许偏差，却也不便说出，只点头。刘老兴致勃勃，开始向他们说明方言文学的意义、作用、过去、未来等等，正说着，敲门声又响起，刘老道："来了谁，你们猜猜。"

保姆去开门时，游一掌几个努力猜着，却根本没能摸着头脑，待保姆引进来一看，却是一位和尚，小任识得，脱口说："是药山大师。"

药山大师合十躬身道，各位施主好，竟是一口地道纯粹的方言。

刘老笑了，道："看，又来了个知音，大师的方言可是比我纯得多了。"

小任回头向游一掌、小唐道："这是灵峰寺的方丈，当家和尚，并且是佛学院院长。"

刘老笑着补充："局级和尚。"

大师也笑，阿弥陀佛。

游一掌看着方丈，道："大师高寿？"

大师道："七十有六。"

游一掌道:"精神很旺健。"

小唐便笑,道:"是不是天天练功?"

大师道:"那是。"

小唐再道:"是武功么,拳打脚踢?"

大师道:"坐功。"

他们说着话,刘老已有些坐立不安的样子,道:"小游,你们那事,是不是就这样了。"

游一掌道:"还小游呀,都小五十了。"

刘老道:"怎么,你都小五十了,真快,我们也是该老了。"回头向大师道,"怎么样,开始?"

大师道:"你忙过再说。"

刘老道:"没什么忙,就这样,他们搞方言文学什么会,我支持,不就行了么。"

游一掌点头。

大师却有兴趣,问:"什么会?"

游一掌便简短地说了事情,大师听罢,竟有无限感慨似的微微一笑,刘老突然道:"对了,大师对方言可是深有体会的。"便说了大师的一些事情,以大师在佛学界的资历、学问、造诣,做个省级和尚也是没话说的,只是大师生来一口土语方言,怎么改也改不了口,外出讲学什么,便不能有很成功的效果,刘老有些不平,认为现在的禅,竟然只讲究口头禅了。刘老说话,大师只是微微笑,待刘老说完,大师道,你们成立学会,佛学院和灵峰寺都支持你们,赞助多少,你们自己说。游一掌、小任、小唐都觉意外,看大师也不是开玩笑的人,便认了真,游一掌道:"能有大师支持,那真是太好了。"

　　小任道:"从来只有和尚化缘,现在我们文人化缘化到和尚头上,这真是……"

　　小唐便笑,只是笑出些辛酸的味道。当下便说定了大师给的赞助数,得到意外的收获,游一掌他们一时不知说什么,想来想去,说谢谢也说不出口。此时刘老已迫不及待地摆出棋盘,这才知道大师是刘老的棋友,三人便告退出来走到街上,心里却并不怎么开心,倒是有些沉沉的,也不知为了哪般。

　　游一掌几人忙过一阵,成立会的费用算是基本落实,好在有药山大师那一笔款,要不然事情恐怕还得再费周折。于是就筹备开会,刘老道能请来市里领导,若真如此,登报的事情也就自然解决,可不花一分钱。接着还有些琐碎事情,比如便饭与否,比如礼品怎样,虽说琐碎,却也是要害。算算经费,两头只能顾一头,给了礼品就不能吃饭,若想吃饭就拿不成礼品,按小任几个想法,是两头都要。游一掌道,我还想每人发个金娃娃呢,成吗?改作家协会不也没饭吗?我们做孙子辈的,没饭也罢,发件礼品,实惠,便定了。又是商量礼品,作协发的台灯,不能再发台灯,价格差不多的东西,有的是,因为多,便不知挑哪样好,这也好,那也好,恨不能都要,却不能,只得忍痛割爱。最后定下每人一只工艺笔架,很精致的,也适合文人用,价格超出台灯一些,也算长个脸。

　　到得开会那日,刘老请来了市里前任人大常委会副主任和前任政协副主席,游一掌同文联主席求得一辆车去接了来,入主席台正中坐。事先得知有市领导要来,记者也来了一帮,议论着不知何故成立一个方言学会会来那么多市领导,此时看却是三线领导,便支支吾吾地退去大半。无偿登报看来是没希望了，也罢，会还是要开的，刘老的面子也不算小了。两位三线领导，都不是本地人，听大家说话尽是方言，也不怎么明白，只记得刘老关照要来说好话，便说了一通，说道是本地的方言如何地好，也能听出来是刘老事先吩咐过的内容。如此这般一说，大家便鼓掌，领导一兴奋，便用他的家乡土话道，娘的，老子来这地方多少年了，四十年，还就听不懂一句方言，这方言，什么鬼名堂，妖里妖气。场子里哄堂大笑，倒也不失幽默。效果最好的是药山大师的讲话，大师一口纯正方言，听似平淡，细细辨味，却是饱含情感，浓郁无比，听得全场鸦雀无声，从台上看到台下，许多人竟有一种入痴入迷的状态，小任在游一掌耳边道，像气功师一般。

大师讲完话，全场鼓过掌，人方才醒悟过来，场里也有了窃窃议论之声，选举会长唱票时，竟有两张票是选药山大师的，报出来又引来一阵笑，结果游一掌以多数票当选为会长，任飞翔几个当选副会长，与商定的完全一致。最后由游一掌宣布请刘老任名誉主席，一致通过，会议主要议程至此算是进行完毕。下面的内容可有可无，随谈的，有人开始互相打听，有饭没饭，始终不见主持人宣布吃饭，知是希望不大，有人便开始收包做散会的式子。刘老看到大家心绪有些散，心中也明白，凑过来问游一掌："小游，晚上安排在哪里，几桌，也可以说一说了。"

游一掌道："没安排饭呀。"

刘老一愣，停片刻，道："怎么会，怎么没饭？"

游一掌苦笑："跟您汇报过的，钱不够。"

刘老想了一会，摇头道："我怎么不记得，没跟我说过，我只当是有安排的，跟主任主席都说了的。"

游一掌有些尴尬，不便说什么，肯定跟刘老汇报过的，或者刘老根本没想到开会会没饭。

刘老看游一掌犹豫，道："其实也是，这些人，谁也不至于差这么一顿饭，只是让大家这么散了，实在是……再说，成立以后，还得发展呢，得靠他们。"

游一掌没办法，刘老道："这主我做了，有饭，让小任马上联系，水平还不能差了，至于饭钱，我负责，小游，别愁眉苦脸了。"

游一掌说一声："也好。"转身同小任耳语，小任自是兴奋，立刻起身安排去，这边刘老已经敲着话筒，大家静下来，刘老道："会议结束后，留大家便饭，薄酒一杯，吃饭地点散会时通知。"会场有了些气氛，活跃起来，纷纷道，想不到这小小学会还真能办点事情，游一掌心中惭愧，无话。等了一会，小任来了，道："妥了，在大鸿运，六桌。"

游一掌点头，向小任道："待会你告诉大家。"

小任看看游一掌的脸，奇怪，道："怎么，安排饭你不高兴？反正有刘老负责。"

游一掌道："说是这么说，到时还不是在我们自己身上，刘老怎么负责。"

小任道："我们自己承担就我们承担，何必这么没精打采，不就六桌饭钱么，吓得死谁！"

会场已经分成一堆一堆的，大家说着话，就剩下等吃饭了，到时间，一群人便浩浩荡荡到了大鸿运饭店，果然都已安排妥。说是便饭，基本的规格却也不能低了，几冷盘几热炒什么的，都少不得的。酒是中档的，高档的一瓶酒便抵一桌饭，小任任是大胆也不敢自作主张。大家入了席，游一掌举杯说着祝词，大家便喝开，吃菜，热闹起来，酒是好东西，几杯下肚，人便全没了平素的拘谨。药山大师在游一掌这一桌，问道他喝不喝酒，大师摇头，菜倒是不避什么，都能吃。到差不多一半时，大家肚子里也饱了些，话越是多起来，游一掌便引大家朝学会的事情上说，主要总离不开钱的事情，说到申请执照什么，请大家帮着出主意看办些什么能挣钱。又说了出方言文学集的打算，一致称好，并且纷纷出主意，有让办贸易公司的，有的认为现时贸易公司挣钱也不易，不如下点功夫办个实体倒是正道，也有的觉得这些人里谁也不是个做生意的坯子，而且根本也没有个店面场地什么的，不如卖执照也好，多多少少有些收入。说来说去，游一掌也不知听谁的好，想到大话已经出口，出一本方言文学集，大赔本的买卖，两手空空，一无所有，心里便乱乱的。

在一片嘈杂声中，刘老突然站了起来，大声道："大家静一静，药山大师有话。"

药山大师也站起身，微微一笑，对刘老道："你说也一样。"

刘老道："好，我说。"便告诉大家，灵峰寺有一处寺庙财产，在闹市区，三开间的门面，本是一座小庙，后来改过一下，现在租给一个个体户开饭店，但是经营不善正要中断合同，大师愿将店面转给方言文学学会，租金方面，大师说了，意思意思就行。刘老说到此，餐厅一片寂静，刘老自己也有些激动，道："游会长，至于这店面，你们继续办饭店也行，不办饭店改作其他也行，任由你们。"

游一掌不知说什么才好，只是盯着药山大师，大师仍不说话，只是笑着，大家回头朝游一掌道，游一掌，你成了。

二

　　饭店取名为"大家帮",是由小唐的玩笑"大家吃"启发来的。其实"大家吃"也是挺好的,挺有特色,挺民俗,方言文学本来就是民间的东西,饭店的名字,就该俗一些,大众些。可是想来想去,"大家吃"总是有些那个,就在几个会长副会长中也通不过,别说名誉会长,还有许许多多的有关人员那里了。于是大家商议改成"大家帮"饭店,倒是获得了一致意见,刘老也觉得挺好,就这么定了。

　　"大家帮饭店"在大家的帮助下,经过两个月的努力,终于正式开张。为了开张的宴请,会长、副会长、秘书长、副秘书长坐下来专门讨论。大家回想这两个月的努力,都有一番感慨,从清盘估价,到全盘接受,再到里里外外重新装修,用了两个月的时间,算是很快的。大家一致认为这全靠众人撑帮,若没有大家的帮助,就凭方言文学学会这几个人,别说两个月,两年恐怕也弄不起来,冲这一点,开张的宴请就不能忘了帮助过他们的每一个人。排起名单,真是一长串,饭店并不很大,三个单间三桌,大厅十二桌,一共十五桌,小唐点着游一掌记下的人名,笑起来,道:"我说'大家吃'这名儿不错吧,你们看看,已经一百五十出头了。"

　　游一掌不信似的把名单接回去:"怎么,我还没怎么写呢,已经一百五十了?"

　　大家笑。

　　小任道:"不行,有几家关系户还没在名单上呢,那是非写不可的。"

游一掌问:"谁?"

小任道:"比如吧,城管方面的。"

高书案道:"怎么的,城管方面也要我们请,哪里搭到哪里?"

小任道:"我告诉你,开个后窗,才捅了墙,城管的人来了,罚两千,我打的招呼,我道这是文人开店,可怜巴巴地这么说了一番,人家倒也给面子,免了,不就给我们省了两千。跟你们说,这样的事情多得很,卫生防疫又来,又是多少,也给免了,都看我们面子,能不请?不是他们帮忙,这饭店没开张恐怕就得罚去多少钱……"

小唐笑道:"你面子大。"

小任一本正经:"你别说,人家还真买文人面子呢,看起来现在文人是不值钱,这些人倒还认的……"

小唐道:"什么呀,人家是可怜我们,你以为什么呢!"

小任道:"管他怎么看我们,让我少花钱就好。"

游一掌点着头道:"这倒是,并且,以后还得和他们打交道,是要请……"

于是再商量,坐了整整一下午,总算把名单排定,由游一掌、小任、小唐送到刘老家过目,刘老看了一下道:"铺张虽是铺张了些,但也是必要的。"他指着名单上的人名,又道,"这些人,你平时想和他们套近乎也不怎么好套呢,借这机会,请来一聚,以后会有更大的帮助。"

小唐道:"我们也是这样想的。"

刘老朝小唐笑,又对游一掌、小任道:"这些人,都交给小唐也行,让小唐去公关。"

他们一起笑了一回,最后和刘老一起商定主桌上的人,刘老一定要把小唐拉到主桌上，结果排来排去多一个人，游一掌道："我不坐主桌也行，有小唐足够。"

小唐道："那怎么行，你不坐我也不坐。"

刘老道："都坐，都坐，另加一个座位就是，稍挤一些，反觉得亲切，不是吗？"

这么定下开张宴请的事情，三人又回到饭店，和饭店承包人老三商量菜的档次，老三先说："我们把话说在前面，明天这饭，是记你们学会的账还是怎么？"

游一掌三人都一愣，随后小任道："那当然，不会让你赔的。"

老三松了一口气，道："那就好说，吃好吃差你们自己说便是。"

小唐道："我说的是吧，还没开张先开销，这饭店叫大家吃饭店是不错的。"

游一掌道："也就这么一次，以后，我们掌握得严一些就是。"

小任在一边笑，小唐也跟着笑，老三道："别，千万别什么严，你严了，我怎么办，我这市口也不算好，没你们介绍生意，我到哪里去挣那么多。游会长你也特狠心，你去打听打听，像这样的情况，人家承包一年才交几个钱，你要我交那么多，我到哪里去挣？"

游一掌道："这是前话了，合同也签了，你再说无用，我们只说往后的事情，我们有饭局，当然是往你这里来，但也不能为了你的生意，让我们天天来吃吧。"

小唐道："一年的承包钱够吃几顿？还指望用这钱出书呢。"

游一掌道："那是，这是我们办饭店的目的和宗旨，不能有错。"

小任道："什么呀，目的宗旨什么，一本正经似的，看着吧，这饭店就是大家吃。"

游一掌没有再说什么,只盯着老三把开张的菜说定了,便起身回家了。

一路骑着自行车,心里乱乱的,不知有些什么想法,只觉有些累,回想这两个月,自己搅在这个盘子里,也算是尝了一回梨子的滋味,方才知道这滋味并不是什么好滋味。早在清盘估价让他出面的时候,游一掌就犹豫,觉得自己走错了一步,本是不该接这事情的,也知道复杂,也预想有种种麻烦,弄一片店,不容易,这游一掌也不是不明白,却又不得不做起来。小任几个道,你不做,谁做?叫别人来做,你能放心?总共那一点点东西,让人家和老秋穿了连裆裤,把你卖了你也不明白。

老秋是上一届的饭店承包人。游一掌无话,只得做起来,才知道事情真厉害。老秋反正是死狗一条,租了寺庙两年的房子,欠了一屁股债,眼看着要上法院,慌了,便要甩手,以为和尚好糊弄,不料时代不同和尚也是不同,灵峰寺的监院法源腰里也配BP机,对外一律称法总,经济头脑强老秋几倍,老秋聪明半世,到哪都是坑人的,如今和和尚沾上,不仅没有沾一分一厘的光,反倒是湿手沾面团,甩掉也不易,心中自不甘。后来便听说由下届承包人游一掌出面谈判,心中一喜,知是文人好捏,又吃准游一掌盘店心切,便拿他一把,两年里由他添置的硬件——把价开得高高的,让游一掌压去,他只不松口,眼看游一掌压得眼睛发绿,老秋心中阵阵快意。只苦了游一掌,小任几个请了事假。来做后盾,也是无用,只谈不下价格来,只得再回头求助药山大师,大师道,这类事情是法源负责,找法源便是。游一掌向法源说明缘故,法源道,寺庙之内,大小事等皆有方丈做主,只这经济工作,由我说话,饭店一事,已经是你和老秋之间的事,与我再无关系,这是事先都说明了的,若有什么不明白,我可再说一遍。游一掌知是无望,只回头再找老秋。如此谈了三天,双方让了一步,总算结束。游一掌走出店门,看着满街人流,心中竟是一片茫然,回到家里,见儿子在家,竟然问道:"你怎么在这里?"儿子奇怪,我不在这里在哪里,这不是我的家么?游一掌仍是愣了半天。这样的日子一直过了两三个月,其中的每一天都是像打仗似的,到今天总算告一段落,只等明天把开张的宴席请过,以后便是老三的事情了。如果按原定计划,一年以后,方言文学集就能出版,游一掌一路理过去,慢慢地有了头绪,心里不再乱乱的,知道自己该往哪儿想了。便开始盘算方言文学集收辑本市哪些作者的作品。他把许多发表过的方言文学作品一一回想一遍,觉得很振奋,方言文学确实有许多精品,一本集子是不可能全部进去的。游一掌想,到时候,收谁的,不收谁的,得好好议论一下,得摆摆平。还有一些虽然不是专门从事方言文学创作,但是他们的作品有一些也是方言文学作品,也不能忘记他们,免得被人家说武大郎开店什么的,一路这么想着,心绪很好。文人毕竟是文人,一想到创作的事情就浑身来劲,要开个饭店什么的,弄虽然也是努力弄,但心里却是很勉强,至少不是心甘情愿的。游一掌颇有感慨,想起一句话,找到最适合自己的位子,才能发挥最大的才能,想这话说得很有道理。

　　第二天的开张宴请进行得很顺利,请的人基本上都来了,十五桌坐得满满的,大家济济一堂,如刘老所说,显得格外亲切,自家人似的,城管主任、派出所所长、饮食科长,喝了些酒都和游一掌称兄道弟,又和小唐闹酒,十分融洽。情绪最好的是刘老,站起来举杯祝酒，一再地说，我们这小店是大家帮出来的，以后也许还有事情麻烦各位，大家都说，好说，好说，只要你们开口，我们能办到的一定办，有了这话，游一掌心里也很熨帖了，虽然也知道是酒话，但总比没有的好，以后有了什么事，这些人，找他们说说看起来是没有多大问题的。于是想到这一顿饭实在是请得应该，请得合算。宴席结束前，游一掌代表方言文学学会再给大家祝一次酒，说道："再一次感谢各位。"将酒一饮而尽。大家叫好，刘老又站了起来，道："有些话，游会长不说我来说，既然这饭店是大家帮出来的，我们也应该对大家有所回报，别的东西我们也拿不出来，既然这饭店开着，我们非常欢迎大家常来我们的小店，有客人带来也行，亲戚朋友一起来也行，自己想喝几杯了，来，也行，自己能会账的最好，一时会不出的，记在我们方言文学学会账上便是……"

有人道那怎么行，你们不被吃空。

刘老道："你们不来，是看不起我们，"回头朝游一掌看着，问，"游会长，我说得对不对，我没喝醉吧？"

游一掌道："说得对，说得对，刘老怎么会喝……"发现小任、小唐正朝他做眼色，愣了一下，张着嘴不再往下说。

城管主任、派出所所长、饮食科长等齐齐地站起来，举着杯，七嘴八舌道，从前都听说文人不好相处，说什么文人尖酸刻薄，心胸狭窄什么的，看来都是屁话，这文人，我们能交，够朋友，够意思，说了一大堆，尽是好听的，酒也喝得差不多，舌头也有些大了，头也晕乎乎的。宴请至此，真是恰到好处，散席的时候，一个个拉着游一掌的手不肯放。

送走客人，游一掌长长地出了一口气，回头看，有小任、小唐、高书案几个等着他,游一掌道:"结束了。"

小任道:"怎么是结束,这是开始吧。"

小唐道:"是新的开始。"

游一掌说:"就这样了,找个时间,我们议一下候选篇目怎么样?"

大家说好,说只等游会长通知便来,问在什么地方,游一掌道:"我们能有什么地方去,只能在这饭店了。"

小唐道:"又是一桌。"

游一掌说:"不吃饭也行,只要把事情商量好。"

小任道:"工作餐总要的。"

游一掌说:"再说吧。"

会长、副会长们散了,游一掌回家去,老婆看他脸红红的,道:"又喝。"

游一掌说:"今天能不喝?今天我们饭店开张。"

老婆"唏"一声,说:"找借口吃就是。"

游一掌道:"你真是,把我看得也太……我是那样的人么?"

老婆道:"把你看得怎么样,太低么?你很高呀?吃吃混混。"

游一掌认真道:"我们这一次,是真的要办事情的,告诉过你,出一本集子,方言文学集,这一次我们是要出成果的。"

老婆道:"我等着看你们的成果呢。"说着便走开去。

游一掌坐下,安安心心地抽了一根烟,便摊开纸来,慢慢把该列出来的作者和作品篇名一一列出来,每写下一个名字,每写下一个篇目,游一掌心里就有一种亲切的感觉。

过了一天,游一掌在单位上班,接到小任的电话,说是报社的几位碰到小任,怪方言文学学会不上路子,开张时竟然不请他们,小任在电话里说:"游一掌,你看看,我说的吧,这方面的朋友少不得。"

游一掌道:"我也不是不明白,只是那一日已经坐得满又满,你也不是不知道。"

小任道:"不管怎么说,新闻界是要联络好感情的,我们补请就是,游一掌你定个时间。"口气好像他是会长而游一掌是副手似的。

游一掌稍一犹豫,小任便道:"还犹豫什么,有好处的,他们替我们免费宣传,你知道做一道广告多少钱?"

游一掌道:"就我们,做什么广告?"

小任道:"你不想得到社会更大的支持?"听游一掌仍没表态,口气便有些不乐似的,道,"游一掌,你也不是个死抠的人么,怎么了?报社的人可不仅仅是我的朋友呀,你若不肯,我自己请,但是一定要到我们饭店,你也得到场,就说是我们学会请的,怎么样?"

游一掌道:"真要请,哪能让你自己掏包,算了,就我们学会请吧。你说得也有道理,新闻界确实需要联络感情,将来即使会员有什么说法,我们也可以解释。"

小任笑了起来:"我就知道游会长好说话的。时间你定,定了我好去通知他们。"

游一掌看看日历,道:"就明天吧。"

小任道:"中午还是晚上?"

游一掌道:"当然是晚上,中午喝了酒,下午上班怎么办。"

就定下来,第二天请新闻界,小任提议,反正请也是一桌,不如多请几位,除了报社,再把电台、电视台的朋友各请一些来,凑满一桌,游一掌没有理由反对,挂下小任的电话,就给老三打电话,老三自是高兴,不提。

隔日晚上请了新闻界的朋友,大家酒足饭饱,小任道:"各位,都是我们的上帝……"

大家说不敢。

小任继续说:"今天只是一个开始,以后,你们有什么尴尬事情,比如请个客什么的,若不方便,就到我们这地方来,账挂在我们学会上。"

大家看着游一掌的脸,说这怎么行。

小任道:"这也是游一掌会长的意思,只要不嫌弃我们饭店,尽管来吃,你们来,是看得起我们。"一边说,一边过去叫了老三来给大家介绍过,让老三敬大家一杯,老三敬了,大家都干了,老三说着请多关照之类的话,小任道:"老三你放心,你有了这一帮朋友,你便能成了。"

大家推说不敢,但面有喜色,到散席时,小任拉游一掌到一边,低声道:"妥了。"

游一掌不明白:"什么妥了?"

小任道:"什么妥了,宣传方面的事情呀,全交给他们办了,三日内见报上电视。"

游一掌道:"那是好事。"

一行人意犹未尽,有人提出想唱歌,遗憾的是饭店没有配备卡拉OK,小任把老三拉来:"老三,下一步,卡拉OK得跟上。"

老三点头称是,说正在准备,各位下回来,一定能唱上。

小任低声问游一掌:"是不是乘兴请大家唱一唱?"

游一掌道:"到卡拉 OK 厅?自己的饭店可以挂账,别人谁肯让你挂账!"他说着拍拍自己的口袋,"我们还不曾有一分进账呢。"

小任道:"我可以先垫着,有了进账再还就是。"

游一掌笑道:"这回你倒大方了。"

小任道:"这点面子总是要的,人家不提也就算了,人家既然提出来……"

游一掌道:"他们别搞错了,我们不是乡镇企业农民伯伯呀,他们敲的是穷文人呀。"

小任道:"穷文人想富起来,也要出一点血本呢。"

游一掌无法,道:"行了,你愿意垫着那是最好。"

于是一行人到一家卡拉 OK 厅唱到深夜,算是尽兴。

游一掌在三天之内一直留心着报纸和电视,却一直没看到关于方言文学学会的宣传,打电话问小任,小任叫他别急,答应了的事,总会办的,再说这事情是免费宣传,催不得的,游一掌便不好再多说,放下电话,就看到小唐站在他面前,游一掌说:"咦,你怎么来了?"

小唐道:"我刚从刘老那儿过来。"

游一掌看出小唐有事情,道:"说吧。"

小唐道:"吃饭。"

游一掌道:"是刘老的客人?"

小唐道:"是,他不直接找你,要我来和你说。"

游一掌道:"什么客人?和方言文学有没有关系?"

小唐道:"他说是同行什么,我看着也不像。"

游一掌道:"怎么办?"

小唐道："什么怎么办，我早说的，大家吃罢了。"

游一掌道："别人好得罪，刘老却是不能，再说这也是第一次，下不为例吧。"

小唐笑，说："那就下不为例吧。"

请过了刘老的客人，小唐对游一掌说，她也有人要吃一次，说是她的几个朋友，是搞群众文艺的，和下面乡镇企业挺熟，把他们的关系拉上了，以后出书什么，找家乡镇企业赞助，一句话。游一掌说，我不听你的，小任请了新闻界，说见报宣传的，到现在一个字也不见。小唐就不高兴道，怎么，只能你和小任请客人，还有刘老，我们就不能请客，告诉你，不光是我，高书案、季渊他们都有话要说呢。游一掌道，说什么话，我没有请什么人，都是你们的人。小唐道，虽然不是你的人，可是你次次在场。游一掌道，那以后我不在场就是，小唐道，那也由不得你，你不在场吃了谁签字，你还就得认账。游一掌苦笑一下，小唐的客也算是请定了，接下来高书案、季渊他们几个副会长、副秘书长也一一把自己的人带来吃过。一日老三看看挂账的本子，"啊哈"一笑，游一掌心中也是有数，再来这么几下，老三的承包费也就差不多了。游一掌回到家里，长吁短叹，老婆在一边冷眼相看，道："叹什么气，本来你们就是弄着玩玩的么，你还真当回事儿呀。"

游一掌道："不当回事儿怎么办，成立会的时候宣布的，一年之内要出书，说话不算数了。"

老婆道："谁让你开饭店，你开个别的什么店，上哪去吃？"

游一掌一愣。

老婆继续道："恐怕，也是你自己的主意呢，开个饭店，吃起来多方便，什么时候想吃，找个借口便是，其实，这样也挺好的，大家方便，我们做家属的也跟着沾沾光呢。"

游一掌看着老婆，不知她说的什么意思。

老婆道："没告诉你呀他们，我也到你店里去吃过。"

游一掌一惊："什么？"

老婆道："没有什么大惊小怪的，我一个小姐妹做生日，想找个便宜点的店，我就领着去了，正碰上你们那个小任也在吃，结果，没让饭店收钱，我也长一回脸呢，还有，我们儿子也去吃过一回的。"

游一掌说不出话来。

三

到大家坐下来正式讨论出书的问题时，一算账，第一年的承包费已经吃空，正开始吃第二年的了。游一掌情绪有些低落，大家说，低落什么，山不转水转，我们这几个月靠这饭店也打下了很好的基础，饭店的钱不指望，指望别的地方来钱就是。游一掌摇着头，那还不如指望天上掉钱下来，大家笑，说，这也不是不可能，哪里哪里天上不是掉下什么什么来的么。游一掌道，你们还说笑，书还出不出了？大家齐声道，出不出书不是大事。游一掌道，那就是说我们说话可以不算数？大家又笑，道，说话不算数的人多着呢，怎么也轮不到我们。我们又不欠着谁又不该着谁，我们出书不出书与别人何干。游一掌挨个看着大家，道，当初大家很起劲成立学会不就想是为我们的方言文学出点儿力，做点事情的么，怎么半年一过，都换了口气,早知今日这样,当初也不必那么起劲地成立什么学会。大家又齐齐地反对游一掌的说法,道,不的,成立学会还是对的,不管怎么说,我们比别的学会强,我们有个饭店,别人没有,现在我们这些人走出去,大家都对我们刮目相看了,说起来,都是说,他们有个饭店呢。游一掌道,那是骗来的,我们跟药山大师说要搞方言文学,药山大师才愿意赞助我们的,赞助了却不搞,这不是骗么。大家道,怎么不搞,要搞的。游一掌道,怎么搞,书也出不出来了,大家又笑,都朝小唐看,游一掌这才知道大家有什么好消息,都知道了,只是瞒着他的,便也朝小唐看。小唐道,我说的吧,我请的客人,不会白请的,有两家乡镇企业愿意赞助我们出书。游一掌不怎么相信,道,说定了?小唐道,当然说定了才来告诉,不说定了我敢自己做主?游一掌道,多少钱?小唐道,你别问多少钱,反正两家共同负责帮我们把书出出来就是。游一掌这才笑了,道,怪不得你们那么大胆地吃呀,大家道,那是。小任说,早着呢,我的关系还没有开始动用呢。

既然经费有了来源,大家也都觉得该讨论出书的事情了,说说议议,半天过去,到了吃饭时间,小任道:"工作餐啦。"

游一掌犹豫:"已经在吃明年的了,还吃?"

小任道:"饭总要吃的,再说,我们已经吃出成果来了么。"

高书案、季渊也称是,游一掌没话,便让老三准备,此时卡拉OK早已经配备,边吃边唱,很快活。

过了些日子。该收集到集子里去的方言文学作品基本收齐,由游一掌再全部看一遍,筛选一下。游一掌晚上在灯下读这些作品,真是越读越有味道,越读越觉得方言文学确实是很了不起的,越读越觉得学会所做的工作是很有意义的。游一掌读得很认真,每一个字、每一个词、每一句话,他都不轻易放过。他在读小任的一篇小说时,读到一个方言词语,感觉到有点别扭,再读一遍,还是别扭,再把前前后后的段落重读过,仍然是那种感觉。便想到要替小任重新换一个词用,一时却又想不出更合适的词,顿住了,拿出方言词典来翻找,找出许多近义词,看看意思都差不多,但仔细辨辨,却没有一个是完全相同的,换上去仍然不很确切。只得撂下这一篇,再看其他文章,心里却老是想着那一个词,分了心,文章就看不大下去,不像一开始那样看得津津有味了。

下一次碰头的时候,游一掌就向小任提出这个问题,小任好像已经不记得自己哪篇文章里用过这个词,经游一掌提醒,才想起来,挠了挠头,一笑,似是而非地道:"噢,那个词呀,是不很确切么?我也记不清了,我回去看看。"

游一掌道:"我把那篇文章带来了,你看看。"

小任接过文章,道:"游一掌,你还挺认真。"一边看自己多年前写的那文章,一边看着看着就笑了,道,"哎呀,不能看了,这叫什么文章,怎么会写出这样的文章。"

小唐笑道:"谦虚起来了。"

小任道:"我谦虚什么,你拿你几年前的文章看看,能读下去?"

游一掌道:"那是,这几年的进步是很快的,但是我们的集子要体现许多年的水平,所以前几年的也要收一些。你这一篇,还是不错的,只是我说的那一个词,像是有点……"

小任已经看到了那一段,自己把它念了出来,大家听了,也没有听出其中哪一个词用得不确切,小任说:"挺好么,挺顺的么。"

游一掌便把他觉得别扭的那个词指了出来。

大家反复体味，没有人说话，小任道："这个词呀，这个词本来就有几种含义，我用在这里是对的，没有错。"

游一掌道："我也没有说错了，只是觉得不够贴切罢了。"

小任道："我怎么觉得这文章中还就这一个词用得最贴切呢。"

游一掌朝小任看看，他听不出小任说的是真话还是戏话，小唐在一边笑着说："刚才还夸你谦虚，一会儿就自大起来了。"

小任夸张地道："我还自大呀，我说我的文章中只这一个词用得确切，这还自大呀。"

小唐道："你有意和游会长抬杠吧。"

小任笑，转向游一掌道："游一掌，你别听她挑拨，我跟你说，我是有根有据的，这个词，确实有几种含义，不信你回去看看方言研究。"

游一掌说："我也没有别的意思，只是提出来供你参考罢了，文章是你写的，词是你选用的，一切由你自己决定。"

大家都笑了，道，对，文责自负。

他们最后确定了应选的篇目，又在饭店用了工作餐，再唱几首歌，方才尽兴回家。

游一掌回家后，立即找出方言研究来看，可是方言研究上对这个词并未有明确定义，游一掌想小任会不会说错了书名，或者，是他自己听错了，也许在别的书上，于是把一些方言方面的书全部翻出来，一一看过，仍然没有找到小任的那一种说法。对方言中的这个词，大部分书上只有一种解释，认为这个词只有一种含义，游一掌不知道小任的说法从何而来，心里一直搁不下这个词。

游一掌把选定的篇目认真看过以后,就可以送厂排版了,钱的问题也就提到了议事日程,一日中午快到吃饭时间,小唐突然来了,看游一掌正准备回家,挡住了道:"慢走,会长,中午你请客。"

游一掌道:"怎么又请客?"

小唐道:"我的那些朋友,马上下去替我们拉赞助,今天你不请一顿,不怕他们拆烂污?"

游一掌道:"上回不是请过了么?"

小唐道:"上回,哪年哪月的事情?"

游一掌仍是不松口,被小唐连拉带扯弄到饭店,一看,人都已经到齐,都等着他呢,小任、高书案几个也在,游一掌摇头,笑道:"拿你们没办法,坐吧。"

大家笑着入座,小唐脸上放着光彩,给游一掌一一介绍她的那些朋友,说:"小任他们都认识了,上次请客游会长正好有事情,没来,这次游会长出面请你们。"

小唐的朋友都说着感谢的话,便开了席,老三颠颠地来回跑着,脸上挂着一丝不怀好意的笑,不断地加菜,并且在菜上玩出许多花样,小唐的朋友指着那些花式花样,笑道:"这都是钱呀。"

游一掌几个只点头称是,趁着酒兴,游一掌开口道:"听小唐说,几位朋友,亲自下去帮助我们跑赞助?"

小唐的朋友都一愣,小唐连忙接过话题,道:"我们游会长的意思,是感谢你们对我们方言文学学会的支持。"

小唐的朋友点头道,好说,好说。

游一掌狐疑地看着小唐,小唐笑道:"游会长,他们这些人都是老板经理,时间是很金贵的。"

游一掌道:"那是,不像我们,时间不值什么。"

小唐小声道:"赞助的事情,我会跟他们直接说的,你放心便是。"

游一掌不好再说,只是心里不踏实,总觉得这些人吃吃喝喝,不像办正事的样子,抽个空子,把小唐拉到一边,问:"算数不算数?"

小唐道:"你怎么变成近视眼了,这些人,你和他们笼络了感情,不会吃亏的。"

游一掌道:"这我也知道,可是我们的当务之急是筹款出书呀。"

小唐道:"你真是急功近利呀。"

游一掌道:"咦,你自己说的,他们下去替我们跑赞助,我们请他们吃一顿,这不是你自己说的么。"

小唐道:"你也太把他们看小了,他们这些人,到哪里没得吃,要来吃我们这小破饭店呀。"

游一掌道:"话不能这么说,小破饭店也是钱。"

小唐看着游一掌着急的样子,突然笑起来,道:"游会长真急了,你急什么呀,是我的朋友,我自会负责的,游会长,不会白吃你的。"

游一掌道:"也不是我的,是学会大家的。"

小唐道:"既是大家的,就大家吃吧。"正笑着,里边喊起来:"小唐,溜到哪里去了?"

小唐和游一掌重新进去,继续吃。

请客后过了几天,没见小唐的消息,游一掌忍不住给小唐打电话,小唐接电话就笑,道:"我知道你会给我打电话。"

游一掌问:"他们下去了没有,结果怎么样?"

小唐反问道:"谁们下去,到哪里去?"

游一掌道:"你的朋友呀,不是说他们下去替我们跑赞助的么?"

小唐道:"游会长你好了得,他们都是些忙人,怎么可能帮我们下去跑,跑赞助的事情我们自己做。"

游一掌道:"什么?"

小唐道:"他们只给我们写张条子介绍下去就能解决问题。"

游一掌怀疑:"写张条子管用?"

小唐道:"怎么不管用,说了,都是他们的铁关系,写张条子就等于看了他们的人。"

游一掌道:"那就好,我们出书的希望就靠在这上面了。"

小唐道:"什么靠,谁靠谁呀?"

游一掌道:"靠你呀。"

小唐道:"你说得出,我一个人怎么行?"

游一掌道:"什么,弄到头还得我们自己去讨饭呀。"

小唐道:"能讨到就算不错了,你,还有小任他们,我们一起去。"

游一掌问道:"一起去,怎么去?"

小唐道:"当然得弄辆车,现在下面的人也挺势利,没有派头的人他们理也不理睬。"

游一掌道:"你有车?"

小唐道:"我哪来的车,当然是会长解决啦。好了,我下边还有课,你弄到车子,早点通知我,还有小任他们,你一起通知了。"说完挂了电话。

游一掌抓着电话，愣了半天。

游一掌借了两天车，也没能落实下来，有的单位是一口回绝，也有的地方并不一口回绝，只说得含含糊糊。游一掌心里却是明白，自知无望，最后求到文联，文联只有一辆车，主席听游一掌说了，同意借半天，游一掌算了一下时间，半天虽然够紧张，但抓紧点也能把事情办妥，落实下来，便给小唐、小任几个打电话，约好了出发的时间和地点。

到那一天，碰了头，小唐笑道："我说的吧，到底是会长，总会有办法，你看，车也弄来了。"

小任道："那当然，要不，让你做会长了。"

游一掌只有苦笑，一路过去，小唐、小任情绪很好。先到一厂家，说是厂长出门了，找副厂长，一看条子，说自己做不了主，厂里是厂长负责制，只厂长说了算。说这话的时候，有些复杂的表情，看起来不像是假话，无法，只得到第二家去，厂办的一个秘书样的人看了纸条，道："你们稍等。"起身到另一间屋去。

这边大家觉得有了希望，都看着那一扇门，希望从里面走出个财神来，谁知等了半天，秘书样的人出来，说："对不起，我们厂长出去了。"

大家很意外，一时想不到该说什么，秘书样的人脸上有一丝狡猾的笑意。

僵持一会儿，小任指指另一间屋，道："里边的人是谁？"

秘书样的人愣了下，随即道："是我们书记，可惜现在书记说话不算数。"

小任道："我怎么知道他是书记还是厂长？"

秘书样的人狡猾地一笑，道："那你自己去问问他也行。"

大家又没话说了，看着小唐，小唐道："我们走。"

一行出来，小唐拿出第三张纸条。

游一掌、小任都灰了心，司机道："还跑呀，来不及了，下午主席用车，一点半。"

小唐道："抓紧点，再跑一家。"

小任道："你以为会有收获？"

小唐不作声。

游一掌叹息一声，道："回吧。"就饿着肚子回家了。

游一掌到家一看，老三正等着他，问什么事，老三哭丧着脸说："大马带着人来捣乱，上午来过，说下午还来。"大马是老三的下手，和老三闹矛盾，被赶出饭店，从此不得太平。

游一掌道："你找我有什么用？"

老三说："你去找派出所所长吧。"

游一掌问："你自己为什么不找？"

老三说不出来，只支支吾吾，道："还是你出面，你是文人，好说话，再说，你和派出所所长有交情。"

游一掌说："我和派出所所长有什么交情？"

老三道："没有交情，开张时怎么一请就到？"

游一掌"咳"了一声，也不顾老婆横眉竖眼，和老三一起出来，到小店给派出所所长打电话，所长说："事情我已经知道，闹事是要处理的，不过，你们那个老三，也不是什么好东西，饭店管理上一塌糊涂，三教九流什么人都交，这样下去我看饭店也不得长久，游会长，你没有看准人。"

游一掌只得称是，放了电话就对老三说："你自己当经理的也得注意注意。"

老三说："所长定是得了大马的好处。"

游一掌道："你少说。"

老三这才离去，游一掌回家吃饭，少不得被老婆管教一番，当然是心服口服的。

下午憋着一肚子气去上班，又有什么事不顺领导的心，被批评几句，便和领导大吵一架，心里算是平衡了些。

书稿已经搁在印刷厂，那边是不见兔子不撒鹰，钱不到是不会给你做事情的。游一掌对小任、高书案、季渊几个说，事情就这样了，大家看着办吧，要出书呢，大家想法子，若说不出也罢，就算了。大家说，我们有什么办法，但书最好是要出，我们再等饭店的钱便是。游一掌道，等饭店的钱怕是没指望，老三说了，再吃，就吃过他的承包期了。小任道，怎么，他真的干两年就不干了？游一掌道，能撑到两年算好的，就说了派出所所长的话，大家都觉得对，觉得老三是不怎么地道，但也无法。游一掌最后又补一句道，我看是撑不到两年。

话就让游一掌说准了，不多久，老三那里就出了问题，闹了一次较大的食物中毒，小任先得到消息，奔到游一掌处来报信，道："要上法庭了。"

游一掌问什么事。

小任说了，最后道："法人代表的事情来了。"

游一掌问："谁是法人代表？"

小任咧嘴一笑："谁是法人代表，你说呢？"

游一掌慢慢地道:"哦,原来我是法人代表。"

法人代表游一掌为饭店的事情折腾了很长一段时间,才慢慢地平息下来。最后的结果是停业整顿,加以罚款。罚款的钱,老三死不认账,游一掌一提这事,老三就耍赖,道,我不给,你告我就是。游一掌无话,把不动产折价一部分作了赔偿,老三中断了承包合同,寺院也有收回出借房屋的意向,方言文学学会的钱已经全部花完,他们走了一年,走了一个大圆圈,又到了开始的地方,一无所有。那一日游一掌走出"大家帮"饭店,回头看着店名那三个大字,心中真是感慨万端。小任凑过来,也看着那几个字。笑了,从口袋里拿出一本书递给游一掌,道:"那个词的意义,这书上有,你看看。"

游一掌接过书一看,是一本《方言新解》。

"确实,这个词确实有几种解释。"

木樨园

一

秋天在木樨园办菊展的事定下后,肖科长就到木樨园走了一趟,把事情和谈老师说了。谈老师有些犹豫。肖科长知道谈老师是有些难处,谈老师平时也不说,其实肖科长都是清楚的。肖科长笑笑,他把一些情况向谈老师说明了一下。肖科长说,菊展已经有好些年不办了,也不好交代,别的一些名园,接待任务比较重,正如从前的人所说"游人如织",再增加展览的事,他们叫唤得凶,所以想到木樨园。木樨园小虽小些,但接待任务不重,办展览的条件虽然差些,但也不是不能办,再有,通过办菊展,也许能提高一些木樨园的知名度。肖科长这么说了,谈老师也能想通,便道,那就办。肖科长又说了一些话，说局领导的重视，说花木科的人一定全力以赴等等。肖科长走后，谈老师便将木樨园的另外三个职工唤来，把事情再向他们说，他们听了也没作什么声，只叶根问了一句："到时候会有人来帮忙吧？"谈老师道："会的。"大家就再无话说，便回到各自的岗位上去了。

这是发生在初夏时的事情，离菊展还早，木樨园依然如故。大家默默地等待着秋天，也或者根本没有等待，等与不等，秋天总会来的。

木樨园在一条僻静的小巷里，默默无闻。本地的人尚且很少有知道木樨园的，别说外人，因此它的门庭冷落也是正常。从前在每年秋天，桂花香时，附近居民会念叨一阵，设法进得园来，捧些桂花去，待桂花落后，香气殆尽，木樨园再复沉寂，一切如常。现在也不比从前了，园中的木樨树所剩无几，木樨园已经名不副实，大家也便离木樨园远远的。现在园中，还像点儿样子的木樨树真是看不见了，仅剩一棵老桂，还支撑着木樨园的名字，每年秋天也还能香一香，只是独木不成林，也算不得什么气候了。

木樨园只五六百平方米的面积，在造园艺术上也没有什么特别的地方，以水为中心，配以亭台楼阁，筑以粉墙花窗，砌以湖石假山，布置花丛树木，步步有景致，处处见匠心，算是比较典型的私家花园，因为典型，也就没有什么特色，被湮没在这座以园林扬名的古城的某一个小小的角落里，多少年来鲜为人知，多少年以后大概还是这样吧。

木樨园从前是吴中名门谈氏的私家花园，经过多少年的沧海桑田的历史变迁，谈氏直系如今都已迁居海外，门下无人。几经曲折，后来终于和海外那边的谈氏后人取得联系，得以沟通，问及花园事等。彼岸传过话来，希望能将花园稍事修理，对外开放，若真能办成此事，对于谈氏后人数典忘祖的罪孽多少也算作一些弥补吧，至于管理诸事，可请谈氏旁系的谈文梁老师代劳。按此意愿，拨得少许的款子，将木樨园稍事修理，本来也想有些较大的动作，但经费不足，并且谈老师似乎也不主张大动作，他认为亭台楼阁重新油漆过的园林再不是从前的园林，这样的想法得到许多专家的认同，省下一笔钱和一番手脚。

开放了的木樨园，倒有了一些古朴之意，风雨侵蚀，冰雪浸淫，剥落了些许雕凿与匠气，因为不是什么名园，又在小巷深处，平时少有游人光顾，在许多名园繁华热闹的背景之下，更显出木樨园的清静冷寂。谈老师原先在中学里做语文老师，退休以后，生活也不算枯燥，他喜欢独自地坐在什么地方读读书，偶尔也写些追忆旧时光的文化味浓浓的小文章发于报纸的副刊，空闲时也和人下下棋，但并不痴迷，不像他的一些棋友，谈老师总是可有可无的样子，再或者取一本碑帖，细细地看，细细地读，也不知那碑帖上的字，是花还是树，是鱼还是鸟，或者竟是什么更好看的东西，百看不厌的，若这样的晚年生活，在谈老师看来，实在也没有什么不好。在开放木樨园之前的一些日子里，谈老师的生活规律有些不同往常，谈老师的心绪有些乱，好在木樨园一经开放，谈老师又恢复了往日的生活，但还是新添了一些事情，比如若有愿意了解木樨园过去的人来，谈老师便兼做向导。

在谈老师手下，有三个职工，其中只有一个是正式的，另两位都是临时聘用。清洁工叶根是外地的农民工，曾经在园林局做过些杂活，后来被介绍到木樨园来，工作也尽责，只是有些不安心似的，谈老师也能体谅，毕竟老婆孩子都在外地很远的乡下，自己一个人闯到陌生的世界，很不容易。叶根在乡下时弄过苗木栽培护养，在苗木卖得疯狂的时候，也曾显赫过，后来就败了，倾家荡产，把新房子抵押了，出远门来，因为懂一些花木的事情，才被介绍过来，扫落叶、捡垃圾，再浇灌护理花木，工资也不多，死板板，基本上没有外快，不比别的民工，四处出击，能捞能挣，叶根死守一处，不知前途在哪里，也不知要到什么时候才能挣足续还房子的钱，于这样的情形，要他安心，也是不易。看门收票的王师傅，是位退休工人，没有什么文化，也没有什么特别的嗜好，不抽烟，不喝酒，也不打麻将什么的，除了有些唠唠叨叨的习惯，别的也不怎么跟人计较长短，算是很省事的，工作上也说得过去，看门，收门票，颇尽责。王师傅最喜欢做的事情就是擦木樨园大门上的一副铜环，木樨园的大门并不很雄伟，普普通通的，有一个石库门洞，两扇黑漆大门，漆已剥落，门上一副铜环倒是锃亮，剥落的门与锃亮的门环看起来并没有什么不谐和的感觉。门前一对石狮，龇牙咧嘴，浑身光滑溜溜，王师傅常常忍不住过去抚摸抚摸，没人说话时，也和石狮子说说话，心里总是有些感受。木樨园唯一的正式职工小吴是个残疾青年，小时候得了小儿麻痹症，高中毕业后没有参加工作，后来经人推荐到木樨园来，谈老师问了他几个问题，便收下，没有更多的话。小吴在木樨园管的事情看起来是挺多的，茶室、摄影、小卖部的事情也是他管，好在木樨园从来门庭冷落，小吴那里基本没有什么生意，偶然也会有人来泡杯茶喝，一般都是些闲人，于坐春望月楼，看池塘莲花，鸳鸯戏水，听雨打芭蕉，风吹芦叶，思绪也不知云游到何处，一杯茶能从中午喝到下晚，待小吴说一声关门打烊，方知起身，别的小吴就没什么事可做。现在的人出来玩，随身带着相机的占了大半，或者大大半，即使不带相机，要留念什么，大概不会选木樨园这样的地方，估计早在一些名园留下倩影俊相了，管得多，做得少，小吴的工作就这样，也省心。谈老师带着这几个人管着一个木樨园，也不觉有什么不好的。

太阳每天升起又落下，木樨园每天开门又关门，夏天就这样过去，初秋的时候，掉了第一片落叶，谈老师道，菊展的事情要来了，大家心里也这么想，并不很着急，只是知道，菊展的准备工作该做起来了。

花木科派到木樨园来帮助办菊展的是新分配来的大学植物系毕业的小陶。小陶来的那天，由肖科长领着，初秋的时分，小陶穿一件长袖的连衣裙，显得很清纯，他们骑着自行车，在小巷口上就停下，肖科长道："车就停这里，里边不好停，地方窄。"

停好车，小陶跟着肖科长往巷子里去，这是一条长长的窄窄的巷子，仍是从前的石子路面，没有车辆来往，基本上也没有碰到什么人，只看见一个乡下妇女夹着个包，拖着个孩子在前面走，走得很慢，犹犹豫豫的样子，好像是外地来的不认得路。肖科长和小陶赶上她，侧脸看了一下，妇女年纪不大，脸上有些惶惶的神色，注意到肖科长、小陶看她，便低了头，看着小孩子，肖科长和小陶越过她向木樨园来，远远地王师傅就看到了他们，招呼道："肖科长来了。"

肖科长点头，笑，回头向小陶介绍王师傅，小陶叫一声"王师傅"，朝王师傅笑一下，看王师傅红光满面很健朗的样子，便说："王师傅身体好。"

王师傅一听小陶这话，眼神马上黯淡下去，叹息一声，嗓音也低了，道："我的事情，肖科长知道的，谢谢你们关心，我其实，我其实是有病的，我身体一直不大好，我总是觉得我有病，肖科长知道的，肖科长你……"

肖科长打断王师傅的话，问道："谈老师在吗？"

王师傅说："在，这时候大概在小吴那里呢，肖科长，关于我的身体，我一直想向你说说。"

肖科长说："你去医院检查过，不是查不出病么？"

王师傅道："现在那医院，叫人不能相信的，什么呀，马马虎虎，那叫什么检查，我是不能相信的。"

肖科长道："那总是科学呀。"

王师傅抚摸着自己的腰和手臂，道："我自己的病，我自己知道，我知道我是有病的。"

肖科长说："你现在做这事情，不很累吧？"

王师傅连连摇头，道："不累，不累，一点也不累。"

肖科长说："那就好，若是觉得不行，你就说。"

王师傅看肖科长要往里走的意思，连忙上前一步，说："肖科长，我托你替我联系一家好一点的医院，我还要去彻底检查一遍，我真的不信查不出病来。"

肖科长有些想笑的样子，但忍住了，道："好的，我替你联系，不过现在医院都很忙，可能要等一阵，待联系上了，你去查。"

王师傅道："谢谢，谢谢，我不急，你慢慢联系就是。"

肖科长趁王师傅停下，赶紧领着小陶往园里去。进园，是一道走廊,乍一看显得闭塞些,但透过走廊漏窗、敞窗,园中景致早已隐约可见,错落有致,层次分明,这在造园艺术中算是一种典型的手法,穿过走廊,自是豁然开朗,小陶笑道:"移步换景。"

肖科长也笑笑,说:"那是,园林都这样。"

小陶看园中很少有木樨树,奇怪道:"木樨园原来不是因为木樨树得名的吗?"

肖科长说:"怎么不是呢,那是在从前,从前木樨园可不是现在这样,唉,没有了……"

小陶道:"那边有一棵。"

肖科长说:"也只有那一点点了,再过几日,便香了。"

小陶好像闻到了桂花香,嗅了一下鼻子,说:"这些年,桂花的大年很少了。"

肖科长说:"人为的破坏,每年折了桂枝去卖,还指望什么大年……"说着,指指前面,是一座小亭,叫作风来亭,有联对:晚色将秋至,长风送月来。小陶看了,有点儿想法,但没有说出来。

再往前走,看小径边蹲着一个人,肖科长道:"小陶,那人就是叶根。"

小陶点头,两人走近叶根,叶根发觉了,站起来,有些不好意思地对肖科长一笑,道:"肖科长来了。"

肖科长道:"这是小陶。"

小陶上前说:"听肖科长说,叶根师傅对花木很懂的,以后,请你多指点呢。"

叶根脸有些红,嗫嚅着,没有说话。

肖科长和小陶继续向前走,肖科长说:"叶根是我介绍来的,人还是很老实的。"

小陶道:"看得出。"走出几步回头看时,叶根并不看他们,只低着头发呆。

肖科长和小陶来到茶室,也是园中一景,叫作石听琴室,亦有联:素碧有琴藏太古,虚窗留月坐清虚。肖科长指着近处两石峰,道:"看,像两个老人埋头听琴吧?"

小陶仔细看,并不能看出来这样的意思,一笑,不说话。

两人进茶室去,这是小吴的管辖范围,小卖部也在这地方,只是里边冷冷清清,不闻人声,进去一看,果然空无一人。肖科长喊两声,也无人应答,和小陶一起出来,四处看,不见有人,肖科长想了一下,引小陶又往一处曲折通幽处去,斜坡上,有一小小的亭阁,飞檐翘角,结构精巧。

"是养心居。"肖科长说,"谈老师果然在。"

此时谈老师正坐在养心居看一本碑帖,旁若无人,微风吹拂,谈老师心意沉沉的,一只手执着帖子,听到肖科长的声音方才觉醒。连忙放下碑帖,起身道:"呀,是肖科长。"

肖科长道:"谈老师好。"转身让小陶走上前些,介绍道,"这是小陶,由她来帮助办菊展,她的大名叫陶李。"

谈老师和小陶握了握手,笑一下,道:"陶李,桃李不言,下自成蹊。"

小陶抿嘴一笑。

肖科长道:"小陶新来,有些事情请谈老师多指点。"

谈老师道:"哪里话,你们是专家。"

肖科长说:"倒是的,不过我不是,小陶是,她大学里学的是植物，很钻研的。"

谈老师道："到茶室坐坐，喝杯茶？"

肖科长说："不了，局里还有事，我是专门送小陶过来的。"

谈老师说："喝口茶就走。"

肖科长看看小陶，说："我不了，小陶留下也行，你们认得了，以后一起做事情。对了，刚才走过，没见着小吴。"

谈老师说："总在的，怕上厕所方便去了吧。"

肖科长点点头，道："怎么样，对象定了没有？"

谈老师道："大概，大概没有吧。"

肖科长叹息一声，道："也难。"

谈老师道："是。"

肖科长说："我也替他留心的，难，快二十七八了吧……"回身对小陶说，"说的是小吴。"

小陶点点头。

肖科长对小陶道："我先走，你慢慢熟悉起来，这一阵，你恐怕得往这里来上班，菊展的事，局里抽不出更多的人力来帮忙，这里全靠你了。"

小陶点了点头，仍不说话。

谈老师和小陶送肖科长走，肖科长突然问道："叶根怎么样，工作还可以吧？"

谈老师说："人挺老实，好像不怎么安心。"

肖科长道："那是，叫他安心也难。"

谈老师说："工作还是肯做的。"

肖科长说："那就好，有时间我再跟他说说，现在不比他做苗木专业户,称苗木大王那时,有什么办法。"

谈老师说:"那是,人总有背时和走运的时候。"

肖科长走后,谈老师带着小陶在园里四处看看,园太小,不经一看,过茶室时,仍不见小吴,谈老师道:"掉茅坑里了。"

小陶又笑。

谈老师道:"挺有才的,可惜残疾,一条腿不好。"

小陶说:"我听肖科长说过。"

他们一会儿就走到门口,王师傅见了,指着巷子一端,道:"叶根在那边,不知做什么,好像来了什么人,女的。"

过去一看,果然叶根在,那个在小巷里犹犹豫豫的乡下妇女和孩子也在,叶根正和她拉拉扯扯,谈老师上前道:"叶根。"

叶根猛一吓,脸通红,道:"我,我……"

妇女哭了起来,小孩子也哭了。

叶根说:"是我老婆。"回头对老婆说,"我叫你不要来,你偏来,算什么?"

老婆只哭着,不说话,叶根红着脸,不知如何是好。

叶根道:"你哭什么,有什么事情,非要出来?"

老婆仍哭。

叶根道:"你有事情你就说呀,你不说我怎么知道?"

老婆仍不说话。

叶根道:"那你就根本不应该来,你回去吧。"

谈老师说:"既然来了,也不能马上叫她走呀,先找地方住。"

叶根道:"我那地方,你们也知道,集体宿舍,怎么住,我跟她说了,她硬不信,以为我……我也不说了。"

谈老师犹豫着道:"我那里,也不怎么方便,不然……"

叶根说:"让她去,让她住大马路去。"

老婆听罢,又嘤嘤地哭一声,小孩子也跟着哼哼。谈老师有些尴尬,瞥了小陶一眼,张着嘴不知说什么好。叶根已经抱起孩子,拉着老婆说:"走吧。"

谈老师不放心,道:"去哪里?"

叶根说:"到我宿舍住,人家要骂,让人家骂去。"说罢拉扯着走去,老婆和孩子停了伤心,竟笑起来。

谈老师对小陶叹息说:"也是个问题,烦呀。"

小陶说:"现在是烦的。"

谈老师没再说话,复又引小陶进园,到办公室坐下,泡一杯茶给小陶。小陶看这办公室,也是园里一处景致,叫作不系舟,略有些船形,又不完全是船的样子,坐在这里朝外面看,园中景致亦是尽收眼底。小陶喝着茶,等谈老师说话,谈老师却不作声,挨了一会儿,小陶道:"谈老师,菊展的事情,怎么商量一下?"

谈老师说:"本来想让大家一起来商量的,刚才叶根走了,小吴又不在,这样吧,明天上午开门前,我们凑到一起商量,你说呢?"

小陶说:"好,明天上午我早点来。"

谈老师道:"也不用太早。"

小陶说:"好的。"看谈老师好像再没什么说的,便起身告辞,谈老师也没有很挽留的意思,小陶似感觉出谈老师有些心事,却又不知是什么东西,也不好多嘴,由谈老师陪着,出不系舟来,看到池边坐着一个男人,年纪很轻,脸色却不好,苍白,又瘦,头低垂着,也不看水,也不看别的什么。小陶虽然没看到他站起来,但已猜到这就是小吴了,转脸去看谈老师,谈老师说:"是小吴。"

小陶问:"他坐在那里做什么?"

谈老师道:"没什么,他就那样。"

小陶说:"是不是有心事,看起来好像……"

谈老师一笑:"有什么心事,也许吧,没有什么大事。"

小陶没作声,看出谈老师没有打扰小吴的意思,她说:"那我走了。"

这时看到小吴抬起头来,朝这边看看,看到了谈老师和小陶,他站起来,一拐一拐地朝这边过来,走得沉着稳定,不急不忙。小陶看他拐得厉害,于心不忍,想迎上前去,可是看谈老师并没有这样的意思,也只好等着。小吴过来,谈老师道:"这是小陶,肖科长那边的。"

小吴道:"为菊展的事来的吧,刚才我听到你们喊的,我没应声,我在拉屎。"

谈老师道:"拉屎吗,还是在哪里睡。"

小吴道:"我能那样吗,上班睡觉。"

谈老师道:"夜里麻将到几点?"

小吴道:"别在领导面前害我,我不玩麻将的。"

小陶听小吴把她叫作领导,也知道他是调侃,但看他那一本正经样,忍不住一笑,想说几句客气谦虚的话,比如我是新来的啦,比如菊展主要得靠你们啦,等等,却说不出来了。

谈老师道:"可以醒醒了,要办菊展了。"

小吴说:"菊展好呀,菊花好呀,不是花中偏爱菊,此花开尽更无花。"

谈老师看看手表，道："也快到时间了。"

小陶说："那我走了，明天来。"

谈老师道："不送。"

小吴也说："不送。"

小陶一个人慢慢往外走，到门口，王师傅见了，道："走啦？小陶同志。"

小陶说："走啦，明天见。"走出几步，听王师傅在背后喊，又停下回头看着王师傅。

王师傅说："有件事情，不好意思，你刚刚来的，就托你，不好意思。"

小陶说："王师傅你说。"

王师傅说："就是到医院检查的事情，我虽是托了不少人的，但是他们都忙，像肖科长，也忙，不知什么时候才能给我联系上，我再托托你，你家里人或者亲戚朋友里有没有在医院工作的，给我开开后门，让我早一点检查了，知道是什么病，也好放个心。"

小陶说："你怎么一定认为你有病呢？"

王师傅说："那是，我自己知道，你信不信，不信我们可以打赌。"

小陶说："那你自己的感觉到底怎么样，哪里不舒服，哪里疼？"

王师傅说："要说感觉，我的感觉就是我有病，你要我说哪里疼，一时却也说不上来。"

小陶说："不过，我看你脸色挺不错的。"

王师傅摇头道："你不明白，这方面的事，你不太懂的。"

小陶无话可说，想了想，也没有什么熟人在医院工作，看王师傅急切的样子，便道："你别着急，我替你想想办法。"

王师傅道："谢谢，谢谢，查出是什么病就好了，我也放心了。"

小陶别过王师傅，一个人沿着小巷往前走，想着新结识的木樨园这些人，不由有些说不清的感受。

到得巷口，取自行车，看周围已经没有什么车子停着了，管车的老头过来看看她的脸，道："上当了吧。"

小陶没有听明白，看着老头。

老头说："那里边有什么看头的，屁眼大点地方，进木樨园的人，出来都大呼上当。"

小陶笑了，说："也没有什么上当不上当的，有的人喜欢，有的人不喜欢，人的想法不一样的。"

老头道："以我的想法，最好大家都喜欢木樨园才好，我这生意就好了，是不是？"

小陶说："那是。"取了自行车，骑上回家去，一路又想着木樨园里那种说不清的气氛，心里想着日后的菊展会是个什么样子，有些激动，也有些担心，毕竟是工作以后第一次承担任务。

小陶回到家，进门时，母亲问怎么这么晚回来，说到木樨园去了，以后的一些日子要在那地方上班，离家很远。母亲想了一会，想不出木樨园在什么地方，说园林也走过不少，几乎走遍，却不知有个什么木樨园的。小陶说木樨园是很少有人知道，在城西北角上，很小的一个园，从前是以桂花得名的，但是现在桂花树很少了，只剩一棵老桂，小陶说着叹息了一声，母亲奇怪地看她一眼，正忙着准备晚饭，也没有来得及多说什么。

晚饭后，小陶搬出些专业书来，看了几页，心绪有些烦乱，看不下去，便把木樨园的大致轮廓构想了一下，以这么一个范围之内，菊展该怎么办，整体布置，局部安排，等等，胡思乱想一会儿，后来又想到小吴说的那两句诗，不是花中偏爱菊，此花开尽更无花，上学时读过，是唐代一位诗人的名句，由小吴平平淡淡地念出来，像有些特别的意味。

二

  这一年好像凉快得早些，刚入农历八月，桂花就开了，虽然只一棵老桂，香气却也沁人，游人好像也多了些，木樨园突然就有了些生气活力的感觉了。小陶骑自行车过来，停车时，看到自行车多起来，看车的老头冲她笑，道："像是你带来的运气呢。"小陶也笑笑，往园里去，桂花香飘在小巷里，小陶打了个喷嚏。

  没有见着王师傅，守在门口的是一位老太太，挡住小陶的路，伸手向她收门票，小陶说："我是这里工作的。"

  老太太道："别骗我，老头子关照的，园里连他只有四个人，都是男的，哪来你这么个女的。"

  小陶道："你是王师傅的爱人吧？"

  老太太笑起来："老太婆。"

  小陶说："我是园林局的，来弄菊展。"

  老太太"噢"了一声，道："原来，你不早说呢。"

  小陶问："王师傅呢？"

  老太太说："到医院查病去了。"

  小陶心里一跳，道："王师傅真的有病？"

老太太说:"我看他是有神经病,夜里不睡觉,天天嚷,不是这里疼,就是那里痛,又说是这个病,又说是那个病,烦死人。"

小陶道:"既然他自己感觉不好,查一查也有好处。"

老太太"哎呀"一声,道:"你才来的,你不知道,不知查过多少回了。查病又不是享福,也吃苦头的呀,什么胃镜的,吓也吓得死人,把那么长的东西塞到肚子里去,换了我,我是死也不查的,他倒好,像上电影院、书场似的,起了瘾头了,几天不查一查就不得过了。"

小陶想笑,忍住了,问道:"你以为王师傅到底怎么样,我们都觉得他挺好的,不像有病的样子。"

老太太说:"我也不知道,吃也吃得下,比我吃的一个抵三个,有病呀,有病那么能吃?"

小陶道:"那王师傅怎么一心像要查出个病来才放心似的?"

老太太一拍手,道:"你这话说对了,老头子不知犯了哪门邪,非说查出病来就放心了,哪有这样的,别人也不是不查病,查病的总说查出来没病就放心了,他偏反过来说,要查出来有病就放心,天知道。"

小陶终于忍不住笑了。

老太太也跟着笑起来,道:"半年时间里,查了几次了,每次查病,便叫我来替他……"正说着,看到谈老师从巷子头走过来,突然就收敛了笑意,等谈老师近来,老太太道:"谈老师,你是负责人,你要负责,你们把我们家老王怎么了,我们家老王,累坏了,天天夜里睡不好觉,浑身疼,你们到底叫他做了什么重活,把他累成这样?"

谈老师说:"没有什么重活呀,我们这里你也不是不知道,能有什么重活。"

老太太说:"不是什么菊展么,叫他搬花盆了是不是?"

谈老师道:"哪有的事,花盆根本还没有开始运送,就是运送,也不用王师傅搬,园林局专门有人来弄的,怎么会叫王师傅弄,不信你叫王师傅自己说说。"

老太太说:"你们的话我也不能全信,叫我们家老王说,他又不肯说,今天又查病去了,拿他没办法。"

谈老师道:"若真的感觉不好,我跟王师傅说过,就不一定来上班,我们再另外寻人,也行的。"

老太太有些生气,道:"怎么,还没查出病来呢,就要赶他走呀。"

谈老师道:"没有这个意思,没有这个意思。"一边朝小陶苦笑,一边朝里去,小陶看出来老太太有缠她的意思,也紧跟着往里去。

商量事情的会在不系舟开起来,小吴烧了开水提过来,大家往自己茶杯里加水,只小陶没有带杯子,小吴说:"我去茶室替你拿一只来,我有好茶叶。"

小陶觉得让小吴一拐一拐地过去十分不过意,要自己去,谈老师道:"你让他去,他坐不住,别看他瘸,走得比正常人不差。"

小陶赶紧去看小吴的脸,小吴笑道:"那是,我在中学参加竞走比赛,拿名次的。"

小陶听不出这是真话还是笑话,不好表态,总觉得拿一个人的残疾来说笑不很好,跟小吴虽然有了些交往,但也说不上很熟,一般的玩笑不敢随便开的。看着小吴拐着到茶室去,后来又拐过来,果然加的好茶，水一泡，碧绿，一股清香，拐着送到小陶跟前。小陶慌慌地站起来，想谢，小吴说："不用谢，我对女孩子天生有一种美好的向往，天生的愿意做牛做马，你问问谈老师叶根他们，我算不算会讨女孩子好？"

谈老师勉强地一笑，叶根却连勉强一笑也没有，满腹愁肠似的苦着脸。

谈老师说："就商量吧，看怎么办。"

大家沉默一阵，其实菊展的事情也不怎么复杂，规模是早就定了的，这不是木樨园的事情，也不是小陶本人的想法，木樨园和小陶只需按这个已经确定的规模做事情，也省心。经过商讨，菊展的总体布局大致上也确定了，以中等规模计，大约要运送千余盆菊花过来，这些菊花，现在尚在各家园林和盆景地置放着，生长着，开放着，到时候，统一将它们运到木樨园，放在一起，这就是菊展了。至于运输工具什么，人力物力什么，倒不用犯愁，会解决的，既然决定办展览，出钱出力，是计划中的事情，不会有错。小陶和木樨园的任务，就是考虑怎么样将许许多多的菊花置放得有些道理。看菊展也许是外行的多，但是来一两个内行就够他挑剔，这对小陶这样的新手，也算是一次不小的考验。好在木樨园有那么些人，可以一起做事情。木樨园虽然从来没有办过什么展览，但木樨园的人多少懂一些，毕竟在这园里待过一阵，熟读唐诗三百首，不会吟诗也会吟，就是这样。

小陶在构思方面费了不少心思，根据菊花的种类、品质、档次、花期、形象、色彩等的不同，配以木樨园的建筑特色，使之浑然一体，精心策划出几个层次、几种色块。小陶已将草图画好，开会时小心取出，交给谈老师，谈老师接过去，说："小陶好快手。"

小陶说："也是个大体上的设想，请谈老师你们大家再看看。"

谈老师道："我也不怎么懂花，小吴你看看。"递给小吴。

小吴接了，看一眼，说："画得很细致、精巧，是木樨园的风格。"

小陶说："我第一次弄，不知该怎么搞，也不知对不对，好不好。"

小吴道："基本上不存在对不对的问题，也没有什么好不好的区别，大概只有一个被人认可或者不被人认可的问题。"谈老师转向叶根："叶根，你说说，你对花木什么，还是有发言权的。"

叶根惶惶不安地摇头，隔了好一阵才说："我不行，我说不出来。"

小陶感觉到气氛有些压抑，却不知是为了什么，感觉中好像木樨园的人不怎么欢迎到木樨园办菊展，犹豫一会儿，小陶道："是不是，在木樨园办菊展有什么不妥？"

谈老师看看小吴和叶根，没有说话，谈老师道："怎么不妥，妥的，妥的。"

小吴道："我们谈老师，好脾气，佛样的。"

小陶想王师傅的老太太怎么说谈老师，谈老师也不回嘴，也不生气，确实性子很好，便说了这事情。

小吴道："那是，涕唾在脸上，随他自干了。"

谈老师道："你说过头了，谁涕唾在我脸上？根本没有。"

小吴道："妙，'根本没有'，真是妙。"

谈老师喝着茶慢慢地说："小陶说得也有理，我们是有些想法。

大家都明白，木樨园知名度不高，地又偏僻，办菊展费的精力不少，但不一定能有好的效果，只是，只是，既然已经定下来，也只能往前走，办总是要办的。"

小吴"嘿嘿"道："那是，办总是要办的。"正说着，见王师傅的老太婆领着一个女孩子急冲冲地过来，一下跳起来，急道："说我不在。"出不系舟，不知躲哪里去了。

谈老师一见老太太，急道："你怎么进来了，门不要了？"

老太太一拍脑袋："呀，我倒忘了，这小姑娘哭哭闹闹，非要进来找小吴，把我闹昏了。你看看，开始还好好的，也没有哭，硬要进来，又没有门票，我不让，我当然是不能让的，跟她说，你别骗我，找什么小吴，不定是想混门票的，我可没这么好骗，到底活了这一把年纪，没有活到狗身上，这么说了她就哭起来，好像我说的她，我其实是说的我自己，这话也听不懂，现在的小孩子真不如从前聪明……"

谈老师道："哎呀，你别再说了，回门口去吧，真的混些坏人进来，你能负责呀。"

老太太还想说话，谈老师急忙打断，道："你家王师傅是很坚守岗位的，任有天大的事，他不离大门的。"

老太太笑道："那是，要不然，也别叫他王师傅，管我叫王师傅也行了。"这才重新往门口去，走出几步，又回头道，"咦，小吴呢？"

大家不说话。

老太太道："小姑娘急得，看起来真有事情。"

大家仍不说话。

老太太又道:"小鬼三,我明明看到他进来的,躲起来了是不是?"

这一说那眉清目秀的女孩子又要哭,谈老师皱着眉要说话,老太太连忙拔腿走,嘴里叽咕道:"我走,我走,不用你赶,我走就是,不就一扇破大门么,怕被人捎走还是怎的,这破门,捎回去也没得用,派什么用处,派不上用处,劈硬柴烧了太可惜……"慢慢走远去。

这边,小女孩睁着红红的眼求救似的看着大家,一一看过来,眼睛最后落在小陶身上,以小陶的感觉,那眼神里竟有一种警惕和敌对的意思,小陶被看得心虚起来,想回避,又觉得若回避不是更显得心虚么,便不知怎么才好,下意识朝小吴溜走的方向看了一眼,小女孩很敏感,随着小陶的眼光,也朝外面看看,没有说话,径直就往外面去了。

不系舟里谈老师先松了一口气,叶根也破例地露了一点点笑意出来,过不一会儿,女孩子又来了,没有进来,只站在门口,以很轻柔的声音向大家说:"请你们转告小吴,问问他,那个姓姜的到底和他是什么关系,没别的了,我走了。"

看女孩远去,小陶道:"是小吴的女朋友?"

谈老师笑了一下,道:"叶根你说是吗?"

叶根说:"算一个吧。"

正说着小吴就冒了出来,道:"说我什么坏话呢,在女孩子面前败坏我。"

叶根道:"没有呀,我们一句话也没说。"

小吴瞥一眼小陶,道:"你听见没有,不把你当女孩子。"

小陶笑。

小吴道："你别以为叶根老实，叶根是假老实，我才是真老实，叶根这几天，你看他愁眉苦脸，假的，心里正快活，抗旱抗的。"

叶根的脸色立即有些灰暗，闷了半天不再说话。

谈老师说："小吴，好好的，别这样。刚才那女的，姓丁吧？"

小吴道："怎么姓丁，谈老师你真是，连我女朋友的姓也搞不清楚，她姓刘。"

谈老师道："就算姓刘吧。"

小吴道："怎么能就算，是姓刘就姓刘，什么叫就算，多难听，好像我的女朋友多得我连她们的姓也不记得了似的。"

谈老师道："你知道她说什么？"

小吴说："她让你们问问我，和那个姓姜的到底什么关系。"

小陶抿着嘴。

谈老师说："到底什么关系？"

小吴道："朋友关系，下次刘若再来，你就这么告诉她。"

谈老师说："你好意思。"

小吴道："我说过了，别在女孩前面诽谤我，小陶别以为我是条色狼呀。"说着做一个龇牙咧嘴的样子。

小陶笑了一下，有些不好意思。

谈老师道："好了，好了，言归正传，菊展的事情，就按小陶这个构想怎么样？"

小吴说："好呀。"

谈老师看看叶根，叶根重又沉浸到他的百般愁绪中去，没精打采地道："好的。"

花香一阵阵地飘进来,小陶打了个喷嚏,小吴说:"你过敏?"

小陶摇摇头,说:"我就是吃这饭的,若过敏,还不完了。"

小吴道:"也是的。"

小陶取回图纸,对谈老师说:"既然你们没有什么意见,我到局里向肖科长他们汇报一下。"

谈老师说:"好。"

小陶离开木樨园往局里去,到得局里,肖科长正在开会,小陶到自己办公室坐一会儿,等肖科长开完会出来。与小陶同办公室的同事和小陶也还不怎么熟,小陶分来没几天,就派到木樨园工作,偶尔回来坐坐,也谈不到深里去,此时见小陶一个人愣坐着,好像情绪不高,便主动说起话来,小陶便把木樨园的情况说了一下。大家听了,都道,木樨园就那样子,干什么都没兴趣的,并不是针对某个个别的人,整个情绪就是那样,也是从前的日子里太便宜他们了,什么辛苦的事也轮不着他们,养懒去了,现在要他们做点儿事,就这样。

小陶听同事这样说,心里很感动,但细想想,又有些差别似的,便说:"要说懒,不像。"

同事说,那是惰性。

另一同事道,清闲惯了。

小陶再想一想,道:"也不完全是,不知有没有什么原因,很可能有什么原因,只是我不知道,不了解情况。"

同事道:"什么原因呀,就他们那几个人,什么原因,你还挺拿他们当回事,圈子里的人都不拿他们当什么,他们也不是什么,管那五六百平方米的地儿,四个人,还管不过来,弄得死气沉沉。"

另一同事道:"那是管事情吗,那是养老,福利院呢。"

大家笑。

小陶说:"也不是我拿他们当什么事,只是我要和他们一起做事,不合起来,怎么办?"

同事道:"又不是你一个人的事,你告诉肖科长就是了,怪不着你。"

小陶想这也好,向肖科长说说,让肖科长再去园里看看,指点指点。第一次工作若工作不出点成绩来,是不大好交代,好在局里大家知道木樨园的情况,自己只要尽心尽力也就行。

肖科长散了会,叫小陶过去,小陶将准备工作的情况大体说了,想来想去,没有把木樨园对菊展的冷淡说出来。冷淡只是一种感觉,不是事实,小陶不好说,和同事聊天时可以随便说说,一本正经汇报工作时,小陶便觉得不怎么合适,到底还是没有说。

肖科长听小陶汇报,和事先想的也差不多少,没有什么明显的毛病,也没有什么突出的优势,也就没有更多的话说,只说待局长有时间再向局长汇报一下就算通过。一般来说,这样的小型的展览,局长也不会有什么大的反对意见,到时候菊花运送过来,只管按小陶的设计摆放即是。

小陶的设计通过,心里轻松些,但也没觉得有什么愉快,在她的感觉上,不仅木樨园的人对菊展没什么大的兴趣,就是肖科长,局里,对这事情好像也是可有可无似的。小陶想这也对,若是件重大事情,能让我这样刚出校门的人来管么,当然是不能的,这样想着,虽然有些失落,但原先的一些负担也随之放下了。

三

　　进入九月，运送菊花的工作就开始了。因为巷子太窄，卡车进不来，到巷口，将菊花一盆一盆搬上小板车，推进来，到得门口，板车又进不得园去，再把菊花一盆一盆搬进去，一番事情三番手脚。局里请了些临时工来，手脚粗重，常有打碎花盆摔烂菊花的事情。菊花搬进来，按照小陶的指点，这一盆放哪儿，那一盆放哪儿，倒也进行得有秩序。叶根也参加了运送的行列，说好按临时工一样的标准另发一份钱给他。以这样小规模的行动，千余盆菊花，运送了很长的时间，眼看着秋风渐起，花期已近，活儿就有点紧迫感了。大家忙着，王师傅也来插手，不让他做，王师傅就不高兴，道："我还没有查出病来，怎么就不让我做，等我查出病来，再歇也不迟呀。"谈老师仍是不允，王师傅道："这样看起来，你们已经知道我得的是什么病啦，是不是，要不怎么不让我做事情。"说得别人不好开口，只得任由他去。

　　菊花阵摆好后，看看确实不错。叶根每天增加了护养千余菊花的事情，倒也做得心甘情愿，一时间像回到过去那时，做个苗木大王的感觉重新回来了。每天细细观察菊花结蕊情形，凡已结蕊的，都施以浓肥，这么护养了几日。小陶早知叶根是个行家，这么维持到菊展开始，看来是没有什么大的问题。谁知起了几天西风，风向突然变了。东南风一吹，小陶知道天要变，这期间的菊花，最怕狂风，狂风一起，菊花多半摇动伤残。小陶上了心思，夜里睡觉也不得安稳，每夜在家叽咕，怎么还不刮风，怎么还不刮风，家人听了，不知她是怕刮风还是希望刮风。一日夜间终于听得狂风大作，小陶坐立不安，听那风越刮越猛，实在等不下去，便骑了自行车直往木樨园去。走到一半折了又往叶根的住处去，到民工的集体宿舍一问，说是叶根不在，当天就没回来过。民工看小陶年纪轻轻，漂漂亮亮，和她打趣，道，找叶根不是时候，这些日子，叶根老婆在这里呢。小陶红了脸，问知不知道叶根在哪里，说不知道。小陶又问叶根老婆在不在，说也不在，怕是到哪儿开旅馆去了，说叶根这些日子馋极，看得到，吃不到，饿出病来了，等等。也有人说，什么开旅馆，说叶根老婆几年都不让叶根上身，在乡下有了人，被那家的女人打了，还要杀，吓逃出来，到城里又有了人，每天在那人处过夜什么的，说了一大堆。小陶连忙逃了出来，骑车到木樨园时，小陶不由"呀"了一声，木樨园黑黢黢的，那四人都蹲在菊花边，在叶根的指点下，将菊花一一用篱竹绑起来，小陶拣一把篱竹看，根根直挺，小陶眼眶一热，再看千余菊花，已绑扎大半，所剩无几，小陶也不说话，蹲下动起手来。

终于将菊花尽数扎妥，只听王师傅"哎呀"一声，道："站不起来了，到底是有病，没有病怎么就站不起来了。"

小吴根本就不站起来，坐在地上，笑道："老了就服老，老拿病来抵抗自己的老，算什么？"

王师傅急道："我真的有病，我还要去查，我不信查不出病来，我查出来就放心了。"

小陶看谈老师疲惫不堪的样子，一时不知说什么好，愣了半天，才说："这么多竹竿，哪来的？"

谈老师说："我叫他们事先准备着的，每人完成三百根。"

小吴说:"我不是表功啊,我削三百根竹竿,比别人削三千根的功劳还大呢。"

王师傅说:"怎么的呢,你腿不好,又不是手不好。"

小吴道:"这你就不明白,我这双手,可不是一般的手,你知道我这双手,一个夜晚能创造多少价值?"

王师傅道:"什么价值,拉女孩子的手,也算价值?"

小吴道:"冤枉哪,小陶,你是上面来的,你看看他们怎么欺负我这残疾人呀,你得替我申冤报屈。"

小陶笑。

谈老师道:"王师傅也没有说错你呀。"

小吴说:"我夜晚在家,看书,增长知识。怎么说来着,知识就是力量,你知道我每天能增长多少力量,还有,画画、练书法,都是有用的事情,这宝贵时间,用来削竹签,实在是一种天大的浪费。"

小陶看叶根在一边发愣,便过去说:"叶根师傅,我到民工宿舍找你。"

叶根"嗯"了一声。

小陶说:"他们说你爱人也住那里,不过我没看见她,也没见你小孩。"

叶根的脸复又阴沉,不说话。

小陶想民工说的那些话,不管真假,反正知道自己多嘴了,却不知怎么收场,有点难堪。小吴说:"小陶,我站不起来,你拉我一把。"

小陶便去拉他,感觉到小吴的手冰凉,看他脸色也是苍白,说:

"你很冷？"

小吴费了很大的劲站起来，说："我不冷，我一年四季都这样子，活的我和死的我差不多——这是说的体温，不是别的，别误会了以为我这也无能那也无能呢。"

小陶听出话里的含义，尴尬地笑一下，赶紧将身子稍稍偏一点，脸对着谈老师，谈老师捶捶腰腿，说："好了，回吧。"

大家摸黑往外走，一行人，谁也没有说话，只听得参差不齐的脚步声踩在石子小径上，很清脆，很悠深。到木樨园门口，走在前面的叶根"呀"了一声，大家随着往前面看，就发现有一个女孩子倚在木樨园的石库门框上，一看到小吴，眼睛在黑暗里立即闪闪发亮。走在小吴身边的小陶听到小吴偷偷地叹息一声，女孩子已经过来，小吴抢先道："小文，你怎么在这里？"

女孩子有些哀怨，轻声说："我一直在这里等，大门关着，我进不去。"

小吴说："你等我做什么？"

女孩子道："你真的忘了，本来约好，我晚上到你家去看你，说你到园里来了，你失约。"

小吴道："我可是因公牺牲呀。"

女孩子道："你总有理由。"

大家一起往前走，到得巷口，小吴指指大家，道："这么多人可以为我做证。"

女孩子一一看过来，把眼光停留在小陶身上，小陶又一次感觉到一种莫名其妙的心虚。

小吴问女孩子："你骑车了吗？"

女孩子点点头,手指指一辆漂亮的女车,小吴道:"走吧。"和女孩子各自上了自己的车子,一同骑去。这边的几个人,看着两辆自行车并排在马路上远去,没有人说话。

王师傅和叶根很快就走了别的路,剩下谈老师和小陶两人顺路,路上谈老师一直没有声息,小陶几次想和他说说话,但侧脸看谈老师的脸色,不怎么好,不想说话的样子。快到分手的地方,小陶说:"谈老师,明天上午我们商量一下预展的事。"

谈老师愣了一下,慢慢地道:"明天,明天上午,我可能,可能来不了……"

小陶看看谈老师:"有事吗?"

谈老师欲言又止,过了一会儿才说:"有点事情。"

小陶问:"什么事?"

谈老师又犹豫着,最后说:"上法庭。"

小陶一吓,看着谈老师,谈老师没有什么激动的样子,说道:"这桩官司缠了很长时间了,了结了也好。"

小陶道:"是民事案子?"

谈老师点点头,道:"一个亲戚,告我侵吞他家的祖传文物,调解不成,明天宣判。"

小陶有些担心:"估计会怎么判?"

谈老师摇了摇头:"很难说,反正,我也给缠得吃不消,就算判我输,我也认了,再说,法院判的,你不认也得认。"

小陶道:"若判输,你承担些什么?"

谈老师淡淡一笑:"赔偿呀,那可是一笔不小的数字,基本上要倾家荡产了。也罢,花钱买个太平,也值。"

小陶不好直言相问谈老师到底有没有拿亲戚家的文物,从小陶的个人感觉上,当然相信谈老师不会侵吞别人的什么东西,正胡乱想着,谈老师道:"小陶,你到了。"手向前一指,"是那里吧,再见。"

小陶发现已经到家了,奇怪谈老师怎么知道她的家,正要问,看谈老师却已调转车头,往回去了,小陶才明白谈老师是有心送她一程的,看着谈老师远去的背影,小陶想谈老师的官司输了怎么办呢。

菊花已经运来布置好,但菊展还没有开始,门票也不能加价,所以这期间到木樨园来的游客倒是沾了个光,门票还是老价钱,很少的钱看个小园还能欣赏那么多名贵的菊花,实在是让人占了大便宜。传来传去,来的人就多起来,尤其是木樨园附近的居民,看着大卡车往园里送去这么多菊花,又不加门票钱,乐得过来看看稀奇。人多了,管理上就很辛苦,要防止游客在菊展开始之前就把菊花破坏掉,木樨园四个人加上小陶都很着急,盼望着菊展提早开始算了。小陶向肖科长他们说了,肖科长答应请示局领导,一请示,二研究,日子很快过去了,离原定的菊展时间也差不几天了。在正式展览前,有个预展,到时局领导先来看一看,过过目,也没有什么大的意义,意思一下,也是个规矩。

预展那天,局里几位局长带着一些专家来转了一下,肖科长陪着,让小陶向大家汇报了一下筹备工作情况。看下来,还是比较满意的,专家们挑了一点小毛病,并且再三说是白璧微瑕,领导也提了一点小意见,看得出纯粹是为了体现领导的重视罢了。整个菊展准备工作基本上顺利通过,小陶和大家送走领导专家,都松了一口气。

局领导和专家们走了不久,大家就听得王师傅在门口大声吵吵,谈老师和小陶迎出来一看,原来有一个中年男人没有门票想进园,王师傅正和他认真,说道:"你别和我搅,我告诉你,我是有病的人。"

中年男人不明白王师傅的意思,愣愣地看着他,王师傅道:"怎么,你不相信我有病?"

中年男人笑了,语气很温和地道:"你有病我为什么不相信,现在的问题,不是讨论你到底有没有病,是我要进园去看菊展。"

王师傅道:"菊展三天后开始,到那天请早吧。"

中年男人道:"我三天后没有空,想今天提前看一看,不行吗?"

王师傅道:"不行。"

中年男人又愣了一会儿,转而道:"那我进园看看别的。"

王师傅说:"你一定要进?"

中年男人点点头。

王师傅把手一伸。

中年男人不明白:"什么?"

王师傅道:"门票呀。"

中年男人恍然大悟似的笑,连忙退到售票处买门票。

王师傅啰啰唆唆地道:"也不知到底是做什么事情的,看起来像个惯吃白食的,怎么连进园林要买门票这一事也不知道……"

中年男人买了门票过来交给王师傅,道歉道:"对不起,我忘记了。"说着便进了园门。

谈老师和小陶迎上前,谈老师道:"这位同志,我们看门的老师傅，性情有点儿躁，请多多包涵。"

中年男人看看谈老师，再看看小陶，向谈老师问道："你是木樨园的负责人？"

谈老师点点头，指指小陶，道："小陶是园林局的，菊展就是小陶操办的，您是……"

中年男人笑笑，道："我看看菊花。"一走近菊花，便低了头沉浸进去，再不和谈老师、小陶说什么话。他将每一盆菊花一一细看看，嘴里咕咕哝哝，小陶勉强能听到几句，好像是在报着每一个品种的名字，听出来是内行话，小陶对谈老师道："看起来是个菊花迷。"

谈老师点点头，他们一起忙别的事情去，也不知中年男人什么时候走的。

到这一天下午，园林局的李副局长和肖科长突然赶到木樨园来了，通知木樨园，将贴出去的关于举办菊展的海报统统收回。

小陶心下大惊，道："怎么，菊展不办了，是不是有什么问题？"

李局长笑道："不是不办，而是要办更大规模更高规格的，不是有什么问题，而是因为你们弄得太好了。"

大家面面相觑。

肖科长说："今天上午张市长悄悄地来看过菊花了，觉得这么好的菊展放在木樨园这样默默无闻的小园里实在是委屈了，提出来要换到名园去办……对了，你们怎么的，市长来也不告诉局里一下，弄得局里很被动了……"

谈老师和小陶同时想起了那位中年男人，相对苦笑一下。

李局长道："也不能怪他们，市长是微服私访，他们不认得市长，可能根本就不知道市长来过，是不是，小陶？"

小陶没有说是也没有说不是,只是说:"那该怎么办?"

肖科长道:"局里开过紧急会议了,菊展移到沈园去办,那里地方大,游人多,效果好。"

李局长道:"由肖科长具体抓。"

肖科长补充:"李局长亲自挂帅。"

李局长摇摇手:"我不挂帅,市长说他自己亲自挂帅。"

小陶问道:"市长怎么知道木樨园要办菊展的,木樨园不是默无人知的么?"

李局长和肖科长相对一看,李局长道:"市长说是在哪一份报告上无意中看到一眼关于菊展的事情,就寻来了……听说市长原来的专业就是花卉,而且特别偏爱菊花,曾经在家里侍养过许多名品,后来从政,也没有时间侍弄菊花了,这一次又看到这么多名菊,哪能放过……"

肖科长道:"刚才沈局长说,到市长家看见市长家墙上挂的都是菊,家中摆设也尽是……"

小陶再次打断他们津津有味的谈话,问道:"那么,这些菊花,得重新搬走?"

肖科长点头:"那当然,时间很紧,市长要求在三天内重新布置好新的菊展,第四天正式开展,不能再拖,再拖就拖过花期。"

李局长道:"是内行话。"

肖科长看小陶默不作声了,便道:"其实都一样,对我们园林局来说,菊展办在哪里都一样,不是吗?"

小陶说:"那是。"

肖科长又说:"搬运工马上就到,局里也有人过来帮忙。"

正说着，门口王师傅的嗓门又大起来，道："你们哪来的？进去做什么？"

许多人嚷嚷："叫我们来搬菊花的。"

又嚷："限定我们时间的，你不让我们进，耽误了时间你负责！"

又嚷："搬菊花！"

王师傅的声音完全被淹没了。

四

看到菊展的消息，慕菊花而来的游客倒也不少，可惜木樨园的菊花已经搬运一空。王师傅少不得再费一番口舌，向大家解释突然取消菊展的原因，并且介绍大家到沈园去看更大更好的菊展。大家说，我们不要看沈园的菊展，我们就是来看木樨园菊展的。王师傅道，那我也没办法变出菊花来了。大家说你说话不算数。王师傅道，我怎么说话不算数，我叫你们到沈园去看菊展，难道说错了么，你们别跟我闹，我是有病的人。游人再无话说，扫兴而归，搬空了菊花的木樨园又恢复了往日的宁静。

小陶是随着最后一盆菊花一起走的。沈园的菊展，虽然有肖科长亲自抓，但是科里所有的人都得扑过去，小陶到沈园忙过一阵，待菊展正式开始，也没她什么事了。开展那天，市长果然来了，还记得小陶，笑道："在木樨园见过你。"

小陶点点头。

市长道："怎么样，我这主意还行吧，这么好的菊，放在木樨园，不是可惜了么。"

大家说是。

市长看过菊展，沉思一会儿，道："基本满意，不过，好像不如在木樨园那边有整体感，是不是，时间太急促？"

园林局的局长们互相看看，再把目光投到肖科长身上，肖科长看着小陶，小陶说："时间紧当然也是一个问题，另外，木樨园那边的结构布置是根据木樨园的建筑特点整体考虑的，放在这边，因为园太大，不大可能从整体上加以考虑，所以显得有些凌乱的感觉，还有……"

市长一笑，道："其实，我也是随便说说，我是外行，依我看，弄到这水平实在是很不错了，我挺满意的。真的，能搞这么一个菊展，我很高兴，有些不足也是正常，时间短么，不能要求太高，对不对？"

大家都放松地笑了。

市长又说："从全局看，放在沈园办和放在木樨园办，效果对比是很明显的——"

大家等着市长的下文。

市长继续说："肯定是放在沈园要比放在木樨园好得多。"

大家说是，小陶没有说话，其实小陶心里，也是承认这一事实的。市长指着名贵菊花，一一报出它们的学名、特性等等，大家都感觉到市长是有真才实学的，不得不从内心感到佩服。

市长走过以后，菊展的事情大体也告一段落，下面就是正常工作了，主要由沈园负责。从实际效果看，菊展放在沈园，经济效益和别的一些方面的效果也确实要比放在木樨园好得多。

小陶空闲下来，想到木樨园看看，要说有什么事情真也没什么事情，心里老觉得有些什么放不下，细想想，又没有什么，找不到个理由似的，又觉得就这么什么理由也没有就过去，有些唐突似的，到那儿说什么呢，问问大家好吗，多此一举，说说沈园的菊展吧，也没什么好说的，也不想说。就这么犹豫了几天，每天在局里上班，并不很忙，同事们电话来来去去的很多，小陶也没什么电话往来，因为刚分配工作，老的关系都已到了新的地方，新的关系还没有开始建立，只看着大家忙公事私事，自己有些无所事事的感觉。突然同事叫道，小陶电话，小陶奇怪哪来的电话找她，起身慢慢地去接了，是小吴打来的，说是谈老师让打的，告诉她，王师傅果然有些问题。

小陶开始没有明白小吴说的问题是什么意思，还以为王师傅有些什么不对的地方呢，再一想，明白过来，心里一跳，愣了半天，才问道："怎么，怎么……是不是查出来……"

小吴说："详细情况还不知道，只说是有可能，今天下了班我们过去看他。"

小陶道："我也过去。"

小吴说："好。"告诉了医院和病房，便挂断电话。小陶将话筒在手里握了好一阵，有同事来用电话才放下。

下班后，小陶到店里买了些营养品，骑车到了医院，进病房一找，很快就找到了，一看，谈老师他们还未到，王师傅躺在病床上，红光满面，正和同房的病友说话，一眼看到小陶，便笑了起来，说："哎呀，小陶，你怎么来了？"

小陶走过去，放下营养品，考虑着话该怎么说，不能太露出伤感的样子，但也不能太轻松，慢慢说道："下班经过，来看看你。"

王师傅显得很兴奋，看着小陶笑，道："小陶，我早说的吧，我早说我有病，你们都不信，你看看，不是查出病来了，我早说的吧，这下你们相信了吧……"

小陶不知说什么好，犹豫了半天，问道："是什么……到底怎么样？"

王师傅两眼放光，正待往下说，老太太走了进来，大声嚷道："又来了，又来了，医生叫你省省，少说话，你……"

王师傅道："我没有多说话呀，我只是说，我早就知道我有病，我都敢打赌的，这不是，查出来了吧……"

老太太呸他一口，道："还没有确诊呢，你又咒自己，医生说，是一个什么影子……"

王师傅纠正道："可疑阴影。"

老太太说："就算阴影，也不知是个什么东西呢，你又先咒起来。"

王师傅说："奇怪，怎么说我咒自己，我的病是早就有的，是事实，又不是我自己咒出来的，我早说过，我有病……"

老太太笑起来，说："知道了，知道了，知道你有病。"

王师傅也笑，道："你现在承认了，查出来你才肯承认，就不相信我，我气死。"

老太太和王师傅说说笑笑，小陶在一边看着他们，心里有一种说不出的滋味，一时竟不知再向王师傅说些什么，正想着，谈老师三人也到了，大家上前问王师傅好，王师傅复又兴奋，嚷道："你们来啦，怎么样，这下相信了吧，我早说我有病的，查出来了吧……"

大家看王师傅笑，也跟着一起笑，他们说了一些别的，看起来是想把话题扯开去，不让王师傅再说自己的病，可是王师傅除了自己的病对别的并没有什么兴趣，只待有机会，见缝插针地说："那天医生拿了片子来，真的，我一看医生的脸，我就知道查出来了，其实我对自己的病早就明白，查不查也一样，病总是在那里的，只是不查出来，谁也不相信，现在好了，彻底解决了，我也放心了……"

大家想再把话题说开去，小吴问小陶："沈园那边，菊展，还可以吧？"

小陶点点头："还行，规模大了些，不过不如在木樨园有整体的感觉，市长也这样认为。"

小吴道："什么时候抽空过去看看。"

谈老师说："我已经过去看了，确实好，是比办在木樨园好得多，也像模像样了。"

王师傅仍然很兴奋，道："是呀，我也听说办大了，要不是查出来有病，我也想去看看呢。"

小吴说："你就开始装死啦？"

王师傅朝小吴挤挤眼睛，又朝小陶挤挤眼睛，看老太婆走一边去，低声道："我是说给老太婆听的，什么时候老太婆走开了，我会溜出去的。"

老太太听到在说她，走过来，说："我走开，我走到哪里去？"

王师傅道："那你也不能把我当犯人呀，这多难受，闷也闷死了。"

老太太笑道："这是你自找的，好好的日子你不过，非说自己有病，要查要查，查出来你就不得自由啦，现在尝到滋味了吧。"

王师傅道："我要查病，只不过证实一下自己的感觉呀，我又不要住医院,我不要吃官司,我要出去。"

老太太"哈哈"一笑:"你是自投罗网,既进来了,还由得了你么,乖乖待着吧。"

旁人看王师傅老夫妻逗乐,不知往里插什么话才好,只小吴话多,道:"念首诗你听听,城外土馒头,馅草在城里,一个吃一个,莫嫌没味道。怎么样,该你做馒头馅儿了吧。"

王师傅刚要开口,老太太"呸"了小吴一口,笑骂:"你才土馒头,你才做馅儿,你个拐子。"

小吴不知从哪里掏出一张宣纸,皱巴巴的,展开来一看,是他画的一张画,上面是一只闭着眼睛的灰色的鸟,可怜巴巴地栖在一枝枯枝上,画得很稚气,像小孩子画的。小吴双手捧着送给王师傅,王师傅接了,笑道:"好,画的就是我,真像。"

大家看他们这么说笑,心里都有一种说不清的滋味。过了好一会儿,叶根走近王师傅病床边,道:"王师傅,我来向你道个别了。"

王师傅看着他,一脸迷茫,问:"怎么?"

叶根说:"我回去了。"

王师傅道:"回乡下?"

叶根点头不语。

王师傅问:"怎么,在木樨园做没有意思?"

叶根道:"也不是没有意思,只是我出来,乡下的家不像家了,老婆不肯在乡下待着,跑出来,住又没个住处,孩子也不得安稳,乡下家里,父母亲年纪大了,没人照顾……"

王师傅笑起来,说:"你老婆,不肯在乡下待着,怕你在外面花心吧。"

叶根的脸灰暗了，慢慢地道："她在乡下，受人欺，不好待，才出来的……我想来想去，还是回去，让一家人过得像样点吧，穷就穷了，再说了。"

王师傅想了一下，点头道："也好，不过，你什么时候想出来，想回木樨园来做，一句话。"

叶根听了，眼有点儿红，朝谈老师、小吴他们看看，王师傅说："谈老师，你说是不是？"

小陶插嘴道："其实，你这么回去有点儿……怎么说呢，有点那个，你有专业知识，有实践经验，你应该发挥自己的长处，是不是？"

谈老师说："小陶的话也不是没有道理，以现在的社会，穷确实是很不好的，你若真的决定回去，也好，只不过回去以后，希望能振作起来……"

又说了一会儿话，看时间也不早了，告别了王师傅，一行人出来，叶根走在最后，低声问小陶："沈园那边，菊展真的很不错？"

小陶点点头，道："你什么时候过去看看？"

叶根摇头："不了，我一两天内就走了，以后有机会再说，以后若能在木樨园办，我一定来的。"说着向谈老师、小吴告别，一个人走远去了。

小吴和谈老师开自行车锁的时候，小陶觉得气氛有点压抑，和小吴开个玩笑，道："小吴，你看有个女孩子等你。"

小吴笑了，说："我已看过了，在我的视力范围内，目前没有第二个女孩子，只有一个。"

小陶脸有些红，没有再往下说。

小吴摸摸索索又从身上哪里弄出一张画来，给小陶，小陶一看，画的是一片荷塘，有一只青蛙蹲在荷叶上，仍然是很稚气的，像小孩子的画，看上去东西都有些变形。小陶看不懂，道："什么意思？"

小吴道："什么什么意思，画张画还得有意思，我是想到什么就画什么，画下来是什么就是什么，没有什么意思，我不是说你是青蛙呀。"

小陶笑了，道："我也不至于那么傻，你画什么我就自以为是呀，若你画个癞蛤蟆，我还自认呀？"小吴说："我画个癞蛤蟆你当然不认，我若画个天鹅，你就认为是了吧？"小陶道："也不至于。"他们一起笑了一会儿，分头走了。

看着小吴和谈老师骑上车远去，小陶突然想到忘了问问谈老师那官司的情况，到底是输了还是怎么，再一想，不问也罢，不知道也好。正想着，要跨上自行车时，见小吴调过车头回来了，小吴向她扬扬手，大声道："谈老师让我回来跟你说一声，欢迎你有空到木樨园来。当然，也有我的意思。"

小陶也朝他扬扬手，说："好的。"

小吴笑了一下，再调转车头，又远去了。

小陶站着看他的车子消失在车流人群中，小陶想，以后有时间，会到木樨园去的。

不过过了很多日子，小陶一直也没有到木樨园去。

结尾与开始

一

牛坟头村的牛福生进万康南酱店学生意,村上人都羡慕,很不易,在杨湾镇上且有许多人家的子弟愿意进万康的,轮不到乡下人去,这回偏却要了牛福生,好像和万小姐的舅舅有些关系。万小姐的舅舅说是年轻的时候和牛福生的母亲有些什么事情,挺美好的,就这样,荐了。万先生吩咐将牛福生领过来一看。大家都以为牛福生基本上没有希望,万先生给万康选人一直很严格,常常是百里挑一,万先生不做任人唯亲的事情,可是这一次好像例外。万先生看了一下牛福生,也没有多问他什么话,也没有考他一些什么,万先生点点头,说,留下吧。就这么留下了。

非常简单。

大家觉得有些奇怪,也是正常。

牛福生进了万康,改名叫作万福,这是万康的老规矩。万康是一家老字号的米酱行,规模很大,杨湾镇上没有比万康更老的店,也没有比万康更具规模的商行。万康米酱行是现在万先生的祖父万仲一先生在20世纪初创设的,当时从业人员就有六七十人,分作米作、酱作和酒作。米作工作的季节性强些,一般在秋收后收购乡人的稻谷,加工碾米,向本镇居民供应,或有部分运往外地,米作图方便设在杨湾码头。酒作和酱作生产和出售黄酒、酱油、酱菜,建在杨湾镇的琵琶街,称作万康南酱店。

据琵琶街的老人回忆,在万康创设米酱行之前,琵琶街房舍很少,荒场、桑园,到处瓦砾土墩,万康米酱行在这里建了较大的作坊、仓库、店堂,后来又造了大批住房,供万康的员工居住或者向人出租,万康几乎占了琵琶街的大半房地产业。

万福进万康的时候,万康正遇上一点麻烦,有两件事情发生,这两件事情看起来和万福无关,这是在万福出现之前就有的事情,或者说事情早就开始酝酿,早就开始发展,只是到万福来的时候发作起来罢了。两件事情之间,也没有什么关系,只是让万福碰上了罢了。至于这两件事情,对万福日后在万康的发展是不是有什么影响,现在还不好说。

那时候杨湾镇上驻扎着一个班的日本人,刚来的时候是住在镇公所的,住了不久死了两个日本兵,也没得什么病,就看着他们慢慢地死去。日本人不知道怎么回事,总是疑心有人使的坏,却又查不出什么来,便不再住镇公所,看中了大地主刘枕白的房子。刘地主在杨湾镇的房子，基本是空着的，刘家的产业都在城里，家眷什么也不往乡下小镇来住，小镇上的家产，是祖上留下来的，一直给刘家的一个讨丫头住着。讨丫头是穷苦人家出身，从小给刘家讨了来，刘枕白很喜欢讨丫头。又似女儿，又似小老婆那样养着，用两个下人侍候，在小镇上过着也挺安逸。日本人刚来时，镇上的人还见到过讨丫头，后来就不再见，也不知去了哪里，或者死了也是可能，有人说是给日本人先奸后杀了，也有人说是自己跳了井死的，但说不出是哪一口井，总之都是说不清楚，那时说不清楚的事情也多，少个把人什么的，也算不了什么，刘枕白反正也不回来，别人也不好多管什么事。房子空下来了，日本人看得中，就进去住，讨丫头就再没有露过面了，两个一直跟着讨丫头的下人也没了，所以说是日本人害的讨丫头，也不是全无道理，只是没有证据，也没见着死尸，当然，话说回来，即使有什么证据，谁又能怎么样，日本人要杀谁，还不是随他杀去。

万福在乡下没有见过日本人，听是听说过的，心里总想着日本人青面獠牙，凶神恶煞的样子，他进万康第二天，就听小伙计万顺说，日本人来了，吓得两腿筛糠似的，站也站不住了，心里怦怦地跳，等到真见着了日本人，才知道日本人也就那样，和大家也差不多。万先生称作班长的那一位，会说中国话，还戴着很好看的眼镜，文文静静的，和万福家牛坟头村的私塾先生有点儿像的。万福想，原来是这样的呀。

日本人是来找一个失踪的日本兵，失踪好些日子，已经把全镇找遍，也没见，最后才到了万先生这里。日本人对万先生还是挺客气，班长先向万先生鞠了一个躬，万先生向后一退，班长阴沉地笑了一下。

班长的目光把在场的万康的伙计都打量了一回，以万福的感觉，班长好像盯着他看的时间比看别人的时间更长一些，眼睛里似有些疑问，只是没有说出来。看我做什么，万福想，他不会觉得我脸熟吧，他不会以为他认得我吧，莫名其妙的事情，不可能，也许事情正相反，店堂的伙计班长都见过，我是新来的，他当然多看我几眼，我有什么可以心虚的，我不心虚，万福想。

万先生领着班长把万康南酱店的店堂里外寻了一遍，班长说，没有。

万福在一边偷偷看着班长，怎么说中国话，万福想，说得还蛮像的。

酱作看不看？万先生问班长。

班长说，看。

班长跟着万先生往酱作去。

万康南酱店的酱作，在万康的后院，沿着河，很大的一块地方，冲天的酱作味熏得班长打了个喷嚏，班长看到满园的酱缸，满地堆着的萝卜，皱着眉头摇了摇头，目光再一次落到万福身上。

一直到很多很多年以后，万福还是没有明白：当时站在酱园那一大片场地上的人很多很多，他们是酱作的工人。班长进去的时候，他们都停下手里的活，一言不发地等着，他们并不知道等什么，但他们确实是在等着。班长不去看他们中间的任何一个人，却朝万福看了一下，万福不知道这是为什么。

如果在万康南酱店的店堂里，万福还可以用我是新来的这想法解释班长的另眼相看，那就是说班长有可能认得店堂里的其他的伙计，但是现在到了酱作坊，这么大的地方，酱作坊里这么多工人，班长是不可能一一认出他们的，谁早来，谁新来，班长是不会知道的，班长也可能出于某种需要确实对万康米酱行了解得比较透彻，但是班长毕竟不是万先生自己。万福想，我是新来的这想法已经失去了它的意义。班长确实又把目光落到万福身上。班长确实对我有什么想法，万福心跳得厉害。

班长会对我有什么想法？

他怀疑我是什么？

为什么？

怎么会？

我有什么值得怀疑的地方？

我错了，万福想。

当然，现在就对万福的想法作一个判断，好像还为时过早。

当班长透过玻璃镜片朝万福注视的时候，万福才发现他犯了一个很大的错误，站在这地方的都是酱作的员工，没有一个是店堂里的伙计，店堂的伙计，没有一个人跟着进来，万福想，我怎么办，他已经来不及了。

你，班长他指着万福，万福心里猛地跳起来，班长说，你，看到没有？

万福惶惶地摇头。

班长继续注视着他。

他是刚来的，昨天才到，万先生说。

班长又朝万福看了一会儿，研究什么似的，过了半天，班长好像微微地笑了一下，班长说，新来的，做小伙计？

万先生说，是。

班长终于把眼光从万福身上移开了，班长四顾一下，他的目光最后落在院东边的小楼上。

是家小住的地方，万先生说。

班长和气地点点头，有万太太和万小姐，班长说。

班长对万家真的很清楚，万福想，其实关我什么事，我想这些做什么。

万先生做一个动作，说，请。

万先生陪着班长往东边的小楼过去，谁也没有动弹，一直到他们走了好一会儿，酱园里大家才重新活动起来。他们看着万福，问他，你是新来的？

万福惊魂未定。

有人说，吓着了，也难怪。

大家都松口气，继续干着自己的活。

一位年长些的工人说，喂，看着点，你总是要来这里学做的。

万福点头，但是万福并没有心绪看他们做活，他朝后院的东边看看，他看不见什么，他们到那边去，是怎么样的情形呢，万福又想，管我什么事呢。

万福重新回到店堂，万先生已经陪着班长出来了，万福注意到班长脸色有些不同，好像有点儿红，又好像有点儿失望，也不知盘算什么东西。

班长看到万福，又注视了一下，你刚来？班长问。

已经问过了，怎么又问，万福想，他不敢说话。

万先生说，是的，刚收的学徒。

班长点点头,他的目光又在店堂里四射着,突然就停在账房先生万和的脸上了。

万先生注意着班长的脸色。

大家也都看到了班长的脸色。

他怎么了?班长说,脸上起了某种变化,万福不知道这意味着什么,是好的变化呢还是不好的变化,对万先生是有利呢还是不利。万先生的一切也就是万福的一切,万福就是这样想的,从万先生那一头,当然不是这样,但是不管万先生怎么想,万福十分为万先生担忧。

万福随着班长的目光也去看万和的脸,万福吓了一跳,万和的脸色铁青铁青,万福从来没有见过一个人的脸这么可怕。

万康南酱店的店堂恢宏气势,五大开间的门面,一字排开几乎占了琵琶街一半的街面,上等楠木的排门、梁檩,连柜橱账台也都是上好良木,与众不同的是万康店堂里的账台筑得很高,账房先生高高在上,目光却是低垂收敛,态度谦和,这也是万康的传统,万康从万仲一开始,便相信"信义通商",所以一直继承下来。

此时高高地坐在账台上的账房先生虽然一直微微笑着,但是他的铁青的脸,却给人一种可怕的感觉。

是不是,病了?万先生说,像是问万和,也像问自己。

班长一脸的怀疑,是什么病?

万先生看着万和,万和,你怎么了?

万和苦笑着摇摇头,我也不知道,就这样,说不清楚。

万先生说,你自己有病,怎么不重视,看过先生没有?

万和说,看过,也说不出什么,也是奇怪,几位先生谁也说不明白是怎么回事，也不好下什么药，也没什么好法子治的，就这么拖着，倒也没有哪里疼哪里痒，也吃得下也睡得着，就是这样，无法。

什么时候开始的？班长问，脸色也铁青，差不多和万和的脸一样。

有些日子了，万和小心地说。

班长重复一遍，有些日子？你敢肯定？不是最近的事情？班长说话时，目光又开始搜索，万福感觉到，班长的目光最后仍然停留在他的脸，万福心里一阵发慌，我慌什么，万福想，总不会是我让万和生病的吧，就算是我让万和生病的，和班长又有什么关系，万和又不是你爹，万和也不是我的仇人，我为什么要让他生病。

万和肯定地回答，是。

你，班长指了指大家，你和他们吃在一起？

万和说，是。

班长的目光从万福身移到了万先生身，看不出万先生是紧张还是放松，他沉着冷静，不说话，不多说一句话，只是注意着事情的发展。

班长终于不再提问，走，班长向其他的日本兵挥了一下手，班长走出万康南酱店的时候，班长说，他要死了。

万福听到班长的话，他回头看看高高地坐在账台上的万和，万和也听到了班长的话，但是万福看不出万和有什么异常的表情，万和沉着地面对死亡。

万和真的要死了吗？

难道班长真的很有本事？

万康的人都有些奇怪，万福想，我弄不懂他们是怎么回事，其实，我也不必去弄懂。

班长走到琵琶街当街站着，日本兵在他的身后站得笔挺，班长向万先生道别，并且没有忘了向万福示意，班长说，你新来的。

万福感觉到许多双眼睛都在看着他，只有万先生无动于衷，好像根本没有在意班长一而再再而三的对万福的关注。

班长终于走了，日本兵的皮鞋声越走越远。

万福长长地出了一口气，我的妈，他在心里叫喊一声。

站在他身边的万先生好像听到万福心里的叫声，他并没有向万福注目，但是从他沉着一笑的表情上，万福感觉出来，万先生也松了一口气，只是万福不知道，万先生这口气是为谁而松，或者是为万先生自己，或者是为万康米酱行，也或者为万康酱行的哪一个人吧，总之不会是为我，万福想，我没有什么可以让万先生为我担忧的。万福又觉得万先生也是有些多余，万先生若是和日本兵失踪这事情没有关系，万先生刚才也不必很紧张，现在也不必很放松，万先生若是和日本兵失踪有关系，万先生恐怕也松不了这口气呢。

万先生回进店堂，对万和说，你感觉怎么样？

万和说，日本人已经说了。

万先生请了医生来，医生给万和看过，医生仍然开不出药方，医生说，我没有碰到过。他指的是万和的病。

几天以后，万和死了。

这是万福进万康学生意碰到的第二件事情。

小伙计万顺对万福说，怎么你一来就出了事情。

万福说，什么？

死人呀，万顺看着万福。

什么意思，万顺难道以为是万福给万康带来了什么不好的运气，莫名其妙，万顺怎么想得出来，怎么说得出口？

万顺当然没有这样的意思，万福知道自己多心，却无法控制自己多心。

万顺说，你想想，万和师傅年纪也不大，身体也好好的，我们这许多人，谁也没有注意到什么脸色青不青，说是有些日子了，谁知道呢，谁知道从什么时候开始的呢，脸色发青，我们怎么都没有发现，倒是给日本人发现了，说是看了几回先生，也不知他是真的看过还是假的，反正账房一直坐在账台上，好好的，谁想到他竟然死了，你看看，也就那么几天时间，就看着他的脸越来越青，怕人，再后来，你看到的，他死了。

万福来的时候，等于看到万和最后一眼。

这和我有什么关系，万福想。

万顺并不知道万福在想什么，他若是知道，他一定会笑，他会笑万福神经，笑万福有毛病。

万福也知道自己有毛病，神经，万福只是不明白，从前在家的时候，没有的，现在怎么了，一到万康，万福就心虚，没来由的，见什么虚什么。万福想，都是因为日本兵，我怕日本兵，该死的。

万和的尸体停放在南酱店后院，班长带着几个日本兵又来了。万福听到日本兵的皮鞋声，心里就打鼓，万福想，日本兵怎么对万和的死这么关心，又觉得班长的话说得很准，不知道班长有什么本事，班长说万和要死，万和就死了，班长像医生似的，医生都说不来，班长倒说得出来。

班长带头日本兵进了后院,他撩起盖在万和脸上的白布,日本兵一一看过万和的脸,他们和班长交换着眼色,谁也不明白他们的眼神是什么意思,万先生在一边陪着,脸上有许多疑惑,但是他一直没有说话。

班长在大堂里坐下,接过万先生送上的茶水,班长喝了一口茶,他的眼睛四处寻找,他看到了万福,指着说,你。

万先生说,他叫万福。

班长点点头,万福,他叫了一声。

万先生示意万福走上前一些,万福抖抖地跨了一小步。

万先生说,他是新来的,才来了几天。

班长没有和万先生说话,他只看着万福,说,你,叫万福?

万福说,是。

原来叫什么?班长问

叫牛福生。万福说。

万先生给班长的杯子里加水,班长说,谢谢,他一直把目光盯着万福,万先生在一边很想说话的样子,但是班长没有让他说话的意思,万先生插不上嘴,班长又问万福,你到万康做什么工作?

还没有,还没有……万福胆怯地看着班长,又看看万先生。

万先生说,因为万和的事情,还没有来得及给万福安排。

班长点点头,脸上透出些松弛的意思,他没有再说什么,也没有再问万福什么话,万福一颗心始终提着。

万和的后事办过以后,万先生叫了万福来,万先生说,万福,你刚来,慢慢学,酱作有许多工作要做的,也有些事情,不是酱作本身生产上的事情,但是和万康有很大关系的,也差你去做做,怎么样？

万福说，好。

万先生说，给班长送些黄酒，这事情差你做。

万先生的口气，既不是商量，也不是命令，让万福很难捉摸。万福没有想到万先生会差他做这样的事情，万先生说是和万康有很大关系的，给班长送黄酒，和万康有很大关系，既然万先生这么说，想起来应该是这样的。万福稍稍一愣，随即点点头，我送，万福说。

万先生却显得有些犹豫起来，他默默地注视了万福一会，慢慢地说，你送？

我送。万福说。

万先生终于说，好吧，就差你去。顿了一下，万先生又补充，有些事情，你自己掌握。

我自己掌握？掌握什么？万福从万先生的脸色上，似乎看出些意味深长的东西，但是万福不明白那是什么，好像很复杂的内容，万福不懂。好的，万福说。

万福提了两瓮上好的陈黄酒给日本人送过去，班长看到万福，显得有些意外。你来送酒，班长说，新来的。

万福说，是的，万先生差我来送酒。

班长笑了一下，万先生，好，万先生差你来送酒，好，他一边说着，一边打开酒瓮闻了闻，又笑了一笑，好香，班长说。

万福说，是的。

为什么叫你送酒？班长突然说，顿了一顿，又说，为什么，差，你送？班长把"差"字咬得很重也很准。

你也会说"差"这个字呀，万福想，"差"是我们这地方的土语，日本人居然也跟着说我们的土话，真是，叫人很难相信日本人是不是真的日本人。万福知道班长在等他的回答，万福说，我是新来的。

班长说，再问一个问题，万和是怎么死的？

万福说，我是新来的。

班长古怪地笑笑，你回答得很好，班长的眼睛在镜片后面盯着万福，万福心里直发毛。班长又说，你们老板，知道万和是怎么死的吧？

万福摇摇头，我不知道。万福知道自己说得很含糊，他没有说清楚他不知道什么，是不知道万和怎么死的呢，还是不知道万先生什么，万福觉得自己真的被吓着了。

班长舀了一点陈黄酒来喝，咂着嘴，好酒，班长说，好酒，我本来是不喝黄酒的，班长盯着万福，你是新来的？班长又问了一遍。

万福点头。

班长说，你的家在什么地方？

牛坟头。万福说。

班长想了想，牛坟头，他摇了摇头，又问，家里还有什么人？

万福说家里还有什么人，班长又问了万福的年纪，万福说了；再问识字不识字，万福再说了；再问会不会算账，万福说不会；问能不能做账，万福说不能。班长研究似的看了万福半天，最后班长说，你知不知道圣战？万福茫然地摇头。

班长回头和日本兵说日本话，万福听不懂，他也不敢走开，等了半天，班长说，你回吧，谢谢万先生，万福才回去。

走出刘地主的家门，班长又追了上来，说，喂，问你件事情。

万福看着班长。

看得出班长是很想说什么的，可是忽然有点犹豫。他停了一下，说，你说你是新来的？

万福点点头。

班长又说，店里的事情你不清楚？

万福仍然点头。

班长想了想，挥了一下手，说，没什么，你回吧。

万福回到万康，向万先生报了告。万先生皱着眉头想了一会儿，也想不出什么来，眉头一直没有舒开来，万福不知道万先生要想些什么事情，他无法插话，只有等着。后来万先生和万福说起工作，万先生说，你来了也有几日了，还没有给你定工作，和你商量看怎么办，你自己有没有什么想法？

我没有想法，万福惶然。我怎么会有想法！万福知道，万康的事情从来都是万先生决定的。新来一个小伙计，万先生不可能和他商量工作的事情，万先生完全没有必要，即使万福的母亲和万小姐的舅舅真的有些什么事情，万先生也完全没有必要这么做，万先生也不可能这么做，但是现在万先生却真的这么做了，他和万福商量万福的工作。事情迷雾般摆在了万福面前，万福看不透。

你真的没有想法？万先生重新问了一遍。

真的没有。万福想，我怎么可以有自己的想法，这是不可能的事情。

万先生犹豫着，好像在考虑有什么话是不是该说。万福不明白万先生有什么可以犹豫的。他恨不得说，万先生，随你派我做什么，我是做好了准备来的，爹和娘都跟我说过，听万先生的。

终于万先生犹豫够了，说，万福，你会不会算账？

万福连连摇头，我不会，我只能认得几个字。

万先生不相信似的盯着万福看，这使万福联想起班长的目光，班长也是这样盯着他的，为什么万先生也这么看他，万先生和班长，一个日本人，一个万康的老板，为什么把他这么个小伙计很当回事呢，万福想着，心直跳。

你真的不会算账？万先生说，真的？

万福被万先生反复的追问弄得有点心惊，我怎么了，或者，万先生怎么了，是万先生出了什么问题，还是我自己出了什么问题。万福咬了一下自己的舌头，很疼。我没有糊涂，是万先生糊涂了。万先生会不会因为万和的死，或者因为日本人的打搅糊涂了呢，万福偷偷地看着万先生。

那么，万先生说，你不会做账，你就留在店堂，学做店堂的生意，不懂的，先学起来，你跟万良，万良是你师傅。

万福乐了，送万福来的路上，父亲说，你小子若熬到做个万康店堂的伙计也算给我长脸。

照规矩万福是要派到作坊去做酱工的，做几年，若是出息，才有希望往店堂上来学。万先生把新来的万福派在店堂，也是一次破例的做法。伙计们对万福挤眉弄眼，万先生一走，他们就说，万福，有个好娘。

万福只是脸红，也不知该说什么。

万和死了，由万泓顶了万和做账房，万泓坐上高高的账台的时候，万福在下边柜台上，他好像觉得万泓异样地看了他一眼，这一眼看得万福心又虚，万泓怎么也要多看我一眼，我怎么了，还是万泓怎么了。日本人也不对，还有万先生，你们都看我，我有什么好看的。

万先生又来问了万福一回，他问万福班长还说了什么没有，万福说只问我是不是新来的、别的再没有了，同时万福想，他怎么老是问我这个问题，万先生叹息一声，说，万福，以后给日本人送什么，还是由你去，万福说，是。

万福和万康米酱行的员工都是一样，住在万康南酱店的后院，吃的是万康，穿的也是万康，像万福这样的学生意，三年内没有工钱，三年以后，若满了师，再拿工钱。万福跟着万良学做伙计，先把南酱店出售的各类酒酱腌制品名目价格一一熟记于心，万福虽算不上怎么聪明伶俐，但是上进心强，幼时且上过私塾，有些底子，万良又是个肯教人的师傅，万福学得挺快。万先生很忙，除万康米酱行之外，还在外面开了一些产业，镇上也有些事情要他帮着做做，空闲时倒也记得过来问问万福怎么样。万良回万先生的话，赞的为多，万先生也满意。

也有的时候，万先生把万福叫到他的屋里，说一些让万福感到奇怪的话，比如万先生问万福以后打算怎么办。或者万先生犹豫着说些很含糊的话，比如说，账房只能有一个。这样的话，确实使万福感到奇怪，难道万福以后还会有别的想法，他唯一的想法不就是在万康做下去吗，还能有什么呢，这和账房又有什么关系。万康是用一个账房还是用十个账房，与万福实在是没有任何关联，万福想，万先生总不会以为我想做账房先生吧，这可是太奇怪了。万福茫然地看着万先生，万先生便挥挥手，没什么，你去吧，万先生说，神情显得有些失落的样子。

那时的南酱店，柜台伙计收铜板，将铜板叠起一堆，也或者根本不叠，就那么乱着，侍候罢顾主，回身随手便将叠在柜台上的铜板往账台下的银箱里撒过去，叫作撒铜板，是一种功夫，银箱离柜台很远，稍有些偏差，铜板就满地滚。万福开始看万良撒铜板，百发百中，看得万福全无信心，想自己怕是万万学不到万良这等的功夫，万良说，不难，让万福学，万福用了心，很快便学会了，撒得也是百无一失。后来到万良告老还乡时，万福已是万康撒铜板的一把手了，这是后话。

万先生隔些日子就差万福给日本人送去些陈酒豆酱之类，有一回班长让万福替他捎一封信给万先生的女儿万素琴小姐，万福没有敢把信直接交给小姐，先交了万先生，万先生脸涨得猪肝似的，说，万福，这事情只有你知道，别人不知道，小姐也不知道，你懂吗？

万福懂。

下次万福再送酒去，班长的目光透过眼镜片子闪烁着，直盯着他，说，你，没有替我送信。

万福两腿筛起糠来。

班长却笑起来，你很忠诚，班长说。

万福不敢回话。

班长说，你看了那封信？

万福说，我没有看。

班长说，我相信你。就没了后话，也不曾再叫万福替他送什么信。

万福回来仍然向万先生报告，万先生脸色沉沉的，不说话，万福惴惴不安，以为自己哪里错了，万先生说，没你的事。

万福每天往账台前的收银柜里扔铜板,扔了铜板,他朝高高在上的账房先生万泓看一看,万泓赞许地朝他笑一笑,万福慢慢地看出万泓脸上有青灰之色,万福联想到死去的万和基本上也是这样的脸色,只是万福见到万和那时,万和已病入膏肓,若是病可分三层,那么万泓此时的病且是一层模样,而万和那时,却已是三层。万福心存疑虑,就越发地要去看万泓的脸,越是看了,便越是疑虑,却不敢说。看店里别的人,像自己师傅万良等都不说话,不知是看不出什么东西来,或是看出来了不说,万福心中无数,想母亲叮嘱祸从口出之类的话,知是少说为妙,便不开口。

这么过了一阵,万泓的青灰气似已到了二层模样,万福忍不住,想告诉万泓,却开不出口,怕万泓说他触他的霉头,又想告诉万先生,可万先生有一阵一直不在家,没有人好说说的,便偷偷去和小伙计万顺说了,万顺朝万泓的脸看,摇着头,道,我不知道,什么青灰,我看不出来,万顺好像很害怕。

万福想,这么等到万先生回来,万泓不知会怎样了,心里很不安生,终于忍不住,向万泓说了,万泓摸摸自己的脸,道,是吗,青灰色,我怎么没有感觉?回头问大家,你们看我,是不是有晦气,像万和一样?

店堂里的人面面相觑,谁也没有说出话来。万福从万泓的神态上,看出万泓已经相信了,但是万泓也和万和一样,很沉着。

万先生终于回来了,他过南酱店来看生意情况,仔细看过万泓的脸色,便急着去给万泓请了先生回来把脉。

先生来过两次,万泓的病已经速速地奔往三层去,先生摇了头。万泓死了,死的时候,和万和一样,脸色铁青铁青的,不知病因。

万泓的尸体也停放在后院。

万康酱行的后院分东西两落，东落是万家的家眷住，有小楼，院子里挺干净，有些花花草草，有几棵树，是当年万仲一先生种下的，已经长得很像样子了，能够遮阴挡雨了。再往后，还有一座屋子，原先是万家的家庵，是万仲一给自己的母亲建的，叫作静心庵。好多年以后，静心庵已不再是万家的家庵了，到万先生这时，静心庵已由远道而来的静玄、静能两位师太做了主持，庵中另有小师太两三人，因此封闭了静心庵与万康酱行的通道，静静心心地在里边念经侍佛。

万太太和万小姐都住在东后院楼上。万太太年轻时身体就一直不好，病歪歪的，白苍苍的脸，瘦瘦的身子，一直是这样。许多年过去，孩子也生了好几个，万太太的病却没有什么起色，不过也看不出有什么不好的征兆，用万太太自己的话说是不死不活，别人不这么说。万太太虽然有病，活着却不讨厌，挺宽厚的一位太太，小伙计并不很知道，年长些的都说，似这样的东家太太，难遇，他们大概是有些体验的吧。万太太就这么一年一年拖过来。万小姐是万先生的独女，三个哥哥均已外出或求学，或谋职，挺出息。万小姐本是一小家碧玉似的人物，在县城里念过县中，胆也大了起来，心也有些野起来，原来也是想外去看看世界，万先生和万太太都不赞成，再说外面兵荒马乱的情形，万小姐听也听得多，毕竟也是有点害怕，便回了家，守着个病歪歪的母亲和忙忙碌碌的父亲，又生出许多厌气来，左右不是。

后院的西落，比东落更大些，一排平房，供万康酱行的员工住，两落之间，一墙之隔，总是能通些信息什么，万太太和万小姐没事的时候也过西落来看看。也不知有什么好看的,只是看看罢了,看谁有空,就和谁随便地说说话。万福初来的那一阵,万太太见了他竟是有些亲近的感觉,也不知怎么回事,总来和他说说家长里短,也有意无意地问问万福母亲一些事,也没有什么大事,只是一些很琐碎的小事。待万太太走后,伙计们都拿万福寻开心,弄得万福有些脸红。母亲和万小姐舅舅的事情,万福也听人说过,总以为是随便瞎说说的,若大家认了真,说多了,万福父亲听到会怎么样呢,还是不说的好。下回见万太太来,万福脸红红的竟有些想回避似的,万太太笑笑,也就不再说起万福母亲的事情。万太太常常差万福给她做些事情,比如到街对面的烟杂店里买些日用品什么的,这一样就显出万太太对万福终是有那么一份情感在里面的。万小姐多半是在下晚时分,大家都歇下来,也洗刷过,余着些酱香,万小姐就过来,倚在门边,或者站在院当中,笑眯眯地看着伙计们。

众多的伙计里自然也有自以为出色些的,这些人中也不是没有人把心思往万小姐身上送去的,只是别的人一旦明白了,便会笑话,一笑话了,那动了心思的伙计便清醒过来,自知不配,退出去也罢,到时间讨个乡下大姑娘,生儿育女做成和和美美一家人,也挺好。

规矩人家出来的女孩子任怎么活泼,别人看着总是很规矩的,像万小姐这样的小姐,常常来后院和伙计们说说笑笑,却谁也不觉得万小姐轻佻了或者是怎么不得体了。万先生也没有什么不高兴的,况且万先生为人本来也不拘谨守旧,万太太也一样,善解人意,知道女儿闷在家中无趣,也随她自由去,在大人眼皮底下,当然也自由不到哪一步去。

自从万福把日本班长的信交给万先生后,万福就不敢和万小姐多说什么，他怕万小姐突然问些什么话，他就不知道该怎么回答，他总是觉得有些对不起万小姐似的，心虚。万福很想知道万先生有没有把这事情告诉万小姐，从万先生和万小姐的脸上，他是看不出的。万福心里老是不能踏实下来。有时想想，虽然很害怕万小姐问他什么，但若是真的问起来，他就如实说，说出来了，心里也许就能踏实些，只是万小姐一直没有问他。万福又想，若是班长再叫他送信，他怎么办呢，万福想来想去，也不知道自己该怎么办，唯一就是希望班长不叫他给万小姐送什么信，他想，班长和万小姐，这算什么。

万泓死后，万先生差人到他乡下家里去报丧。万先生正向报丧的伙计交代怎么说话，琵琶街上响起一阵整齐的皮鞋敲打石子的声响，万先生并没有抬头向外面看什么，日本人来了，万先生说。

日本人走进万康南酱店，万先生迎上去，班长看看万先生，眼睛里流露出一些怀疑，账房死了？班长问。

万先生点点头。

日本人全都阴沉着脸。

班长在店堂里绕了一圈，然后走近账台，他抬头看看高高的账台，又看看账台四周，再后来，班长绕着账台又转了一圈，班长始终一言不发，他的眼睛在眼镜的玻璃片后面闪烁着阴暗的光。

万康南酱店里一片寂静。

万福进了后院，万太太正守着万泓，万太太叹着气说，怎么的了，出什么事情了，好好的人一个接一个地去，像我这样，不死不活，活着也是添乱，早些去了也好，让他们好好的人多活几年……

万福走近万太太。太太，万福说，日本人来了。

万太太说，我知道，我听见了。

日本人已经往后院进来了，万福看班长的样子，神色很沉重，好像万泓不是万康店里的一个账房，倒是班长的什么亲人似的。万福想，没来由的，要你这样做什么。

班长掀开盖在万泓脸上的白布，班长"嗯"了一声，万泓的脸铁青铁青的，班长向后退了一步，让其他的日本兵上前看，日本兵上前看过，阴沉着脸退下来，班长开始用日本话和日本兵说话。

万先生用白布重新盖好万泓的脸。

这时候万小姐突然出现了，她倚着后院东西落之间的门框，朝这边看着。万福先看到了万小姐，他连忙朝班长看，万福看到班长的脸突然红了，万福想，你红什么。

万先生向班长做了一个请出的动作，班长却绕过万先生向万小姐走去，又向万小姐伸手，和她握手，你好，万小姐。

万小姐笑了，没有说话，也没有和班长握手。

万福想，不和他握手。

班长说，万小姐，你还记得我，我敢肯定，你还记得我。

万福看了万小姐一眼，原来你们早就认得。

果然万小姐点点头，你是高汉平的朋友。万小姐说，高汉平是我们班的高才生。

班长眼睛里的光彩亮起来，他的脸仍然有些红，我们在高汉平家里见过面，我对你，有很深的印象。

万小姐又笑了，笑得很自然，万福相信，后院里所有的人都会有这样的感觉。

万太太走过去拉起万小姐的手，素琴，万太太说。

万小姐对班长点点头,对不起,我得走了。

班长的目光追随着万小姐,万小姐,听高汉平说你回杨湾镇,班长在万小姐身后说,后来我就……

万小姐停下脚步,万福想万小姐也许会回头看看班长,可是万福想错了,万小姐并没有回头,她只是稍稍地停了一下,又朝前走了。

班长看着万小姐和万太太消失在后院东落的小楼里,班长不易觉察地叹息一声。万福注意到班长的眼睛在他身上停了一下,万福有些害怕,万福想,你盯我做什么,我又不是万小姐,我也不是万小姐她爹,你让我给万小姐送信,我是不送的。

班长和日本兵重新回到店堂里,班长用脚蹬了一下店堂的地板,没有人知道他这么做是什么意思,连万先生也不明白,班长又用手指敲敲账台,班长说,走了。

万先生叫万福到仓库提了陈黄酒,一路替班长送到刘地主家,万福放下酒,等班长发话让他走,班长却让他坐下,慢慢地说道,万福,万泓死了,你是很希望账房死的吧?

万福摇头,我为什么希望账房死,账房死了对我有什么好处,反正也轮不到我做账房,账房死了,对万康不好,对我也只有不好,我怎么会希望万泓死。

班长眯着眼睛看万福,又慢慢地问道,万泓死了,该谁做账房了?

你问我做什么,这你应该去问万先生,万福想,管他谁做账房呢,反正不是我,万福说,我不知道。

班长说,不会是你吧?

万福差一点想笑，但是他不敢，他木然地摇摇头。

班长微微点了一下头，道，大概不是你。

万福说，是。

班长笑眯眯地看着万福，过一会儿又说，万福，你说说，万小姐平时在家里做什么？

万福摇摇头。

班长说，你现在不能推说你是新来的了吧？

万福想，你到底是日本人还是中国人，中国话说得这么好，见鬼了。

班长说，平时有什么人来找万小姐？

万福说，没有。

班长笑，万福你答错了，班长说，你应该说，我不知道。

万福说，是，我不知道。

班长说，你不愿意我打听万小姐。

万福不敢吱声。

班长说，这没什么，你若是愿意，倒是奇怪了。

万福低垂着脑袋，等着班长叫他走。

班长却不叫他走，又说，万福，你说说，账房是怎么死的？

我不知道，我真的不知道，万福摇头。

班长说，毒死的。

万福吓了一跳，看着班长，班长眼睛里又发出些阴暗的光。

班长说，你们的万先生，很可疑。

万福心里抖了一下，他还想听班长再说些什么，可是班长却挥挥手，叫他走。

万福回来的路上，心里有些乱了。班长说万先生可疑，疑什么呢，他是不是说万先生下毒毒死了账房先生万和和万泓呢？万福在乡下就听说日本人有疑心病，真是有毛病，万先生为什么要毒死账房先生呢，没有道理，日本人，莫名其妙。

万福又想，就算班长是有根据的，但是班长把这事情告诉我做什么，我是什么，我算什么，万福想，班长是不是因为我没有替他送信给万小姐，要害我呢，万福胆战心惊。

其实万福也许多疑了，班长并没有想把他怎么样，事实上班长也没有把他怎么样。只是现在万福还不知道以后会发生什么事，万福的担忧也是正常的。万福想若是万先生第一次不让他给班长送陈黄酒，以后就不会有许多事情。

万福回到万康，万先生说，今天怎么回来迟了，班长和你说什么？

万福说，他问小姐。

还问什么？

万福说，没有。

还说什么？

没有。

万先生怀疑地看看万福，没有了？

万福说，没有了。

万先生狐疑地将万福看了又看。

万福不明白万先生为什么又用这样的目光看他，在万和死的那时，万先生和班长都这么看过他。后来有一段时间万福不再有这种感觉，现在，万泓死了，他们又这样看他。万福想着，突然地冒了一身冷汗出来，难道万先生和班长他们会以为万和、万泓的死和我有关吗？

万福，万先生叫了他一声，万福，账房又死了。

万福想，这叫什么话，什么叫账房又死了。

万先生说，你若有什么想法，你说出来。

万福说，我没有什么想法。

真的？万先生说，你真的不会做账？

万福说，我不会。

万先生沉默了半天，一字一顿说，那么，要找新的账房了。

万福没有出声，轮不到我说话，万福想。

二

万梅不是万康的老人马，是经人推荐来的，在别处也做过账房之类的事，有经验。万梅往高高的账台上一坐，店堂里大家就有些心悸，像看着个死人坐在那里似的，万梅笑道，你们是不是已经看到一个死鬼了。

大家胆战心惊。

万梅不是杨湾本地人，也不是附近乡下的，在万康说来，收这样的人入万康，也是不多的。万康有一条，就是不收身份不明的人。当然，说起来，万梅也算不上是身份不明，他是有人引荐的。谁是引荐人，万先生自然知道，万先生并没有必要告诉万康的伙计们，伙计是管不着万康的人事大权的。至于万梅为人到底如何，他们在以后的相交中自然会知道。

万梅是个很活泼的人，不像万和和万泓都是认认真真做账房先生。万梅做他自己的工作也不是不认真，只是不像万和、万泓他们那样从早到晚坐在高高的账台上，有账算也坐着，没账算也坐着。万梅不一样，有事情他就坐，没事情他就不坐高高的账台，下来和店堂的伙计一起做生意，空闲的时候就给大家讲他的经历。万梅的年纪，也不算大，顶多不过大万福几岁的样子，听他说说自己的经历，却是很多的了。像万福这样的，一直在乡下长大，基本上没出过远门的伙计，听听万梅说话，也挺有趣。

万梅做账的时候，或者说话的时候，万福总是忍不住要去看万梅的脸，被万梅发现，就笑他，说，怎么，你想看看我的脸是不是有了铁青色？

万福被万梅看破，挺不好意思，又想起班长说的毒死的话，心中不免有些异样。

万梅说，没事，我自己就是学医的。

万福想，万先生不再找万康的人做账房，去弄个学医的人，万先生对万和、万泓的死一定也是有些想法的。

万梅到万康做事的第二天，日本班长来了，班长问了万梅几个问题，班长倒是拿中国话来问，万梅却用日本话和班长说。班长听万梅说日本话，连连点头，大概认为说得不差呢，反正别的人也听不懂他们，干瞪眼便是。只看着班长对万梅大有兴趣，倒也没什么奇怪的，对新来的人班长总是有兴趣的，并且又是万康的人。班长对万康总是比对别的商行店家什么的更关注一些，在万福这样的小伙计看来，这并不是什么好事，对我他都要多看几眼，万福想，何况你是万梅，不知从哪里冒出来的，谁也不知道你有些什么背景，到底是个身份不明白的人呢,又会做医生,又会说日本话,又是远处来的,当然是要格外关心,还有的看有的问呢。万福想,我来了这些日子,现在大概算是过关了吧,好像不再特别多看我了。万福当然是知道,日本人,这个戴眼镜的班长看起来也是和和气气的,说话什么也是平平淡淡的,也没见凶的样子,其实只是不起杀心罢了。一起了杀心,那是了不得的事情,万福虽然没有亲眼见过,但听得多了,又都是这一带乡间事情,远不到哪里去。遭事的人中间,也有万福家认得和熟悉的人,也有万福家的远亲什么,总是假不了。在万康,大多数的人恐怕都像万福一样的想法,不希望日本人常常来,只不知万先生自己怎么想,若万先生觉得无所谓,别人也不好怎么他。

你在哪里学的日语?班长问。

万梅说,我念过你们在城里开办的日语学校。

你怎么想到要学日语?班长又问。

万梅说,我是学医的,学习外国语,也好多了解世界上的医学情况。

班长点头,看起来很满意的样子。

班长走了以后,店堂里的人谁也不说话。

万梅好像没有感觉到大家的情绪,我的那张日本学校的学生证,可是救了我的命呢,万梅说。

万福小心地看看大家的脸,他知道大家对万梅突然地有了别样的想法,万福想,你是活该,谁叫你摆显什么日本话呢,我也会对你有想法的。

万梅给大家讲故事,万梅说,有一次他走街串巷行医,碰到日本人大搜捕，见了年轻些的外地口音的人就抓，万梅拿出日语学校的学生证，日本人看了，对他敬个礼，放了他。

万福感觉到伙计们都不相信万梅的话。万福想，我也不会相信你，谁知道你说的是真是假。

万福每天往银箱里撒铜板的时候，仍然看一看万梅的脸。万梅冲他一笑，万福就想起万泓，万泓也是这么对他笑的。现在万泓已经不在了，万福想着，心里一紧一紧的，他不知道哪一天会轮到万梅。他也不明白自己为什么认定万梅也会和万和、万泓一样，中毒而亡。

万福被自己的想法吓了一跳，中毒，谁说中毒的，是班长说的，难道自己真的相信了班长的话。如果真是中毒，那么是谁下的毒呢，班长说万先生可疑，会是万先生么。

万福越来越被自己复杂的想法所惊扰，万先生过南酱店来，万福总是无法控制地在一边注意万先生的举动，但是万福怎么看，也看不出万先生是个下毒的人。

万梅的床和万福的床紧靠着。夜里上了床，万梅总要和万福说话。多半是万梅问，万福答，万梅再问，万福再答，到后来万梅也笑起来，说，怎么了，你就没有什么想问问我的。

万福说，没有。

万梅突然闭了嘴，过了半天，万梅叹息一声。

万福不知道万梅为什么叹息。

自从万梅做了账房以后，万先生往南酱店来的次数也多起来。有时到下晚，万先生就和万梅一起饮酒聊天，挺谈得来。万梅好像对万康的历史过去什么的也都很了解，所以能有许多话和万先生谈，也有的时候,万先生邀万梅到镇上的小酒馆去,那就不知他们谈些什么了。

一直到万梅在万康高高的账台上坐了几个月,万福仍然没有看出万梅脸上有青灰之色。万福觉得自己好像在等着什么,是等万梅中毒而亡吗,万福被自己稀奇古怪的念头吓坏了,他怎么也收不回自己的思绪,他的思想常常一奔就奔出很远很远去。

万康米酱行从万仲一老先生开始就在南酱店店堂内辟有专堂,专卖热酒,并备有家常小菜,荤素均有,价格很便宜,三几个铜板就能醉饱一回,最为四乡里出来办事情的农人所欢迎。时间长了,镇上各式人等也都习惯来万康坐坐,温一壶陈黄酒一喝,聊聊说说,有点像那些专业茶会似的了,如米业茶会,房产茶会的人也常来万康谈些生意上的事情,除业、码、催、数各行的常客外,还有别的许多人,便弄得人员复杂起来,镇上的绅士、纨绔少年、教员、无所事事的前辈老先生,店堂里常常座无虚席,十分热闹。

班长常常到万康的店堂来喝黄酒,见到万福,班长就对他说,我从前是不喝黄酒的,自从你给我提了黄酒去,我就喝上了,很喜欢。班长到店堂里一坐,别人说话的声音就低了,显得有些紧张,万梅从高高的账台上下来,走到班长身边,也坐了,陪班长喝一点儿,并且和班长说话。他们有的时候用日本话说,也有的时候用中国话说。凡用中国话说的时候,大家都很安静,大概想听听他们说什么,班长说到万和和万泓的死。班长说,以你的看法,他们是怎么死的?班长盯着万梅,大家也都盯着万梅,不知道万梅会怎么回答班长的问题。万梅说,据大家说的情形,我认为是毒死的。班长眼睛发亮,追问,是什么毒药?万梅摇摇头,我没有见到万和和万泓，我没有确实的依据，说不出来。班长赞许地说，你是严谨。班长说着看看大家的脸，大家的脸都阴沉着。

他们说一会儿话，班长的眼睛老是朝万康的后院瞄着，万小姐很少出来。班长说，万先生很忙，经常不在店里？万梅说，是，万康的产业还有很多。班长点头，班长走的时候有些失落，万梅把他送到街上，班长走远去，万梅回进来，大家松了一口气，店里的声音又嘈杂了。

万福常常听酱行的伙计和街上的人背后议论，觉得班长常常往万康跑是件奇怪的事情，万福也这么想，一个日本人，放着自己的事情不做，老是到南酱店来，做什么，必是心中有鬼。万福一想到班长心中的鬼，他的心就紧缩起来，其实，万福想，我紧张什么，班长肯定不是来看我的，班长对我的警惕已经解除了。但是万福仍然紧张，班长定是过来看谁的，或者来看万小姐，或者来看万先生，也或者是来看万梅的。万福无法确定班长到底要看谁，到底要从谁那儿得到些什么。万福只是知道，班长常常往万康来，实在不会是一件好事情。

关于班长常常到万康去的事情，一般的人似乎有两种想法：有人认为班长是去看万小姐的，也有的人认为班长是去看万梅的。只有在万福心里，以为班长是去看万先生，他很为万先生担忧。在万福心里，总觉得那个失踪的日本兵就在万康的什么地方藏着，不管是活的还是死的。万福又觉得，班长到万康来，和万和、万泓的死也是有关系的，万福觉得这是很明显的事情，只是不知道大家为什么看不出来，但有一点万福是能够感觉到的，就是大家都对班长很害怕。班长给万康里里外外带来一种压抑，大家都沉闷，只有万梅例外，万梅能和班长随便说话，谈笑自如。

失踪的日本兵仍然没有找到。

班长抓到一个走乡串村修伞的人，关在刘地主家的偏厢里。那是个远方来的人，问他的话他也听不懂。打他，便拼命哭，狼嚎似的，弄得满街人都听到，心惊肉跳。这么关一阵，也审不出个事情来，说要送城里宪兵队，也没见送去，仍然关着。街上大家都说，这是个替死鬼，班长也不好向上面交代。就这么弄个人放着，也是备一备的，若上面来追问，便把这个人推上去，若上面也不来问，这个人就这么放着。万福给班长送酒去，见过一面，是班长领他去看的。万福不明白班长为什么让他去看那个倒霉的人，万福印象中，那个人哭哭啼啼，很可怜，眼巴巴地看着万福。万福想，你看我有何用，我又不能救你。万福注意到班长在一边观察他的表情。万福又想，你能看出我什么来，看不出来的，我没有什么。

这事情一直在万福心里搁着，他不敢跟任何人说起。班长为什么让我看那个人，班长很阴险，我不知道班长到底要做什么。万福想，我只不开口，你也拿我没办法。

一日，店里空闲些，万太太差万福到烟杂店买些东西。烟杂店很近，就在街对面，万福常常过去看看，也和烟杂店的老板和老板娘说说话。开烟杂店的是一对中年的夫妻，不是本地人，因为来了也有一段时间了，也学着本地人说说本地话，又学不像，说出来让人发笑。万福一来二往和他们也有些熟了，见了万福，老板总是眯着眼睛笑，老板娘用夹生的话和他拉拉家常，问万福乡下的一些事情，牛坟头怎么样，别的村怎么样，现在收成怎么样，农民生活怎么样，还有别的一些零零碎碎。万福一五一十地说，心里却想，你问这做什么,牛坟头你又不认得,别的村你也不晓得,白问的。老板和老板娘认认真真听,若看到万福穿得少了,老板娘也会问问他冷不冷,若是看万福像瘦了些,也会关心他的身体什么的。万福一个人出门,虽然在万康这样一个大家庭里,也是有人关照他的,万太太对他也很不错,只是到了烟杂店这里,却更有一种亲热的意思,也不知怎么回事,像前世里有些什么缘分似的,有一种说不清的感觉。

万福过来买东西,跟平时一样,随便地和老板、老板娘说说话。他说班长刚走,老板眯着眼睛笑,老板娘说了一些很平常的话。后来老板娘问万福,说你见着那个人了?

万福从老板娘的脸色上看得出老板娘指的是哪个人,只是万福从来没有把他看到那个人关在偏房的事情说出来。万福的嘴也算是比较紧,老板娘却已经知道,万福本来是不能说出来的,但是在老板娘面前,万福却不由自主地点点头,见过了。万福说,我见到他的,关在偏房里。

老板娘说,是呀,怪可怜的,叫得惨呀,打得厉害吧?

也没见什么伤,没有什么血,万福想了想,又说,也许是内伤,身上脸上倒看不出来。

大家就不再说话了。

第二天,突然说日本人抓的那个修伞人逃走了,班长带一班日本兵在街上到处走,一片凶险,街上没有一个行人,班长来到万康的时候,万福的腿又开始筛糠。

班长盯着万福看。我不知道,万福说,我不知道。

我只让你一个人看过他,关在偏房里的事情只有你一个人知道,班长说，他是被人救出去的，在偏房的屋顶上，放下一根绳子，班长不动声色地说。

不是我，万福说。

班长仍然盯着万福，万福不敢看班长的眼睛。班长说，我知道不是你，如果是你，你现在已经没有了，我只问你，你看过他以后，跟谁说了这事情？

你别杀我，万福从班长的眼睛里看出了杀意，万福以为自己要死了。

万梅走过来，对班长说，小家伙，嘴不牢靠，说是说的，对我们大家说的，我们都听到他说的，关在偏房，救人他是不敢救的。

你敢救吗？班长回头问万梅。

万梅摇了摇头，谁也不知道他摇头摇的是什么意思。

班长突然认真地盯着万梅看起来，看了一会儿，班长说，你不好。

所有的人都以为班长要杀万梅了，班长却拍拍万梅的肩，叹息了一声，有些可惜地说，你和你的两位前任一样。

万福赶紧去看万梅的脸，果然觉得万梅的脸色有些发青。

万梅摸摸自己的脸，勉强地笑了一笑，我知道，万梅说。

你没有多长日子了，班长说，你们万先生呢，他知道不知道？

万梅说，万先生有好些日子没有回来了，在外面忙着呢。

班长说，他是挺忙。说完这话，班长带着他的兵走出门去，班长对万福说，你跟我去。

万梅好像想说什么，但是没有说出来。万福看大家时，觉得大家都有一种向他告别的意思了，万福心里一心酸，使劲忍着眼泪。

万福双腿软软的跟着班长在琵琶街上慢慢地走,街上没有人,但是万福感觉到有许多人在家里的窗口里朝他们看着,万福心里很难受。他们走过烟杂店的时候,班长停了一下,朝里边看看,万福也朝里看看,他没有看到老板和老板娘。万福来不及去想老板和老板娘的事情了。

班长走出琵琶街,放慢了脚步,来到万福身边,对万福笑了一下,说,吓着了吧。

万福不敢吱声。

班长又说,你并没有告诉账房他们,是不是?

万福抬眼看了班长一下,班长不怀好意地笑着。我不说,反正我是不说的,万福想。

但是你一定告诉了别人,肯定有人知道的,是你告诉的。班长看万福不想说话的样子,停了一下,又说,我其实并没有要你说什么,我只是问问,随便问问,真的,随便问问。

鬼才相信,万福想,谁相信你。

班长带着万福回到刘枕白的大院里,班长养的大狼狗朝万福吠了几声,但没有什么动作,班长领着万福来到偏房。你看看,班长手朝偏房一指,万福朝偏房里看,吓了一大跳,那个被抓来的修伞的人根本没有逃走,没有被人救走,仍然关在偏房里,可怜巴巴地看着万福。

班长在一边哈哈大笑,别的日本兵也笑,只有万福愣着,不知到底发生了什么事情。

班长说,这回不会告诉人了吧。

万福不吱声。

你回吧，班长叹了一口气，账房没有救了，可惜。

万福想，你别装模作样，你会可惜万梅？

万福回到万康，什么话也没有向人说。夜里他做了一个梦，梦见班长的大狼狗把那个修伞的外乡人咬死了。外乡人死的时候，脸色铁青，和万和、万泓一样。

万福醒来，屋里黑咕隆咚，什么也看不见，但在万福眼前，却分明有着一张铁青的脸，不是万和的，也不是万泓的，而是万梅的脸。

过了一两天的样子，镇上就传着许多的消息，都和那个逃走的或者是被救走的外乡修伞人有关的事情，说日本人在四乡沿湖沿河筑的竹篱笆都被大火烧了。那一阵日本人在四乡筑起竹篱笆，篱笆之外算是"匪区"。别说打日本人的游击队进进出出活动十分困难，就是一般的乡人，行动也是十分的不便。有的农民，人住在篱笆内，地却在篱笆外，生产也生产不起来了；也有的乡民，靠走村串乡卖什么东西为生，这也卖不起来了；或者有人生了病，连请个医生也请不成。游击队和乡民常常把篱笆拆了一段，日本人再修起来，再拆，日本人再修，也都不嫌麻烦似的。这一回干脆了，一把火烧个干净，等日本人再把这么长的篱笆线修起来，这仗恐怕也该结束了呢。班长那里也出了事情，有人在班长他们的饭菜里下了毒，被班长嗅出来了，没让吃，倒在野外，看几只野狗吃了，当场倒毙，等等许多，都说是那修伞的人逃出去以后带着游击队干的，又说修伞人是游击队的领导等等，反正说是那人出去以后，是做了不少事情。

再过几天，又说前边日本人的一个挺大的据点也被拔了，那可是了不得的事情，胆子够大的，说反正这命也是捡来的，从日本人手里，根本没指望着活着出来，既然出来了，就狠狠地做些事情吧。

大家这么传说的时候，唯万福不开口，忧心忡忡的样子，万福收铜板往银箱撒的时候，抬眼看一看万梅，他发现万梅正用异样的眼光看着自己，好像想让他说些什么。万福连忙低下眼睛，我不说，我为什么要说，我不说，万福想，管我什么事，万福心里有点紧张，他好像感觉到要出什么事似的，反正我不说话，万福想。

镇上的空气有些紧张，来万康喝酒的人也少了，买南酱货的人，买了就走，也不敢多留，店堂里有些冷清。万福偷偷地看着万梅的脸，万梅的脸上已经有了比较明显的青灰之气。这时候万小姐从里边出来，倚在一边看着店堂里的人，看着看着万小姐笑了起来，大家都盯着万小姐，等她说话，万小姐总是先笑了再说话。

班长真有意思，万小姐说，一笑。

大家一愣。

班长真有意思，万小姐又说，又一笑，他给游击队下战书。

谁也没有听明白。

万小姐说，你们和班长一样呆。

万小姐说班长呆，万福小心地朝万小姐看看，班长呆吗，万小姐怎么会以为班长很呆呢。

班长被游击队惹烦了，给游击队下战书，万小姐笑着说，就是写给那个修伞的外地人。

万福心里很虚，他偷偷地看了万梅一眼，他不知道自己为什么一心虚就要去看万梅的脸，这和万梅的脸有什么关系呢。

万小姐继续说，班长的信写得像个夫子。

什么夫子，有人不明白，问。

夫子就是老夫子呀，像个老夫子，万小姐笑，说游击队打仗不正规，不讲规矩，乱来，不让人睡个安稳觉，不让人吃顿安稳饭，不成体统。

大家都跟着笑起来，虽然有些勉强，但毕竟是笑了，那是冲着万小姐笑的，班长说的也不是没道理，游击队就是这样，让班长头疼了。

班长在信上写，要打，就像模像样正正式式打一仗，别这么偷鸡摸狗的，万小姐又说。

你看过班长的信？大家问万小姐。

万小姐笑，说，不看也想象得出。

大家又笑了一下，想象日本人的一本正经，走路也是笔挺，吃饭也是笔挺，说话也是笔挺，杀人也是笔挺，下封战书也下得笔挺。

万福并没有笑，他不觉得这有什么好笑，他想象班长的可笑之处一点也想象不出来，班长真的一点也不可笑。万福的心里很沉重，他再次偷偷看看万梅的脸，万梅也没有笑，你为什么不和他们一样呢，万福想，你知道什么，你不可能像我一样知道些什么呀。

接下去几天形势更加紧张起来，班长接到上面的命令，开出去打游击队，结果反倒中了游击队的埋伏，大败而归，手下十个兵死了五个伤了三个。有人看到班长回刘地主家的时候，泪流满面。

上面很快给班长重新增加了兵力，班长在镇上抓了一些人，其中两个就是烟杂店的老板和老板娘。班长把烟杂店的老板和老板娘送到城里的宪兵队去，过了几天，就被活埋了，日本人想叫老板和老板娘咬出镇上别的人来，可是他们没有咬。

在镇上形势紧张的一段日子里，万先生一直在外面，万先生回来时镇上重又趋于相对的平静。万先生给万福带来一个消息，万福的母亲病了，想见见万福，万先生让万福回牛坟头村一趟。万福临走时，听万先生说，万梅已经病入膏肓了。万先生责怪万梅自己没有注意自己的身体，万梅说，我自己感觉挺好，没有什么病。

万和、万泓也都是这样的，万福想。他心虚地看着万先生，他想起班长说的下毒的事情。

万福回到牛坟头村自己家里，才知道母亲是被吓出病来的。从镇上传到乡下的消息说万福做了游击队的地下，被日本人发现了，抓了，杀了。母亲有点神经，告诉她万福好好的在万康学生意，母亲偏是不信，万先生才让万福回家。万福只是不明白，万先生怎么跑到牛坟头去了呢，万先生不是在城里做生意么，也许，万先生并没有到乡下去，只是听人告诉的消息吧，万福胡思乱想。

母亲见到了万福，病情好了些，神志也清醒了，能和万福说说家里的事情，也问问万福万康店里的情况。不知怎么就说到万小姐的舅舅，万福始终没有见过万小姐的舅舅，但是在大家的嘴里，万小姐的舅舅是一个很好的人，母亲脸上浮起一些微笑。

万福见过父亲，父亲也问了万康店里的事情，万福一一都说了。父亲又问到那吓着母亲的消息是怎么传出来的。万福后怕地回想起来，他第一次见到班长，班长就特别关注他似的，也不知是自己疑心，还是真的如此，假如是真的，班长特别关注他，又是为什么。班长以前见过他吗，不可能的，那么万先生为什么又偏偏要让他给班长送酒，南酱店里那么多伙计，要灵活的也有，要老实的也有，怎么就专门缠上他一个新来的学生意的呢。万福想着，没有敢把心里的疑虑说与父亲听，他不想让父亲和家里人再跟着他一起过这种疑疑惑惑的日子。没什么事，万福宽父亲的心。万福说，万先生让我给班长送酒，班长常叫我过去给他帮帮忙，就这样，他们以为怎么了，其实没怎么，若真的有事，还能等到今日？父亲听了，显然不怎么相信，但他也无法，只朝万福疑惑地看看，叹口气，也没再追问。父亲后来问起账房先生的事情，万福只说了他看到的一些表面的现象，他不敢说班长说的话，中毒什么，那是不敢瞎说的。父亲听了，沉默了半天，问万福，你是说，账台高高的？

万福说，是，账台高得很奇怪。

父亲又沉默一会儿，说，地板是空的。

万福想了想，是的，地板应该是空的。

父亲再说，脸是青灰色的？

万福点头，他马上就想到万梅的青灰的脸。他想，我回去的时候，不知还能不能见到万梅了，会说日本话的账房先生。万福发现自己很为账房先生担心，万福怎么也待不住了，他急急地要赶回万康去，他要去告诉万梅，你是被毒死的。

万福赶回万康的时候，万梅已经躺倒了，万先生守在他的床边。万福到的时候，有人说了一声，万福回来了。万梅挣扎着要看看万福，万梅对万福笑了一下，说，你回来了。

万福鼻子酸酸的。

万梅说，我感觉，我是中了毒。

万梅没有力气把话说得很响，但是在场所有的人都听到了这句话。

万福心虚起来，班长说万先生很可疑，万福不敢去看万先生的脸，但是他感觉到万先生已经注意到了他的神情了。万先生朝万福关注地看了一下，他回身抓住万梅的手，不可能，不可能，万先生说，不可能，一个锅里吃喝，怎么毒死？

你们，万梅喘口气说，你们有没有闻到什么异味？

所有的人都显得有些茫然，没有人闻到什么异味。

万先生说，万梅，你是不是觉得哪里有异味？

万梅吃力地点头，是的，我坐在账台上的时候，总是觉得有一种异味，不知道从哪里冒出来。

万先生继续抓着万梅的手，慢慢地说，万梅，我一定要医好你，不管你是中毒还是别的什么。

万梅努力地笑了一下，说，最好是先把原因找出来，人不能这么不明不白地去呀。

万福偷偷地看了万先生一下，他发现万先生眼睛里有些泪花。万福心虚地低下头，万福想，我心虚什么，班长说万先生可疑，班长并没有说我可疑，但是，万福想，我是不会相信班长的，班长算什么。

三

班长到城里的日本医院给万梅请了日本医生来查病。日本医生给万梅检查了半天，最后说，没有化验设备，查不出来。

班长说，那好办，送到城里的医院去。就把万梅送到城里日本人开的医院。两天以后，消息就传来了，化验结果出来，说是血液里有毒，没救了，万梅死在日本人的医院里。

万先生带了人把万梅接回来，万康酱行一片沉静，大家去看过万梅，向万梅告了别，万梅就被埋了。万梅下葬的时候，没有一个亲人在身边，大家看着都很心酸，有人哭起来，压抑着哭声，班长也来看万梅的下葬，他自始至终一言不发，脸色铁青。

从墓地回来，万福照例提着黄酒送到刘地主的大院去，万福提着酒走出来的时候，他知道万先生远远地一直关注着他。

班长接过万福手里的黄酒，朝万福笑笑，万福，班长说，你很可靠。

万福惶然地看着班长。

班长说，我告诉你的话，你没有说给别人听，你的嘴越来越紧，是好事情。

万福想，你告诉我的什么事情，是说万先生可能下毒的事情吗，这样的事情我怎么敢跟万先生说，我不是嘴紧，我也不是可靠，我只是不敢说罢了。

班长说，现在看清楚了吧，万先生确实很可疑。

万福脱口说，是他毒死了三个账房先生？

班长没有说是，也没有说不是，但是他的脸色告诉万福他正是这样想的。

为什么？万福问，为什么要这样做？

这很简单，班长说，他对账房先生不满意。

对谁不满意就毒杀谁，这是万先生做的事情吗。万福想，这不是万先生做得出来的事情，这倒是你们日本人能做的事情。当然万福也只敢这么想想，说是万万不敢说的，你班长再厉害，我的思想你总看不见吧。

可是班长偏偏像是能看到他的思想似的，说，你一定不相信我的话，以为只有我们日本人才会做这样的事情，是不是？

万福张着嘴，不知如何是好。

班长却放松地笑了一下，说，这很正常。他停顿一下，又问万福，你知道不知道万先生为什么对账房不满意？

万福说，我不知道。根本不存在万先生对账房不满意的事情，万福想，是你们日本人要加害万先生。

班长说，他要自己做账，万先生要在账目上做文章。

奇怪了，万福想，万康是万先生的，账也是万先生的，万先生实在不必要在自己的店和自己的账上做什么另外的文章，就算他要做什么文章，他做就是了，万先生完全没有必要毒杀了账房自己来做，多此一举。万先生也不可能做出这种事情。班长告诉我这些奇怪的话，那是班长自己想做什么文章。班长到底想做什么文章，万福是不能明白的，万福同样觉得奇怪，日本人，想做什么就做什么，要抓谁，要杀谁，还不是随心所欲，也大可不必绕很大的圈子，也大可不必给人加些什么罪名，如果班长要治万先生的罪，随便治就是了，万先生有没有毒杀账房是无关紧要的。

你不会相信，班长又说，但是你看着，接下来就是万先生自己做账房先生了。

万福想，这有什么奇怪，账房先生老是不明不白地死，换了谁谁也不敢来做了，换了我，我也是不敢的，只能由万先生自己做。

班长又说，秋天到了，米作也要开始工作了。

班长对万康的情形了解得一清二楚，班长要干什么呢，班长若要抓万先生，早就可以抓，班长若不想抓万先生，也没有必要这么费心机，班长也许对万小姐有什么心思，那也可以，直截了当就行，若班长对万小姐没有心思,班长更没有理由这么关注万康的事情。

米作的账一定也是万先生自己管了,班长说。

这关你日本人什么事呢,万福想从班长那儿看出些什么意思,可是他看不出来,但是万福似有一种不好的感觉,万福心情很紧张。

万福从班长那里回来,他经过店堂没有停留,直接往万先生的屋里去了。

万先生显然被万福少有的紧张神情吓了一跳,万先生说,万福,出什么事了?

万福说,万先生,班长一直在怀疑你。

万先生微微一笑,沉着地点点头,我知道,万先生说。

你知道?万福小心地问,班长怀疑你……

万先生接过万福的话,我知道,班长怀疑我毒死了账房先生,万先生说话时一点不动声色。

万福突然有一种惭愧的心情,万先生,他支支吾吾的,不知该怎么说。

万先生说,万福,你不必说了,你没有什么错,日本人鬼点子太多,你不能明白他们的,还是少说为妙。万先生又补充道,祸从口出。

万福点点头,心里很感动,眼睛也有些湿润了。

万先生轻轻地出了一口气,说,其实,有一点班长并没有说错,万和、万泓和万梅确实都是被毒死的。

万福紧张地等着万先生下面的话。

不过,万先生说,班长以为是我干的事情,班长错了,万福,你也知道班长是错了,对不对?你现在一定在想,那么到底是谁毒死了账房先生，为什么要毒死他们，是不是，其实这也正是我要弄明白的事情。

万福不由自主地点点头。

毒从何来，万先生说，我百思不得其解，从万泓那时候开始，我就注意了吃食和饮水的问题，我可以保证没有一点点问题，再说，所有的人都在一起吃喝……万先生沉思着，最后他说，我相信总会弄明白的。万福想，希望能早一点弄明白，在班长那里，终是像埋着一颗定时炸弹似的，说不定几时就炸了，这一炸，万先生的命就很难说了。班长怎么会缠上万先生，万先生又怎么会被班长盯上，万福越想越后怕。

过了不多日子，酱作里突然就出了一件事情，是谁也没有料想到的，失踪的日本兵突然被发现了，他被浸在万康酱园的大酱缸里。

万康米酱行的酱园占地很大，沿河的一大片地方，排满了奇大无比的酱缸，这些酱缸一般是不翻缸的，除非在换季节换生产品种时，才可能将酱缸清除一遍，日本兵就是在清除酱缸的时候被发现的。

当然那已经看不出是个日本兵了，什么也看不出了，只是能够让人感觉到那是一些零散的人的骨头，因为酱的时间比较长了，红红的。

指挥小伙计翻酱缸的把作师傅在一开始翻缸时已经感觉到有些异样，他没有作声，他也不可能知道酱缸里居然酱了一个人，味道是闻不出来的，也许开始时会有些异味，但那时恐怕谁也没有注意，现在已经过了有异味的时候，一切都很正常了，在搅缸的时候，感觉到缸底有东西触着了，不知道是什么，再搅，又有些感觉，后来慢慢地看出些因头来了，出来一根酱红的骨头，又出来一根，最后看到的是一把军刀，只有日本人有的那种刀，却没有被酱成别的颜色，把作师傅低低地叫一声不好，小伙计吓坏了。

万先生赶来时，把作师傅在呕吐，小伙计呆立在一边不知所措。

万先生忍住反胃的难受，问，人都在这里？

把作师傅茫然地看着万先生。

万先生又说，没有人走出去？

把作师傅明白过来，紧闭着嘴摇摇头，脸色煞白。

万先生四处看着，谁也不知道他要看什么。其实万先生根本用不着看什么，这地方的一草一木，一砖一瓦都在万先生心里印着。南边东西两落的住宅，再前面气势非凡的店堂，酱园东边是河，北边也是河，西边是庵堂，守着两位老师太和三位小师太默默无声地过日子。这四四方方的一片，万先生应该是用不着看，也用不着想的，本来就一直在他的心底深处。

因为这把刀？万先生看着日本军刀，说，你们以为是那个失踪的日本人？

把作师傅不作声。

万先生仔细地看过那把刀，你去把万福喊来，他对酱作的小伙计说。

小伙计去喊万福来，后院出事情的消息已经传到店堂，店堂一片寂静，谁也不说话，谁也不知道这时候该说什么，大家只是互相看着。万福正在想，你们看什么，难道看看是谁把日本兵扔进酱缸的吗，能看出来吗，当然是看不出来的，看也是白看。万福听到小伙计说万先生喊他进后院去，万福的心抖了一下，腿软软的，他跟着酱作的小伙计走进后院，万福不敢看堆在地上的那堆酱红了的骨头，他只是瞄了一眼日本军刀，把作师傅判断得不错，这刀只有日本人才有。

万先生走近万福，低沉着声音，万福，你到刘家大院去一趟，万先生说。

万福好像没有听明白，他没有动弹，只是愣愣地看着万先生。

我想你是听明白了，万先生说。

万福摇了摇头。

把作师傅小心翼翼地看着万先生，让万福去告诉日本人？去喊他们来看？把作师傅自言自语，不知是在问万先生还是在问他自己。

万先生看看把作师傅，又看看大家，我不去告诉，自会有人去告诉。万先生苦笑笑，你们不会以为我不说日本人就不会知道吧。

万福感觉到万先生说这话的时候多看了他一眼。你看我做什么呢，你多看我一眼有什么意思呢，万福心虚起来，难道我会去告诉日本人，我会去告诉班长？我和班长有什么，我才不会去告诉他呢，我怎么会做这样的事情，万福想，我心虚什么，我不必心虚，可是他仍然感觉心里跳得异常。

万福，万先生叫了一声。

万福仍然没有动作。

万先生，把作师傅开口说，万先生，是不是再考虑考虑……

万先生其实知道把作师傅要说什么。

把作师傅说，说出去，不仅日本人那里不好过关，万康的牌子也砸了，万康的酱缸里竟然酱着一个人……把作师傅忍不住又要呕吐，酱作的所有的人也都忍不住。

万先生皱着眉，想了一会儿，也好，万先生慢慢地说，先不说。但是，万先生的目光很尖利地看看大家，最后停留在万福脸上，万福想，你又多看我，算什么。万先生说，这事情，不是小事，大家知道利害，谁说出去，谁负责。

没有人说话。

当然，万先生把话说回来，万先生说，我也不会完全相信这里所有的人，没有不透风的墙，这老话总是有道理的，只是这风透得早些还是透得晚些，那就要看我们这里的人了。

下晚南酱店关门以后，万先生把酱行所有的人叫到酱园来，大家看着地上仍然堆放着的那一堆骨头，心惊肉跳。万先生一一看过所有人的脸，说，为了不连累大家，干这件事的人若是在我们这些人中间，还是自己承认了的好，不承认是没有用的，班长很厉害，早晚会查出来是谁干的。

当然不会有人承认是自己干的，这万先生也是知道的，但是万先生还是要把话说透了，万先生犹豫了一会儿，说，或者，也不必说出来了，万先生叹息一声，好像做了个挥挥手的样子，你自己走吧，走得越远越好……

并没有人动弹，没有人会走开，不可能走得远，走不了多远就会被班长抓住的，谁心里都清楚。

万先生停顿了一会儿，又看每一个人的脸，万福觉得万先生的目光总是在他的脸上多停留一会儿。做什么呢，你看我有什么用呢，万福想，看人的脸是看不出什么的，这地方所有的人脸上都没有写着字呀，你为什么不多看看他们，偏偏要多看我呢，怎么会是我干的呢，那时候，日本兵失踪的时候，我还没到万康来呢，万福心里一阵轻松，我还没来呢，我心虚什么。

没有人承认，我们这里没有人干这件事？万先生再问一遍，没有得到回答，万先生说，那只剩下两种可能。

大家随着万先生的目光，先转到东落的小楼上，万太太和万小姐，再转到西边的静心庵，阿弥陀佛。

万太太和万小姐大概手无缚鸡之力，再来两个万太太和两个万小姐恐怕也杀不了一个日本兵，最后，唯一的可能就是阿弥陀佛的尼姑杀了日本兵，老师太和小师太，罪过罪过，万福突然想笑一笑，但是他看到万先生和所有的人都紧绷着脸，万福想，我怎么笑得出来，我怎么了，有什么好笑的，性命攸关的事情，我竟然想笑，阿弥陀佛。

在万福看起来是绝对不可能的事情，万先生却很认真地去做了，走，万先生向万福示意，万福，我们到静心庵去。

怎么又是我？万福终于鼓足勇气，硬着头皮问了一声，怎么又叫我去？

对万福的问题，万先生好像有些疑惑，他认真地看了万福一会儿，好像万福根本不应该提这样一个奇怪的问题，你不去谁去，万先生就是这样看着万福的。

万福跟在万先生后面到静心庵去，本来静心庵就是万康的家庵，连成一气的，后来封死了通道，得从外边绕路，在万先生和万福往静心庵去的路上，万福想，万先生到尼姑那里去有什么用呢，如果真是阿弥陀佛做的事情，她们也不会告诉万先生，如果不是她们做的事情，万先生也是白去。万福想象着两位老师太和三位小师太缠住一个日本兵的模样，他们纠缠在一起是个什么样子。

万福差一点又要笑了，万先生突然说，万福，有句老话，叫作酱里虫，酱里死，听说过吗？

万福没有听说过。

知道什么意思吗？万先生回头看看万福。

万福不知道是什么意思，但是他从万先生的语气中听出一些严重的内容，万先生好像给人一种将要诀别的感觉，万福突然有些心酸，是不是找不出酱杀日本兵的人，万先生就没有活路了呢，万福想，万先生给人的感觉就是这样，但是事情不应该是这样的。

万先生叹了一口气，没有再和万福说什么，他只是默默地走路。

他们到达静心庵的时候，天色已黑，庵堂里点着蜡烛，墙上晃动着尼姑的黑影，阿弥陀佛，万先生说。

一位老师太迎上来，阿弥陀佛，她说，这么晚了，万施主光临，定是有重大事情。

万先生说，静玄师太不在吗？

静能师太说，师姐身体有所不适，歇下了。

万先生说，能不能请……

静玄师太已经走了出来，我起来了，她说，阿弥陀佛，万施主不必烦恼，失踪的日本兵的事情，我静心庵可以承担。

万先生张着嘴，半天合不拢。

万福偷偷地注意着静玄、静能两位师太，也许她们会武功，万福想，要不然她们这么老了。能酱杀日本兵吗，不行的。万福想，我看到日本兵两腿都会筛糠的，她们怎么就不怕。

万施主不必烦心，请回吧，静玄师太又说，时间已经不早，庵堂佛地，俗人不宜多留。

万先生犹豫了一会儿,说,师太请不要误会,我来看师太,并没有要师太承认什么的意思,我只是……

静玄师太微微一笑,不必多说。

万先生还是得说,既然……他沉重地盯着万福看了一会儿……既然,他说,我们就到此为止。

师太仍然微微笑着,并不多话。

你这么老了,万福突然说,你杀得死那个人吗,你是不是有武功?

万先生责备地摇了摇头。

静玄师太笑着点头,小施主言之有理,说话间,静玄师太居然不知怎么一下就到了静能师太身边,快得连身影的移动也没让万福见着,万福吓了一大跳,看万先生时,万先生脸色很平静,但是,万福想,你心里也不平静的,静能师太和三位小师太都笑起来。

学武而摄心,静能师太说,摄心为戒。

静玄师太缓缓地点头,万福感觉到有一股什么气慢慢地弥漫开来,在他的身体的各个部位有了一种受到压迫的感觉。他看看万先生,万先生是不是也有如此的感受呢,从万先生脸上是看不出的,但是万福相信他能感觉到的东西,万先生也是会感觉到的,静玄师太,静心庵,阿弥陀佛。

那就告辞了,万先生向后退着,说。

静玄师太说,不送。

万先生和万福一起走到静心庵门,静玄师太突然叫住了他们,道,万施主,万康账房先生的事情,我等也都听说了,还望施主重视些个。

万先生疑惑地看着静玄师太，师太是不是对此事有所想法？

静玄师太沉思了一会儿，慢慢地道，天下毒分几种，有有形，亦有无形。

万先生说，以师太意思，账房先生确是中毒致死？

静玄师太默认。

万先生又说，以师太的意思，账房先生是被无形的毒毒死？

静玄师太无语。

无形之毒，那是什么，万福看看万先生，再看看师太，他想问问什么是无形之毒，但是他没有敢开口，静心庵里阴森森的，倒像是有毒气似的，万福只是这么想想，他是不敢说的，老师太一巴掌就能要我的小命，万福想。

万福跟着万先生离开静心庵回到万康南酱店，在西落院子里，万康的人都默默地等着万先生和万福回来，万福一跨进院子，就感觉到大家的目光一下子都盯在了万先生身上，万福也朝万先生看看，万先生沉着冷静，向大家挥挥手，该干什么干什么，没事。

万先生说完就回东落小楼去了，大家便围着万福。我不知道，万福说，我什么也没有看到，什么也没有听到。

大家怀着一腔疑惑走开了，谁也没有让万福难堪。

我不告诉你们，万福想，我怎么会告诉你们。

万康的人怀着惴惴不安的心情过了一段日子，失踪日本兵的事情一直没有传到班长那里去，班长来过几次，也没有提起，也没有往静心庵去找尼姑。看起来班长真的不知道，没有人把消息捅出去，但是万先生的话大家都是相信的，早晚会传出去，班长早晚会知道，班长知道以后，会怎么样，每个人都在想象着事态的发展。

万梅死后，万先生一直在为万康物色新的账房，但是再也没有人敢到万康来做账房，正如班长所预言，由万先生亲自管账，只是万先生并不坐到账台上，他只在店堂里转转，然后到自己屋里做账，店里的人，离账台远远的，走过时都绕着，不敢靠近，万先生有空闲的时候，也常常倚在店堂的一角，默默地看着账台，或者走到账台上坐一小会儿，谁也不知道万先生会从这里发现些什么。

终于有一天，万先生看出些什么意思来了，他走近账台，围着账台转了一圈，又转了一圈，他的脸色突然凝重起来，他对店里的人说，地板下面是空的。

万福想，父亲也说过这话，父亲说，账台下的地板是空的。

万先生让人找了些家什把账台下的地板撬开来，一股浓烈的异味冲了出来，店堂里的人都捂住了鼻子，胆小些的直往后退，有胆大的上前看过，也退了下来，店堂里突然静了下来。

原来是你，万先生的声音划破了寂静，是你害人。

一只巨大的异形王八，身上的壳甲全是软的，生了六条腿，两个头并排长在一起，口中吐着雾气。

王八生怪，有人在说，胆怯怯的，不敢大声。

在万福家乡这一带，确有这样的传说，家中养的乌龟王八，若逃走时被硬物挤破壳甲，就会生怪，这样的怪，发出的毒气，是能毒死人的。

万福走近万先生，低低地说，万先生，我去叫班长？

万先生说，不必叫，他会来的。

果然班长很快就来了，他远远地看着异形王八，过了一会儿，班长说，原来，是它毒死了账房。

万福觉得终于可以松一口气了。

班长又说，但是不能把所有死人的账都记在王八头上。

看起来班长是随口说的这句话，并无所指，但是每一个听的人都很紧张，万福刚刚松下来的一口气再次提了起来，班长是没有完的，万福想，不要指望班长会有结束的一天。

现在班长似乎需要重新再寻找一些借口，也相信这难不倒班长，班长好像生来就是做这些事情的，要想难倒他是很不容易的。

秋天的米作是很忙的，临时抽来的人没有经验，所以每年到秋天，酱作那边有经验的把作师傅都要去几人到米作去指导，万先生让万福也跟着过去学学。米作离琵琶街比较远，在河边码头，到了米作做事，一般和琵琶街的南酱店就没有什么来往了。每天很晚才回来睡觉，早晨很早就出发到米作去，和酱作这边的人，常常两头不见面，说不上几句话了。

万福到了米作，帮着过过秤，记记账。有一日正忙着，突然看到班长一个人站在不远处朝这边米作看着，一会儿又看看河上运输粮食的船只，万福悄悄地对把作师傅说，班长来了。

把作师傅没有动静，万福注意到他连眼皮也没有抬一下。我又多嘴了，万福想，班长来了关我什么事，并非只有我一个人看见班长，他们都比我先看见，却谁也不说话。

班长远远地看了一会儿，慢慢地踱了过来，看到万福，班长向他一笑，招招手，示意万福过去。

万福小心翼翼地走过去，等班长发问。

班长说，万福，有时间不给我送酒了。

万福说，我到米作来做事，万先生没让我再送。

班长点头，说，米作的活很忙？

万福说，是。

班长又说，米作的账是谁管的？

万福说，是万先生自己管的。

班长说，这正是万先生的想法。

万福想，你又来这一套，我不知道你到底要做什么，当然我也不想知道。

班长的眼镜片子在阳光下闪烁着，班长看着大家把大米运到船上，班长问万福，这些米运到哪里去？

我不知道。万福说。

班长说，你是新来的？

万福说，我不是新来的，但是万康有规矩，不该我问的事情我从来不问。

是吗？班长眼睛里露出一丝狡猾的笑意，怪不得，班长说，连在大酱缸里发现一堆人骨头这样的事情大家都瞒得紧紧地。

万福感觉到自己两腿又开始筛糠，我不知道，我真的不知道，万福说。

班长说，你跟万先生在尼姑庵里听老尼姑说的话，都忘记了？

万福知道班长无所不知无所不在，在杨湾镇上，什么事情要瞒过班长恐怕是不可能的，但是万福仍然喃喃地说，我不知道，我真的不知道。

班长笑笑，说，我没有让你说什么，你不必紧张，我只是想告诉你，你们弄的这些大米，都运往游击队去了。

万福差一点瘫倒了。

班长平静地说，他走不远的。说完班长沿着河边慢慢地走开去，他一路走一路仍然看着这边装大米的船只。

小伙计万顺突然跑到万福身边，说，万福，万先生让你现在就回去。

万福跟着万顺回来。万先生和万太太、万小姐已经上了后门沿河停着的一条船，万太太和万小姐在船舱里，万先生站在船头。看到万福，万先生跳上岸来，说，万福，太太病重了，我们送她到城里去看病。

万福突然涌出了眼泪，万先生，你能走得了吗，班长正在什么地方守着你。

万先生拉住万福的手，眼睛里含着眼泪。万先生说，万福，不管你是从什么地方来，也不管你以后将要到什么地方去。

万福不知道万先生说的什么，我从什么地方来，我当然是从牛坟头村来，我将来要到什么地方去，除了万康我还能到哪里去呢，万福呆呆地看着万先生。

万先生叹了一口气，道，我并不想要知道你的什么事情，我只是说，我走了，由万黎来做账房，也管些别的事情，大家都听万黎的。

万福说，是。

万先生用了点劲握住万福的手，说，万福，万黎会关照你的。

万福说，是。

万先生回头朝万康的房子最后看了一眼，眼泪慢慢地渗出眼眶，万先生吩咐开船。

船从岸边撑开了，慢慢地向开阔的河面驶去。

万先生的船刚刚开走,又一只船从远处驶来,船上坐着万康的新账房兼万康的总管万黎。

万黎来了。

或者,到这时候,故事才刚刚开始。

苍茫秋色

在黄梅天到来的时候，许多老人都发起老伤来，我虽然还不敢想象自己已经老了或者将要老了，但身上的老伤却也发得像个老人似的，竟有一种从头烂到脚的意思，许多年来我一直伏案写作，我不知道生活中还有别的快乐和轻松，我几乎将写作视为我的唯一，我在写字台前一坐就是一整天，又一整天，许多人对我说你要进行适当的体育活动，我却把这样的话当作耳边风，并且有些不以为然，不知从什么时候开始我得了颈椎病，我想这很正常也很合理，我并无很多的怨言，一个人付出什么就得到什么，他得到什么同样也就要付出什么，这道理我想得通，我的颈椎病已经有相当长的时间了，只是我从来没有把它当作是什么病，也不愿意去看看医生，也不曾去接受过什么治疗，我不知道这是惰性还是什么，我在忍无可忍和暗自担心的情况下，也向人说说我的颈椎病，大家听了，都说，哦，职业病，没办法的，或者说，颈椎病，我也有，谁也有，基本上不把颈椎病当一回事儿，我想，那是，本来我也知道它算不了什么事情，在阴雨连绵的天气里，它不客气地发作起来，我时而头晕，时而头疼，时而胸闷透不过气来，在夜晚我的肩和背疼得难以入睡，因为根本不能使用枕头，倒栽葱似的躺法让我觉得天旋地转，常常用安眠药帮助睡眠，并且像神经衰弱病人似的，以为黑夜是世界末日，而早晨又会感觉一片光明，可是颈椎病的早晨一样让人感到沮丧，在早晨起床时感觉到从后脑勺到背部整个就是一大块铁板，我的活跃不止的思维和它的外壳形成了强烈的反差，我若想回头看看窗外的景象，我必须带着我的背一起去看，我觉得我开始像个老人似的感到行动不便，多年前我在乡下做铁姑娘时，逞英雄，挑起自己本来承担不起的担子，又在寒冬腊月光着脚下河挖泥，努力表现出英勇气概，一直到许多年以后，我才知道那一段岁月把我的腰掏空了，现在我的腰间像两个空虚无底的深渊，我无法重新将它们填满，除非我有本事使时间倒流，倒流的时间也许能填满它们，当然也许不能，因为我好像从来没有为我过去的岁月后悔，即使能够还我一个从前，我想我大概仍然是那样度过；一年前我从家里的高高的桌子摔下来，我是为了往樟木箱里收纳毛衣准备过夏才爬上高高的桌子，我在家并不做很多的家务，但是像爬高这样的事情，我不能让年近七十的老保姆去做，我虽然生性懒惰，但自以为良心还是有一点儿的，那一天我爬上了高高的桌子，我收纳了由保姆洗干净的毛衣，我从桌子上摔下来，我毫无防备地让我的尾骨对准了水泥地，事后我丈夫以及许多关心我的人都认为我没有应变的能力，我对此颇为不服，我想我无论如何不可能在八十厘米的空间距离内来一个前滚翻或者后滚翻，然后双腿稳稳落地，得一个 9.95 分，正因为我无法做到，所以我的尾骨摔断了，只是在当时我并不知道尾骨已断，我在地上像死狗似的躺了一会儿，双手不是抱住屁股而是抱住了头，以至于听到沉闷落地声而赶来的保姆老太在一边连连问道，是不是摔着头了，是不是摔着头了，事后老太还常常说起，她大概不明白，我怎么不抱住断了的尾巴骨，却抱住头，我努力回想当时的情形，我想我抱住头而不抱屁股是有道理的，因为我的全部感觉都在我的头部，我在地上躺了一会儿，我爬起来，摇摇摆摆地走向我的电脑，那几天我正在赶写一篇稿子，我不知道在现代这样的社会，还有什么稿子是需要赶写的，也许赶写的并不是一篇稿子，而是一种习惯，是一种毫无价值的固执，我坐在断了的尾骨上继续写作，五天后，我赶写的稿子写完了，我到医院去拍片子，医生说，你的尾骨摔断了，医生为我做了复位手术，医生没有成功，医生说，你来得太迟了，尾骨只能永远让它断着了，我心里很害怕，医生安慰我，医生说幸好是尾骨，医生说尾骨是人身上最无紧要的一块骨头，即使割掉了也没有什么大的妨碍，医生最后说，也许，以后到了阴雨天，会酸疼，会有所感觉，医生的话说得不错，在黄梅天的时候，我的尾骨和着我身上的其他骨头一起来凑热闹；在折断了尾骨后不久，我的左脚踝扭伤了，大家都对我另眼相看，以为我这一年交了什么华盖运，我亦有同样想法，但是我毕竟走过了这一年，到来年的现在，我的左脚踝又开始发出嘎巴嘎巴的声响，我的脚筋酸痛，我走路的时候，脚踝软弱无力，经常左拐右扭，像跳秧歌；另外我还有许多别的不适，它们在黄梅天里都一起来了，我的自我感觉一败涂地，我像个老人似的老是追忆着什么，我思前想后，觉得自己似乎在生命的路上走得太快了一些,我大概性子太急,预支了我的生命的一部分,不然的话,我怎么像个老人似的在黄梅天里乱发老伤。

我终于有了一点危机感,我想到虽然我可能是预支了生命的一部分,但是我即使偿还了预支的部分,我的生命毕竟也还有很长的路要走,我为了在以后的日子里好好地走我的路,我想到我应该去治一治我的老伤了。

说起来我的时间是够多的,我不用每天去上班,我也不承包什么任务,但是我仍然觉得我没有更多的时间,我的紧迫感根本不知从何而来,也不知为何而生,我不上班,但是我对时间却掌握得很准确很精细,我想象不出世界上还有一个谁会像我这样把时间抠得这么紧,我每天都得把时间的分分秒秒把握得一丝不差。对于我来说生活中最重要的东西是手表和钟,我离不开它们,我不知道我一旦看不到手表和钟,一旦我觉得自己再也掌握不了时间,我会变成什么样子,在每一天我做的最多的事情好像就是看表看钟,除非在一种姿态下,那就是我的写作进行得非常顺利,若我一气呵成地写下两个小说的文字,在这个过程中我可能忘记了看表看钟,除此之外,我几乎每过半小时就会看一下时间,我根本不知道我看时间的目的是什么,我不赶去上班,也不赶火车赶飞机,我也不和人约会,我也不上电影院,我更没有别的限时限刻的重要事情要去做,但是看钟看表确实成为我生活中必不可少的一部分,我不可设想没有钟和表我将怎么生活,我实在是有一种莫名其妙的紧迫感,从前人常说一句话机不可失,时不再来,我就是这样感受着时间,弄得自己神经紧张,出于这种紧迫的感觉,我找了一家靠我家很近的小医院,别无他意，图个方便，再节省点时间，医院虽然离我家不远，但是我从来没进过这家医院，我记得我母亲被病魔折磨得无路可走的时候，她出入了许多家大医院，后来有一次，母亲走进在我家附近的这座小医院，医生给她开的药是食母生，母亲捧着食母生回来，母亲在她过去的许多年中，顽强地和病魔做斗争，母亲不知服用过多少食母生以及许许多多其他的药，母亲从小医院里捧回一小袋食母生的时候，像是捧着一袋救命丸，母亲说，也可能的，说不定大医院治不好的病，小医院的食母生就治好了，食母生到底没有能够挽救我母亲的生命，但是母亲在她的生命的最后几年里，她的对于病魔的不屈服，对于生命的渴求，我永远不能忘怀，现在我也走进了我母亲曾经满怀希望走进去又满怀希望走出来的区级小医院，我想我也同样满怀着希望。

医院的门廊昏暗而潮湿，我在平时无数个日子里经过医院，我偶尔也回头朝里看看，完全无目的，我看到的就是阴暗而潮湿的景象，我知道这类级别的医院不能指望它有多么好的医疗条件，门廊两边各有两个窗口，挂号、划账、付款、发药，我站在挂号窗口前，抬头看到墙上贴着满满的门诊指南，有许多专家门诊，但在专家门诊中我找不到伤科，也找不到和我的老伤多少有些关联的科室，我茫然地看着老专家们的名字，我突然想，这每一个名字都是一部厚厚的书，对我的这种想法我自己一点也不怀疑，我的思绪奔放激动起来，商人对着满街的人流感叹，呀，都是钱哪，虽然未免贪婪，思路却绝对正确，心理学家则说，你们每个人都能给我提供一份临床实例报告，虽然过于自信，却也得之无愧，和他们一样，我想我的职业病又犯了，我立即对自己的思想进行批判，我想到我是来看病的，我看病是为了今后更好更多的写作，我并不是来找写作素材，关于写作和写作素材，我应该将它们托付给来日方长这个词，我努力收回自己的奔放的激动的思绪，我怀疑在我对区级小医院尚未有一定的了解之前，我是否能够贸然把自己的病和自己的未来交给它，小医院的较差的医疗设备和条件，使人不能立即对它产生一种完全信赖的感情，我想这也是正常的，我犹豫再三，没有先挂号，按照就医指南的指示，我先在一楼转了一圈，又上了二楼，在贴对楼梯的地方，看到了一块伤科的牌子，我向里边探了探头，我记不清我当时看到了什么，到以后日子长了，我自然会知道，那天我看到的无非也是病人和医生，别的还能有什么呢，我只是记得并没有人和我说话，大概会有人向我看看，但是确实没有人同我说话，我退开来，又向走廊里头走去，我看到了内科、小儿科、针灸科等等，我心里越发地茫然起来，其实我并不知道我该看哪个科，我不知道是针灸更好呢，还是吃西药、喝汤药，或者是做牵引、做理疗、推拿，也或者还有别的更好的办法，那一时刻，我站在区级小医院的二楼走廊上愣了一会儿，最后我义无反顾地走向伤科，不知道因为什么，也许就因为它靠着楼梯，当我再度走到伤科门前探头探脑的时候，我终于引起了医生的注意，医生说，你看病？

我想是的，我点点头。

医生说，这是伤科，医生打量了我一下，又说，你看什么？

我说不出我看什么，我要看的地方似乎很多，从头到尾，发了许多老伤，一想起我的老伤，我心绪就烦乱起来，我尽量使自己的头脑不受烦乱心绪的影响，我镇定了一下，我想到我必须有所取舍，突出重点，所以我只是稍稍地犹豫了一下，我说，我看颈椎病，是这儿吗?

回想那一刻我义无反顾地抛弃了其他的老伤,突出我的颈椎病,我想我的意思再明显不过,这完全服从于我的写作事业,许多日子以来我已经感觉到我的颈椎病开始影响我的写作生活,我想我大概无法承受不能写作的打击,为了使我在生命的后半辈子仍然能够写作,我开始治疗我的颈椎病,别无他意,我这个人真是很简单,很专一,所以我对医生说,我看颈椎病,是这儿吗?

医生点点头,挂号去吧,医生说。

我重新下楼挂了号,就这样,我走进了伤科门诊,根据医生的吩咐,我在这里进行综合治疗,打针、吃药、牵引、理疗、推拿,每天需要两个小时,碰到病人多的时候,时间更长些,医生认为,第一阶段的治疗,至少需要三个疗程,整整三十天时间,以观后效,我心疼时间,但是我已经没有退路,我想,权作工作调节吧,我的这种想法很莫名其妙,但是我确实这样想,好像我花时间治病是浪费了我的生命似的,其实,我明明知道我已经预支了生命,我从来没有浪费过生命,但我的思想列车固执地坚持着它一贯的轨道,不肯有半分偏差,我无法控制我的思想列车,它有一种与生俱来的执拗,我无可奈何。

我每天上午到医院去接受治疗,在时间流逝的过程中,我不断地安慰自己,我对自己说,来日方长,我并且告诉所有关心我的人,我说我现在每天花整整半天的时间进行治疗,关心我的人都认为这很有必要,认为早就应该如此,我每天到医院去的时候,面容平静如水,步履坚定沉着,在每天的治疗过程结束后,我的头部、背部的感觉确实轻松多了,我慢慢地走回家去,相信没有一个人看到我的从容不迫的样子，他还会有别的想法，其实我内心完全不是这么回事，真正知道我内心是怎么回事的大概只有我自己，毫无疑问，我的内心一点也不平静，我焦虑不安、心情毛躁、思绪烦乱，我在半下午时打开电脑，但是面对着电脑我的头脑里竟然一片空白一片苍茫，我整个小时整个下午地面对电脑发呆，几篇文章开了头，我都写不下去，这在我来说是很少出现的悲惨情形，我写作许多年基本没有同时写几篇文章的习惯，我总是一篇一篇地来，写完一篇再写一篇，我的思路基本上是畅通的，不敢说行云流水，至少也是缓缓细流，虽无磅礴的气势，却也源源不断，现在我的思路终于堵塞起来，我情绪波动，忽而沮丧，忽而悲哀，忽而又很亢奋，我不会奇怪，我知道这是因为我的写作碰到了障碍，许多年来，我一直写作，我其实并不知道我写作的目的是什么，活着写着就是目的，除此好像再无别的目的，当然不能不说在我开始的时候，我确实怀有种种目的，但是多年以后，我再回想那种种目的，我发现自己已经找不到它们，我曾经在一些文章中或者直接或者间接地谈到过写作的事情，我说我不知道为什么要这么拼命地写作，我也不知道我写到什么地方什么时候才是结束，我觉得我活得够不潇洒，可是有许多人认为我还是挺潇洒的，其实我知道不是这么回事，我从来没有把写作当作游戏或当作休息，也不是为生活作一些点缀，也不是为生命增加些色彩，我想我大概是太认真，我把写作看得太认真，做得也太认真，正因为如此，我不能把这个工作做得更好一些，年复一年，我生产出大量的作品，能让人记住的却很少很少，我被普遍认为是"可惜"了，对此一说，我亦有同感，就像我们平时经常能见到生活中有这样的人，他们多才多艺、能歌善舞、吟诗作画，书法也写得不错,文章也常常上报,自己又会修理电视机、录像机,玩古董也玩得内行,集邮票也集得专门化,总是无所不能似的,这样的人受社会欢迎,这里开会请去写会标,那里歌咏比赛又去做指挥,有时候我们看到这些人忙前忙后,觉得他们若是能朝专一的方向发展,也许能够成更大的气候,这想法大概是不错的,但事实上,多才多艺的人他们仍然是那样生活着,就像我一样顽固不化,我想我自己几乎是一年忙到头,一日忙到夜,我这样做的结果,大概使我的才能像细细的流水似的一点一滴流走,而不是将它们聚成某一种较强大的力量,我可惜了我自己,但是我并没有改变自己的想法,我一如既往,我的思想列车固执地沿着旧轨道向前开着,我依然如故生产大量的作品,其中有许多粗制滥造的东西,自己也不堪卒读,我不知道我到底算是对自己负责还是不负责,有时候我觉得自己有一种走火入魔的恐怖感,我无法做到使自己不去想写作的事情,我很害怕。

　　时光走到现在,我才慢慢地发现,我从前感觉的那种恐怖其实多少有些矫情,那害怕也显得造作,现在,当我面对电脑,整日犯呆的时候,我想,真正的恐怖大概从这里开始了。

　　也许我现在就说这是一种真正的恐怖仍然为时过早,也许人在他的一生中碰到许多次的恐怖,但没有一次可以算作是真正的恐怖,其实人也只是在想象恐怖的时候,心理上对恐怖更是畏惧,一旦真的感觉到恐怖,也就那样,能怎么样呢,像我,总以为万一有一天因为种种原因而不能写作,我会怎么怎么样,其实,真的不能写作,我又会怎样呢,我想一定不怎么样,至少不会去死,我会活下去,会好好地过日子,会找些别的同样适合我的工作来做,或者我能将那一份新的工作做得更好也是可能的，就像热恋中的男女都有非你不娶非你不嫁的痴迷，却不知任何一个正常的男人和女人都可以在婚姻和爱情问题上进行多种可能性的组合，谁也难说究竟哪一种组合更合适，如果有人告诉我说，写作对你来说并不一定就是最佳的选择，我想我也无法解释，因为我无从对比。

现在我唯一要做的事情就是认认真真地治疗我的颈椎病，我不应该再有多余的想法，我应该让我的活跃不止的思维休息一会儿，我每天按时往医院去，医生说，你很准时，门诊室里等着许多病人，像这样的门诊治疗，医生说，对每一个病人都应该约定时间，既不让病人等着，医生也可心中有数，医生说，可是我们这里做不到，时间是捉摸不定的，更多的人没有能力掌握自己的时间。

经过两三天的治疗，我开始对今后一段时间内的新环境有所了解，我先从我的医生了解起来，我知道了他并非科班出身，没有上过医学院，十四岁开始拜师学习武术，师傅是某镖局的伤科先生等等，医生常常在给病人（推拿）的同时，随口说起他的一些往事，他五十岁左右，我希望医生不停地说话，可是医生不可能不停地说话，医生他愿意说就说，他不愿意说了我也不能让他说，因为还不怎么熟悉，我也不能对医生做什么说话的诱导，我默默地等待着，只能寄希望于医生的兴趣，除了医生，我对每一个病人也都有浓郁的兴趣，我同样把他们随随便便说出来的话记在心里，我听他们叙说的时候，尽量保持不动声色的姿态，或者我觉得需要对某件事情进一步了解的时候，我在关键时候追问一句，医生和病人见我如此认真听他们说话，他们多少有些感动，他们倾其所有，因为他们的毫无设防，使我在较短时间内除医生之外又不同程度地认识了几位病号,我对我的新环境渐渐熟悉起来,门诊室灰暗而凌乱,理疗和牵引的器具、坐椅、床榻毫无规律地放置,床单和枕套又脏又旧,我注意到在门的背后排列着一套红缨枪之类的武器,有一次病人把话题扯到这上面,医生说,这是我师傅留下来的,只是其中的一小部分,我注意到那许多兵器上都积满了灰,和门诊室里许多别的东西一般,医生接着说我家里还有些,现在我下班回家,或者休息在家的时候,若有兴趣,我还是要动一动的,医生个子不高,也看不出怎么壮实,但是医生的筋骨一定很好,医生每天要给几十位病人推拿,医生说即使一天下来,到下晚我仍然精力充沛,我曾对此说法抱有怀疑,有一次我因为有事一直到下晚才去治疗,我果然看到医生精力充沛。医生的病人很多,病人们都一致称赞医生,我也渐渐地知道和我一样来这里进行综合治疗的大多数是工厂的女工,也有一些小学老师,有退了休的,也有尚未退休的,多在五十岁上下,也有更老一些,或者稍年轻些,过去岁月的艰苦,在她们身上留下了深深的痕印,她们有的面黄肌瘦,有的虚胖,她们坐在伤科灰暗的门诊室里,穿着最普通的服装,梳着最老式的发型,毫无光彩。在以后的一些日子里,她们开始和我交流病情,她们同情地看着我,她们说,你怎么,你还没到我们的年龄呢。我左想右想,我不知道该怎么回答她们。

由于医院的性质决定了病人的来源,他们大都是一些区级小厂和街道工厂的工人,被指定只能在这家医院治病才能报销,或者就是医院附近的几条街道上的居民,就近到小医院来就诊,还有就是医生的老病人,他们认定他们自己所依赖的医生,至于医院的大小规格级别什么他们并不在乎,这是对医生的信任,由于病人来源不是很广，所以许多病人都和医生熟悉，他们是医生的老朋友、老邻居、老病号，在病人和病人之间，也同样存在这样的关系，他们互相熟悉，互相了解，就在一个厂，或者就住同一条巷子同一个院子，有一次在某一个院子里居住的邻居一下来了四个人，医生也不由得笑起来，医生说，你们像是约好的，我在这里进行了一天又一天的治疗，我每天走进门诊室的时候，看到的再不是一张张陌生的脸，而是一张张向我微笑的脸，医生和病人都向我打招呼，来的时候他们说，你来啦，今天早，或者今天迟，走的时候，我向他们说，走啦，明天见，在他们谈天说地的过程中，我慢慢地听出其中一些人的一些基本情况，也有一些人印象比较深地进入了我的脑海，我一直不知道他们中的任何一个人叫什么名字，但是我却先知道了他们的绰号，或者也没有什么绰号，只是我在自己内心给他或她定的一种位置，有一位老太大家叫她阿弥陀佛，家庭妇女，以裹粽出售为生，在端午节的那几天，阿弥陀佛忙得没有时间到医院治疗，过了端午节她愁眉苦脸地来了，大家说，阿弥陀佛，歇歇吧，何苦这么想不开，阿弥陀佛说，阿弥陀佛，再想得开的人也要张嘴吃饭呀，阿弥陀佛常常宣传佛教的教义，在病人称赞医生时，阿弥陀佛则认为这是医生在积功德，她坚持认为积暗德要比积明德好得多，并且认为长辈积德会报在子孙身上等等，若是有人对她的宣传不以为然，阿弥陀佛就会念一声阿弥陀佛，另一个女工四十来岁，她说自己是做出来的病，女工在工厂上班辛辛苦苦，下班以后立即奔到菜市批发部批发了菜到市场上去卖，女工自己拼命挣钱并且省吃俭用，所有的生活用品都拣处理品买，女工脚上的皮鞋，女工手里的提包，无一不是削价商品，但是女工说，我做了也是白做，我节省了也没有用，我男人讲面子，穿要名牌，吃要高档，女工说，一对夫妻总是搭死的，大家便笑了，说，那是，要不然你家不发死了，钱往哪儿堆呀，女工叹息着说，现在我想通了，我再也不做了，我也不节省了，大家说，不会的，你仍然是要做的，你也仍然是要节省的，这才叫搭死，女工苦笑着默认了大家的话，一位退休多年的小学老师，有一天不知在什么话题里突然说了一句，她说，说我是修正主义急先锋，我教了几十年书一直只是教的小学一年级，从哪里修起来，说我是修正主义急先锋，她将这句话说了一遍，又说了一遍，再说一遍。

每天往医院去的路上我都指望这一天能够从医生和病友那儿听到更多的东西，我如饥似渴，我把医生病人所说的关于他们的每一段经历故事或者别的什么都在我的脑海里像筛子似的先筛一遍，我想一想，这能够成为小说吗，那能够写进文章吗，每天治疗结束回家我做的第一件事，就是把医生和病人说的事情记在我的本子上，我想我简直成了一个小偷，我悄悄地把医生和病人的话偷回来，在家里藏着，到哪一天，就搬进了我的小说，这真的有些走火入魔的样子，就这样我内心的焦躁似乎能够减轻一些，其实所有这些听到的和接触到的人与事情，并没有引起我的创作冲动，好像也没有更多的想法，我只能先将这些东西储存着，并不知道哪一天使用，也许永远也用不着，但这样的工作我却不能不做，我似乎是为了了却某种心愿才这么做的。

有一天上午，我连续听了两位病人和医生关于同一主题的三个故事，忽然就有了一些想法，我很难说清那是些什么想法，很烦乱，无规律可寻，回到家，我将医生和病人的故事记下来。

病人 A，女，五十多岁，知识分子，退休医生，文质彬彬。

病人 A 的故事是由医生提起的，医生和病人 A 是老同事，许久不见，寒暄几句，便问道，王医生，你儿媳妇最后怎么了？

病人 A 长叹一声，走了，病人 A 说。

以下是病人 A 的叙说。

我们这一家人，算得上讲道理，几十年也不和人争什么高低，谁想到碰上这么一个儿媳妇，真是没有办法，我儿子虽然话不多，但是对人真心，对自己老婆怎么可能不好，从我来讲也已经做到仁至义尽，像我这样，自己读书出身，也很懒惰，惬意人，年轻的时候，自己的孩子根本不是自己带的，现在倒好，带孙子成了我的主要工作，我也毫无怨言，我对儿媳妇也算是不错了，她自己也承认，她们单位的同事也一致认为我这婆婆算是做得道地的，现在有谁家的婆婆给媳妇买衣服，有谁家的婆婆关心媳妇的生活，我都做到了，但是仍然拉不住她的心，一个人的心若是变了，那是一点办法也没有的，她的心，就是跳舞跳坏了，真的，我并不是一个封建的婆婆，但这一切的发展我看得很清楚，她太轻松了，家里没有一点点家务的拖累，没有任何的责任，跳舞把心跳野了，不想过太平日子，在外面有花头，作骨头，要离婚，说我儿子对她不好，我苦口婆心地劝她，我说只要你回心转意，过去的事情就过去了，我们从此再不提起，她不，我说你就算和我儿子没有感情，作为一个母亲，你也该为孩子考虑一下，现在孩子还小，以后长大了我们怎么向他交代，母亲到哪里去了，怎么回事，我们开不出这个口，她也不，我再说，我说就算我儿子以后还能再娶，对孩子来说，总是晚娘，我讲得自己眼泪汪汪，她却毫不动心，真是铁石心肠，最后终于还是走了，在单位也待不下去，辞职，现在也不知在什么地方混，唉，好好的日子，不过……

病人A的话音未落，医生说，现在这样的事情，多。

以下是医生的叙说。

我有一个朋友，儿子从小是个残废，腿坏的，长大了一直找不到对象，后来有一次家中装修房子，请的工人里有一个四川人，年轻轻的，人挺老实，和他们家相处成了好朋友，便把自己的妹妹介绍过来，后来就和我朋友的残废儿子结了婚，我朋友费了很大的精力几乎花尽积蓄，帮助兄妹俩把户口迁来，工作也解决了，一切皆大欢喜，一段日子也过得好好的，不久孙子也生下来了，一切令人满意，好，事情开始了，也是跳舞，就开始作骨头，作了一两年，媳妇终于走了，我朋友一家人财两空，气得吐血。医生最后总结，现在的人，没良心的多。

医生的故事讲完后，病人叽叽喳喳，发表自己的看法，说，是，现在这样的事情，多，说，是，现在的人，没良心的多，说，跳舞实在不是件好事情，多少花头就是跳舞中出来的，说，人的素质很要紧，素质不好的，终究是要出花头的，在大家一片意见声中，病人B说话了。

病人B，四十来岁，女工，脸有善相。

以下是病人B的叙说。

我妹妹的事情就更不能提了，我妹夫是法院的法官呢，怎么样，照样出花头，四十出头的人，儿子也已经上了初中，怎么样呢，要变心还是会变的，分来一个女大学生，相差十几岁，怎么可能，但偏偏就有了事情，坐在他的桌子对面，做他的徒弟，每天一起出一起进,一起出差,一起办案,不到一个月,就有了感情,互相已经离不开,先是带回来吃饭,我妹妹好菜相待,虽然心里也有些想法,但是想到我妹夫这么多年的法院工作做下来,总不会有什么别的心思,又总以为女孩子是同事,也不能出什么事情,再后来就带着去跳舞,起先也叫我妹妹一起去,但我妹妹不会跳,就看着我妹夫次次都和女大学生跳,我妹妹已经有了感觉,也提醒过我妹夫,我妹夫说,你想到哪里去了,我的徒弟,我只是带她工作呀,会有什么事情,不可能的,后来也不再带我妹妹一起去了,我妹妹虽然知道事情不太好,但也无能为力,劝劝说说,一点用也没有,事情就这么发展下去,风声也传了开来,单位领导也找他们谈过,仍然没有任何用处,终于有一天我妹夫突然向我妹妹提出离婚的要求,我妹妹根本就昏了,她大哭几天,也不能使我妹夫回心转意,我妹妹不愿意离婚,我妹夫向区法院起诉,我妹妹说,你们法院就是做这种工作的,你们若是袒护他,我撞死在你们这里,我们全家人,还有我妹夫全家人都劝我妹夫,可是谁也劝不过来,我母亲和我妹夫说了几个小时,我妹夫最后掉下两滴眼泪,说,事情已经这样了,我没有办法,法院开庭的时候,我妹夫的理由远没有我妹妹的理由充分,我妹妹虽然不怎么会讲话,但是一番话说得合情合理,连法官也点头称是,最后判下来,不准离,我妹夫从此不再回家,丢下妻子儿子和一个八十岁老母亲在家不闻不问,说是等半年,半年以后,再起诉,现在我妹妹就一个人过着,怎么办呢,碰到这种事情……

关于病人 B 的故事,大家一致认为,应该相信一句老话,现在怎么对旧人,以后就会怎么对新人,新人终究也会变旧人,完全是一片指责病人B妹夫的声音。

　　始终旁听着的我，不知怎么，心里突然地涌起一种说不清的悲哀的感觉，我想起一首流行歌曲的一句歌词：可是谁又能摆脱人世间的悲哀。这是台湾电视连续剧《包青天》的插曲《新鸳鸯蝴蝶梦》中的一句词，对于包青天唱爱情悲歌相信许多人会觉得有些滑稽，但是细想想在包青天所判的案子中确实有许多是爱情悲剧，为什么包青天不能有感而发唱一曲凄凉而忧伤的爱情悲歌呢，我的思绪走得很远很远，我思想着人类的永远的悲哀，思想着所谓爱情的误区，迷途，再生的情感，情感的转移，变化，更新，与道德，与责任的冲突，与良心的冲突，为了责任而扭曲感情，为了感情而伤害他人，老生常谈，老掉牙的东西，却也是永远无法解决的难题，又想起梁任公先生和他的学生徐志摩对于爱情的一点不同的看法，梁先生以为人生最快乐的事情莫过于把应尽的责任尽完，而徐志摩则完全相反，他以为真爱不是罪，必要时可以以身相殉……

　　这一天的中午，我休息了一会，我做了一个梦，梦中竟然见到了病人B的妹妹和妹夫，我能记得梦中是昏暗一片，我的梦总是灰蒙蒙的，不知是白天还是黑夜，我在昏暗的梦中，走进法院院长办公室，我看到病人B的妹妹正坐在院长办公室，我形容不出她的长相，只是知道她就是那位将被抛弃的妻子，接着她丈夫进来了，我心里正想看看这位庭长长得什么样子，却又不便面对面打量，从侧面看，是一个很踏实的男人，我听到院长对他宣布，免了你的职务，他说，免了我也没有办法，从院长手里接过一张纸就走了出去，病人B的妹妹跟了出去，我也跟着她走出来，已经不见病人B妹夫的人影，这时候病人B的妹妹走出法院的大门，她的儿子也来了，他们站在一起可怜巴巴地看着法院。突然病人 B 的妹妹对我说，我认得你，我们一起在什么地方治疗过，我觉得我也应该想起她来，我点点头，然后她就哭了，哭了一会儿，捂着脸奔走了，她的儿子呆呆地站着，看着母亲的背影，我觉得很心酸，我对他说，你不要难过，你去追上你的母亲，劝劝她，孩子默默地点点头，朝母亲奔走的方向去了，我也呆呆地站了一会儿，我觉得我应该到区法院去看一看庭长在做什么，我想这可以为我的小说增添些内容，我找了半天，才找到一个地方，以为那就是法院，走进去，印象中是一片破旧的平房，有一间屋里一位老人正坐着，我向他打听法院的民庭，老人说，你走错了，这是医院，法院还在另外一个地方，我从医院里出来，心里很茫然，于是梦醒了。

  我在那一天下午开始构思我的这一篇小说，我想大概有一个中篇的篇幅可以写起来吧，于是我按照中篇的结构来设置情节，抢先进入我的思路的并不是开头，而是小说的结尾，我考虑给小说来一个这样的结尾。

  一对告到法院打离婚的夫妇重新和好，为感谢区法院民庭的帮助，丈夫主动提出把单位的大客车借给区法院，让法院的同志去秋游，庭长因为自己的感情纠葛无法处理，毫无兴致，但是人家却主要是为了感谢他的，那案子就是由他办的，结果硬被大家拖了去，从一开始他就有一种不怎么好的预感，后来车子果然在半山腰抛了锚，大家下车等着帮助，庭长站在山间，心里很懊丧，他放眼望去，只见苍茫一片秋色，庭长的烦乱的心竟然渐渐地平静下来。

  其实这个结尾也不是我自己想象出来的，而是受到医生的故事的启发，医生在他的许多叙说之中，曾经说过这样一件事，医生说，有一次一位厂长到我这里看病，病好了，为了感谢，非要问有没有什么事情要他帮助解决的，我说没有，厂长却不依，非要表示，后来别的医生就提出来秋游的事情，要一辆车，厂长一口答应，决定到杭州瑶琳去玩，那天一大早三四点钟我们就起床了，吃了点泡饭，出门来，看到车子已经来了，停在路边，我走过去，就有一种不太好的感觉，也说不上来是什么，看到前右灯坏了，一眨一眨地不肯停，我突然有一种预感，不想去，被大家拉上去，问为什么，我说前右灯怎么回事，眨得人难受，司机便把前右灯的线扯断，大家说，这下好了，心里踏实了，其实我心里仍然不踏实，根本不知怎么回事，后来果然出事了，在浙江境内撞倒一个人，死了，医生详细地描述了出事故以后一段经历，怎么帮着把人送往附近的县医院，县医院不治又让送往市医院，人怎么死在半路上，到了医院又送回来，怎么帮着一起抬死人等等。

　　由结尾的启发，小说题目也很快确定下来，就叫作《苍茫秋色》，对这个题目我感觉良好，甚至有些得意，觉得有些深远的东西。

　　我认真地结构了全文，在整个小说进展中，除了人到中年的法官产生了情感危机，和新来的女大学生同事有了一段感情这主要故事外，我还另外结构了两段情节，皆是我道听途说或者通过别的什么方法了解得来，一是某厂长发达之后，上宾馆，下舞池，另有新欢，喜新厌旧，出现婚姻危机，另一是机关干部的老婆状告丈夫，理由是男人太无能，要钱没钱，要权没权，要才没才，甚至连一点点志气也没有，整天浑浑噩噩耗日子，妻子认为难以共同生活下去，这两桩民事离婚案都由庭长处理，结构完毕，自鸣得意，以为这样结构使小说不显得单一，把当前婚姻危机的几种类型都包容进去，写起来内容应该很丰富，很扎实，既生动又典型，自我感觉良好，现在我终于可以开始写作了。

对了，我还得给我的人物一一起名字，为了名字我也费了一番周折，小说写得多了，人的名字常常会起重起来，为了避免犯这样的错误，我考虑再三，我让男主人公法院的民庭庭长叫作武怀清，武怀清的妻子叫梁燕，武怀清的那个新来的女同事叫汪小梅，起完名字之后，发现仍然有重复之嫌，我突然感到有些奇怪，我发现在相当长的一段时间里，我习惯于给年轻的家庭主妇起名叫燕，给年轻的未婚姑娘起名叫梅，我不知道这习惯从何而来，我从来不知道什么叫名字学，也不知究竟有没有这样一门学问，孤陋寡闻，我也不知道取燕和取梅这样的名字有没有什么心理暗示，思来想去，觉得是没有的，只是觉得燕这样的名字，比较适合年轻的妻子，而未婚的姑娘把她们叫作梅挺顺口的，别的好像再无什么更多的意义。

就这样，我构思了全文，我给人物都取了名字，随着名字的定位，我的人物一个个开始活动起，有血有肉，哭着笑着站到我的面前，我开始写作我的这一个中篇小说。

《苍茫秋色》

下班前，院长的情绪突然好起来，到各办公室看看，到民庭时，民庭一班人都在庭长办公室神吹瞎聊，等着下班，这是星期六，当事人，被告原告，像都有些人情味似的，半下午以后基本上没人再来，大家空下来，凑在一起说说想说的话，也是难得的松懈，做法院的工作，都知道是忙的，没头没脑。

院长进来，看看大家，道："说什么呢，这么投入？"

小伙子们嚷嚷，有什么好说的，除了说说女同事。

院长笑，说："女同事有什么好说的，对谁感兴趣了？我介绍，不过，可别是结了婚的，替我惹麻烦。"

大家都笑起来，小伙子沈榆木说："从来是把我们民庭打入另册的。"

院长起先没有明白，想了一想，明白了，区法院六庭二室，偏就民庭没有一个女的，院长高兴，便信口道："行，今年分来的大学生里，有个女的，给你们。"

民庭以为院长逗人，不信。

院长说："不信，跟我去看照片。"很认真的样子，又说，"九月二十号以前报到。"

看起来像是真的了，小伙子倒愣了，没了话，院长说："不好，沉默无语，是个危险的信号，警告你们，给你们的是一位女同事，不是老婆，更不是情人。"

小伙子复又笑，情绪好得厉害，说，九月二十号，快了，快了，有盼头了。

院长给浇一头冷水，道："什么盼头？"回头对武怀清说道，"看看，派个谁做监察局长。"

武庭长咧一咧嘴，要说什么的，却被沈榆木抢去，道："派我做。"

严力说："派黄鼠狼看鸡呀。"

小伙子又同声嚷道,派我做。

武怀清笑着说:"这些人,派谁谁也看不住。"

院长说:"那就派你了。"

大家朝武庭长看,武怀清说:"看我什么,我有什么好看的。"

院长也研究似的看看武怀清,说:"好看不好看,你太太说了算,别人看了有什么用。"

大家跟着说是,武怀清没那么多嘴跟大家辩,只是笑笑,也看不出什么意思。

这么随便说了一会儿,也差不多到了时间,大家收住话题,下班。

穿过阴暗的走廊,区法院是一座老式房子,有一个院子,不算大,三排长长的平房,还是20世纪50年代初造起来的区机关最早的一批办公用房,新的法院正在建造中,进展比较慢,但是大家都等得很有耐心。

民庭在三排平房的最后一排,走出长长的走廊,沈榆木回头问院长:"院长,女大学生叫什么?"

院长说:"怎么,激动起来了。"

沈榆木说:"同事,激动什么。"

院长说:"这就好。叫汪小梅。"

沈榆木赶上小伙子们,他们说,汪小梅,又说,以后好了,不再单一了,又说,每天可以赏心悦目什么的,一路笑声过去。

院长慢慢地落后一些,和武怀清走到一起,院长朝武怀清笑笑，西斜的太阳照在院子里的树上，已疲软无力，院里有些灰暗，院长靠近武怀清，说："武怀清，拨正的事，基本定了。"

武怀清点点头，庭长调到市法院后，民庭的位置一直空着，武怀清是副庭长，张建也是副庭长，排在武怀清后面，也等于是武怀清做了正的庭长，只是有些名不正言不顺，所以要履行正式的手续，拨一拨正，提武怀清做庭长，是正常的事情，别人也没有什么另外的想法，征求意见时，大家都说了武怀清的好话，至少是实事求是。因为是早就知道了的事情，院长说了，武怀清也没觉得怎么特别的激动，只是像等着一部电影或者电视开场似的，知道早晚要开场，现在终于等到了，像完成一个什么事情罢了。

院长和武怀清住的两个方向，一出区法院大门，他们就分了手，武怀清骑自行车回家，想到这是周末，路过熟食店，下车买些盐水鸭，到新村附近，又买了个西瓜，捧着上五楼去，觉得有些喘，手腾不出来，用脚踢踢门，儿子来开了门，看他手里捧着，没看见似的，并没有上前接一下的意思，武怀清说："也不知道帮着接一下。"

武唯一说："我在做作业。"返身进自己的房间。

武怀清探头看看正在厨房做饭的梁燕，说："回来了。"

梁燕没有马上作声，停了一会儿，说："听到了。"停片刻，又说："星期六也这么晚。"

武怀清说，"大家不走，我也不好先走。"

梁燕说："那是。"再不出声，只做自己的事情。

武怀清到水龙头边洗手,随口说:"现在的孩子,真没办法,看我手里捧着,只当没看见。"

说了,看梁燕不说话,似没有什么反应,又说了一遍。

梁燕"啪"地关了排气扇,说:"要教育呀。"

武怀清想说些什么,又觉得没什么可说的,看菜已出锅,便上前帮着把菜端到客厅饭桌上,客厅没有开灯,已经有些昏暗,武怀清正要拿勺子来盛饭,就听到有人敲门,起身去开门,梁燕过来,虽没说话,但脸上写着一个"烦"字。

武怀清已经将门开了,门外已是黑乎乎的一片,看不清来人的面目,只知道是个女的,武怀清顺手将灯打开,灯光照着了客人,三十多岁,很憔悴,眼眶发黑,神色沮丧,武怀清觉得她有点面熟,但记不起来是谁。

梁燕已经坐在饭桌上,摆出些不欢迎人来的样子,问道:"谁,这时候。"

武怀清慢慢地道:"你是……"

妇女忧郁地说:"武庭长,我是吴慧珍。"

武怀清"哦"了一声,想起来吴慧珍是一桩民事案的被告,武怀清找她谈过一次话,武怀清稍稍欠身让了一下,说:"是你。"

吴慧珍犹豫着,说:"如果不方便……"

武怀清说:"一般的,我们不在家接待当事人,有事情都到法院谈,不过……"他看着当事人的脸,慢慢地说,"既然已经来了,坐一坐。"

梁燕坐着,仍然没有任何表示,吴慧珍退后一步,说:"那就,那就……你们还没有吃饭,或者,我等一会儿再来。"

武怀清说:"没事,家里常有人来的,也习惯了。"

吴慧珍又后退了一下,快退到楼梯口,说:"不了,我还是到法院找您吧。"说着勉强地笑了一下,慢慢地向楼下去。

武怀清一直等她拐下了四楼,才回进来关了门,对梁燕说:"丈夫要离。"

梁燕"嗯"了一声,说:"吃吧。"闷头吃饭。

武唯一也出来了,也闷头吃饭,并不知大人说什么,空气有些沉闷。过了一会儿,武怀清说:"刚才那个女的,丈夫要离。"

梁燕没有作声。

武怀清又说:"她不愿意。"

梁燕又"嗯"一声,淡淡地道:"现在这类事,多的是。"

武怀清还想说什么,看儿子对他们的话有兴趣,道:"你吃完了做作业去。"

武唯一说:"我还没吃完,我们刘老师也离婚了,张老师说刘老师是第三者。"

武怀清说:"你少说。"

武唯一走开后,武怀清一直想着吴慧珍忧伤的脸,觉得将她拒之门外有些不妥,忍不住说:"刚才那个女的……"

梁燕瞥了他一眼，打断他的话："你已经说过了。"

武怀清说："感情的问题，是难，她的丈夫明明……"

梁燕已吃完了饭，并没有在意武怀清在说什么，将空饭碗轻轻推了一下，起身走开。武怀清也没有了说话的兴趣，把饭扒完，去洗碗，洗了碗，回头过来，梁燕已经捧一本杂志在看，武怀清去开了电视，将音量调小些，在他调音量的时候，梁燕看了他一眼。

一晚上也没有再多说什么，上床时，梁燕说："累死了，早点睡。"

武怀清也没有别的想法，倒头就睡。

到第二天晚上，上床前，武怀清试着向梁燕暗示了一下，梁燕淡淡地看了武怀清一眼，说："算了，没兴趣。"

武怀清讪讪地一笑。

梁燕说："别做出痛苦的样子，其实你自己，也一样没兴趣，不过是觉得间隔时间太长了，好像有些责任似的，好像有任务似的。"

武怀清张口结舌。

梁燕平静地笑了一下，道："其实不必，彼此都一样的感觉，谁也不欠着谁，不必勉强。"

武怀清尴尬地一笑，勉强地说："到底是做宣传干部的，能说会道。"心里却不能不承认梁燕的话是对的，武怀清觉得他和梁燕都不满意这样的状态，但是谁也没有能力去改变，也不能说没有试图改变的决心，但是双方都觉得疲惫，精疲力竭似的。

结婚十五年以后，许多夫妻都会有一些尴尬的状态，都会有一种低潮，武怀清是没有能力扭转人类的这一自然力量的，虽然他在民庭工作的十年中，曾经帮助许多夫妻渡过危机，也替爱情真正死亡了的婚姻判过死刑，但是武怀清无力解决自己的问题，他不知道这事情将会朝什么样的方向发展，是渡过低潮走向一个新的高潮，还是出现其他的结局，武怀清也许能够看清别人的婚姻，却看不清自己的婚姻。

度过一个乏味的星期天，武怀清在星期一上班的时候，觉得神清气爽，梁燕说，你只有在工作中是有情趣的，其实你也一样，武怀清想。

抹去星期天留下的灰尘，泡一杯茶，坐下来，点上一支烟，心里很安逸了，把一叠卷宗取来放在桌上，不知为什么，先挑出许一多诉吴慧珍离婚案来，眼前便浮出吴慧珍憔悴忧伤的脸，很简单的案情，丈夫做了经理，挣了钱，进宾馆，下舞池，有了外遇，要离婚，这事情现在实在是普通得很也普遍得很，妻子多半不愿意，舍不得孩子，不是没爹就是没妈，或者，割舍不下对丈夫的感情，再或者，为了赌一口气，你阔了就变脸，我偏不让你得逞，缠住你，缠死你，你不能重婚，以武怀清的经验，吴慧珍的情感似乎介于第一种情况和第二种情况之间，或者说是两种情形的缠合，既舍不得孩子，对丈夫也没有完全丧失信心。一般说来，这样的诉讼，第一次是不会判离的，半年之间，若丈夫能清醒过来，放弃那种"你是我的唯一""唯你不娶"之类的幻想，回心转意，事情便告结束，渡过一次危机，也有可能他们渡不过危机，丈夫的新情感，若经得起半年的考验，在半年后再度提出诉讼……

沈榆木突然站到武怀清面前，笑着说："院长来了。"

武怀清朝门口看看："哪里？"

沈榆木笑得很鬼，道："在路上。"

武怀清向窗外看，没有看到院长，又说："哪里？"

沈榆木继续鬼笑："走廊里。"说着武怀清果然听到了院长的声音，站起来时，院长已经出现在他的办公室门口，笑着让一让身子，身后闪出一个年轻姑娘，穿得挺素雅，淡蓝色的长裙，白色衬衣，虽然服装显得老气些，给人的印象却很清新，武怀清想，是汪小梅。

我的思路中断了。

怎么努力也续不下去，我想了想，是因为汪小梅。

写到汪小梅出现的时候，我觉得我很难再写下去，我的这篇小说，大概应该算作是爱情小说吧，其实，我写作多年来，基本上没有写过一篇正宗的爱情小说，一回我的一位编辑朋友主编一本当代女作家爱情小说选，嘱我自选一篇寄去，我找来找去不知自己哪一篇小说可以称为爱情小说，惭愧得很，想朋友一番好意却不忍拂了，也想到当代女作家爱情小说选，似乎是会有些影响，再说，多少也会有些稿酬发来，总之是好事一桩，推辞了怪可惜，便好歹挑了一篇寄去，朋友嘱写创作谈，便给他写一篇题为《不写爱情》的小文，文中说，这样的好事（指选编爱情小说），心下当然也是愿意挤一脚的，对于爱情和婚姻许多人会有许多自己的看法想法和切身的体验，我也一样有，也许把这些看法想法和体验写成小说就是爱情小说了，可是我却很少把我的关于爱情婚姻的看法想法和体验写成小说，真是不言爱情……

爱情很普通，我不屑写？爱情很神圣，我不敢写？

我很懂爱情？我不懂爱情？我的内心充满爱的力量？我的内心没有爱的活力？

曾经有人开我的玩笑，认为我是一个没有七情六欲的人，不食人间烟火的人。

我在文章最后说，哪能呢。

我觉得我真的应该写写爱情小说，可是我始终没有写。

这样的创作谈，其实等于没谈，但我还是将它作为一篇创作谈寄了出去，我并不很清楚自己为什么不写爱情小说，是写作能力问题，或是语言表达问题，或者，爱情太丰润，我一支秃笔却枯涩干瘪，如何能将爱情写起来，或者是生活感受方面的问题，没有爱情也写不出爱情，有了爱情却不敢写爱情，心理有什么障碍，思想有什么问题，也许，根本看透所谓的爱情，没写头，也许，根本不知道什么是爱情，没法写，总之是有什么东西在作祟，写不起来，也罢，心基本上也是平的，只是，当看到别人写出了上好的爱情小说，也难免痒痒，我也曾几度跨出一只脚去尝试着走走正宗爱情小说的路，却每每大败而归，终于泄气，想来想去，试来试去，知道自己既写不起爱情的全过程，也写不出爱情的细部，最多只能写出某一种状态，某一个结果，自知不是这块料，只看着人家酣畅淋漓大写爱情小说，虽然眼熟，也无奈，退避三舍，不写爱情。

当然我不能说我从来不写爱情这东西，也不能说我所有的文章都与爱情两字无关，不过那只在我许多不以爱情为主题的文章中不是直接而是间接，不是主要而是次要地表现出来，或打一个擦边球，或迂回曲折，如此写来，却也已满足，自我感觉良好，自我欣赏，以为含蓄，以为内敛，以为有品味，也以为有深度，若隐若现，若有若无，情意皆在言外，或在云里雾里，有时自己也怀疑到底有没有，或许根本就没有。

　　我在创作中篇小说《苍茫秋色》的过程中，文字进行到汪小梅出现，我再也写不下去了，无疑我是要写汪小梅和武怀清的爱情，我觉得自己完全能够理解这样的感情，我觉得自己应该能够把握住角度，我并不打算写谁是谁非，也不会去探讨那永恒的谜，更不会对爱情下什么判断，作什么结论，倒也不是不愿意，实在是无能为力，我只是想写出他们的爱的过程罢了，就如以往我写过许多小说一般，我经常只写事情经过的本身，而不是别的，到今天我仍然固执地认为，写小说很难对事情作什么判断，下什么结论，我想事情的一切都存在于事情的本身，并不要我们特别地将它们指出来，当然，我仍然要说，我的这种固执的想法，并不是与生俱来，而是因为我在较长时间的写作过程，发现自己已不可能成为一个思想家，于是退而求之，让事情自己说去吧，指点迷津也好，导入歧途也好，我无力承担我承担不起的东西，比如，像思想，像观点，像别的一些比较深刻的东西，也许我的固执的想法终有一天会被自己（一般说来不会被别人）所改变，但至少在现在，我仍然如此作想，若我不作如此想，若我打算在中篇小说《苍茫秋色》中写出一些有关爱情有关婚姻的警世恒言醒世通言之类，我知道我是失败无疑，但是我并没有这样的想法，我只是要写一写爱的过程，结果，我又失败了，至少，在现在看起来，我进行得不顺利，我设想了一遍又一遍，发现我根本就不知道他们的爱情怎么产生，怎么发展，大情节是怎么样，细腻部位又该是如何，我当然可以想象，可以虚构，可以编造，我也曾想象、虚构、编造了许多小说，可是我编造不出爱情小说，也是奇怪。

我的思路完全被堵塞了，我思来想去，明白自己面前有两条路，另辟蹊径，或者，硬着头皮往下磨，另辟蹊径，心有不甘，硬着头皮往下磨，恐怕也很难磨下去，即使能磨下去，也弄得全无兴致，味同嚼蜡，写小说写到这份上，罢了，罢了。

我继续到区医院去治疗我的颈椎病，在那里我几乎每天都碰到病人B，她的病显然比我的严重，我们每天见面时相视一笑，她向我诉说她的痛苦，她说她每天夜里都无法入睡，常常熬到天亮，医生给她推拿的时候，她叫唤得很厉害，她常常拿一种想交流的眼光看着我，我则非常希望她能重提有关她的妹妹、妹夫的故事，可是她始终没有再提起，我有时不敢直视她，因为我常常有向她打听她妹妹、妹夫的念头，我若果真问她，不知她会作何想法，她也许会对我产生怀疑，便从此对我闭口，也许她会很有兴致，滔滔不绝地向我继续讲述她的妹妹、妹夫的故事，我不知道她是否清楚我是一个靠听别人的故事写自己的小说挣钱的人，我似乎有些心虚，我怕我和她对视的时间长了，我会忍不住向她发问，我甚至有了一种想法，我想到区法院去看看病人B的妹夫，像我梦里做的那样，我看看他在做什么，看看他长得什么样子，看看他的同事们，如果可能，我会到另一个庭去看看他的那位女同事，我不会和她说什么话，我更不会去问她什么问题，我只是看看就行，这想法近日来一直徘徊盘旋在我的脑海，我反复动员自己，但是我很清楚我自己，不管这想法在我脑海里盘旋多久，我都不会将这件事情真正地做起来，我不会去。

结束治疗后我回到家仍然固执地打开我的电脑，我难以为继，写不出的时候不要硬写，我知道这是一句至理名言，很正确，可是我的固执的思想列车不愿意沿着正确的方向前进，写不出的时候硬要写，我的偏执，我的盲目，我的不可理喻，让我吃了许多苦头，我这完全是自作自受，并且我知道还将没完没了地继续作下去和受下去，每天到下晚总觉得心里空荡荡的，没处着落似的难受，不开电脑我的难受会更加厉害，我只能将电脑打开，翻到我正写作的这一篇《苍茫秋色》，我一遍又一遍地读着已经写就的这一段文章，我越读越觉得文章挺不错的，我没有理由对我已经写成的文章百般挑剔，我想我大概是不相信自己真写不下去，我总要将写不下去的原因找出来，分析清楚，随着汪小梅的出现，接着无疑应该较为细致地描写武怀清和汪小梅的初次见面，我没有写下去，是因为我不会写，定位是明确的，他们不可能一见钟情，他们的事情只能在以后的工作中慢慢地进行，慢慢地开始，慢慢地发展，这是没有疑义的，但是，尽管如此，武怀清和汪小梅的第一次见面仍然是一场重头戏，第一印象非常重要，这第一印象怎么写，写武怀清见了汪小梅觉得耳目一新，或者写汪小梅看到武怀清就有一种踏实感之类，埋下戏的种子，真正老调重弹，或者写他们见面时毫无感觉，本然相对，没戏，这欲擒故纵之手段，亦属惯用之伎俩，也不新鲜，思来想去，玩不出什么别出心裁、独辟蹊径的花样，也没本事做出骇人听闻、振聋发聩的文章,到哪去开一个独此一家别无分部的鲜花爱情店呢,别的东西,像故事,像群众语言什么的都可以道听途说,东拣西捞,爱情这东西却是偷它不到,走投无路,只有搜肠刮肚,找自己的麻烦,偷不着别人,便只有暴露自己,怎么办呢,要写作,没别的办法,努力回忆自己的关于爱的体验,有吗?想起来应该是有的,两相对望,有过电的感觉吗,当然是有的,什么滋味,麻痒吗,又不是荨麻疹,麻的哪门子痒,酸疼吗,又不是关节炎,酸的什么疼,或者有别的更丰富更强烈的感觉,只要不是白痴,当然是会有,只是事过境迁,时光流水般消逝,爱也一样,再难回忆起来,常说好了伤疤忘了疼,其实好过爱情忘滋味也一样,此路不通,回头再想想我自己创作的一些小说,虽不是什么正宗爱情小说,但其中也不乏写到一些爱情和情感问题的,在那些文章里,我常常是写到别的什么事情,带出些似有似无的爱情,用我们的方言土语说,叫作枪毙带豁耳朵,或也可称作是歪打正着,像我在一篇小说中写介绍给舅舅的对象,谈来谈去,话说了几大箩,最后却和不怎么说话的外甥有了些暧昧的情感,这真是有心栽花花不发,无心插柳柳成荫,自己自然是很得意,以为点到为止才是最好的写法,爱当然是要爱的,爱得怎么样都可以,爱到如何也无妨,写却是不能随便写的,似乎把爱情看得很特殊,不敢亵渎,不能随随便便就写起来,谈开来,不管这种古怪想法从何而来,是与生俱来或是后天培养,是变态还是畸形,总之我知道我的固执的思想列车始终沿着爱情可行而不可言的旧轨道向前,莫名其妙,明知可笑可悲,却也无法,无力改变,既如此,也罢,行动自是要行动,言论就不言论了,放弃写作爱情小说,虽有些山穷水尽的意味,然天地之大,柳暗花明,山不转水转，写别的也罢，一样挣稿费。

爱情小说《苍茫秋色》半途而废，我考虑着另起炉灶。

我的情绪继续因为写作而紊乱，我的思想总是不能平复，我虽然停止了写作《苍茫秋色》，但是我的心却仍然被它牵扯着，没有放松过，我摆脱不了，我的电脑就是《苍茫秋色》的一个具象，我魂不守舍地坐在电脑面前，我思想杂乱，毫无章法，我努力思考着，突然觉得自己变得像个思想家似的，我考虑着人类的永恒的悲哀的主题，考虑着许许多多的东西，各种各样的思想像走马灯似的在我脑海里轮转，我一会儿觉得这道理很充分，一会儿又觉得那种说法很精彩，我努力回忆我怎么会写作起《苍茫秋色》这样的爱情小说来，我想我听到的这个关于法官的故事或类似的故事若发生在别的什么人身上，我也许不会有什么创作冲动，这类事确实很多，俯拾皆是，为什么偏偏这一次我会有了创作欲望，看起来确实是因为主人公的身份比较特别，当然，我大概不至于幼稚地以为在法院工作的同志就是铁板一块或者木头一根吧，我当然也不会做出把在法院包括检察院、公安局这些司法机构工作的同志从正常人的范围中划开去这样的事情，但是当我开始有了创作《苍茫秋色》的想法时，我确确实实知道这起因就是因为武怀清这么一个人物，他似乎应该是而且事实上也确实是一个处理人类情感问题的专家，可是他处理不了自己，就是这样，我的一位女友来我家串门，她在市法院刑庭工作，她到我这里来坐坐，没有什么别的事情，她的家离我的家很近，平时大家都忙，也难得来往，有空闲时间便过来坐坐，或者我过去看看，她问我最近在写什么，我把我的《苍茫秋色》的故事告诉了她，我问她知不知道发生在某区法院的那一件事，女友说，我怎么知道,为什么我会知道,现在这类事多,我说,这是你们一个系统,你该知道,女友说,可惜我确实不知道,女友说,告诉你一些我知道的事情,前不久,公安局开除了一个,婚外恋,第三者,后果严重,另前不久,检察院一个跳楼自杀,感情纠葛,东方公寓十八层楼上跳下去……都是为这些事情,我听了,叹息一声,女友看着我,你叹息什么,我茫然,我不知道我叹息的什么,不应该是什么感叹感慨之类,似乎没有什么可感叹感慨的,也不是什么出乎意料,这些都应该是意料之中的事情,女友接着问我《苍茫秋色》进行得怎么样,我老老实实地说,我写不下去,我有障碍,我说我大概是把爱情这东西看得太不一般,我说我开始的时候进行得很顺利,可是写到汪小梅出现,我写不下去了,我在爱情开始的时候,不知如何下笔,女友想了想,突然笑起来,说,这有什么,什么不一般,中国人就那样子,我说,什么样子,女友又笑,她没有说什么样子,停顿了一下,说,说件事情你听听,我们庭刚分来一女同事,年纪很轻,面皮薄,带着去熟悉环境,到拘留所提审,问一溜犯人,你是犯的什么,第一个犯人说,我私刻图章,技能性犯罪,颇有些得意之情,轮到第二个,说,我偷盗,干干脆脆,虽知犯法,却也不乏一些理直气壮的意思,大家一起去偷的,我一个人承担,还稍有些义气呢,第三个,你是犯的什么,杀人,一刀就死了,想不到这么不经杀,居然回答得豪气十足,到第四个,问,你呢,犹豫着不肯说,我……你什么,你犯的什么,我……我……他终于说出两个字,我……幼女,他没有好意思说出强奸两个字来,脸却已经红透了,我注意到我的新来的同事也红了脸,居然不敢直视那个犯人,你说说,这叫什么,这叫性羞涩,连罪犯也不例外,在我们这社会，对其他的犯罪，往往都会有人同情，哪怕杀人，也总能替杀人犯找出些理由，唯独性犯罪，人人深恶痛绝，十恶不赦，我插嘴道，那是，恐怕连法院工作的人也一样有这样的想法吧，女友承认，她说，是的，当然，工作时间长了，会好一些，我刚到法院时，审强奸案，简直不知怎么开口，我笑着说，你大概和你的那位新同事一样，不敢看强奸犯的脸，女友笑了，说，是，也许我说的那个新同事就是我自己呢，我听了女友的一番话，觉得很有道理，可是这和我写作《苍茫秋色》有什么关系呢，我说，你说这些什么意思，难道你以为我写《苍茫秋色》写不下去也是性羞涩吗，真笑话，结婚也那么多年，儿子也老大的了，还羞什么涩，女友说，我可没有说你呀，我只向你提供一点材料罢了，女友最后说，其实你到法院来听听，事情多着呢，我知道法院有许多可以听的内容，过去的几年里，我先后曾经在两个区的法院民事庭和告诉申诉庭旁听过，在我的许多已经发表出来的小说里无疑有着从区法院听来了解来的事情，并且我知道在我过去的笔记本里还详细记载着许多听来的事实和自己的感受。

女友走后，我开始寻找我过去的笔记本，写作写了十多年，在使用电脑之前，我的手稿和笔记本堆起来也不算少，著作虽不能等身，草稿笔记加起来恐怕也是可以等身的了，我在寻找旧笔记的时候，突然有些为自己而感动，我发现我在过去的许多年里做下了不少的写作的准备工作，在我无数的笔记本里，记满了与写作有关的内容，这些笔记大都已经发黄，封皮已经破损，内里的字迹也有些模糊，我找出了两本记着区法院旁听内容的笔记，绿色的封面使我回想起当初的岁月，我记得第一次到某区法院告诉申诉庭去旁听的时候，法院的接待员以为我是来投诉的，问我，你怎么？有时候，因为我和接待员坐在一边，我便被当成了法院的工作人员，他们面向我倾诉着，我不断地点头，有一天我走出法院，在路上我被一位当事人认了出来，他热情地向我打招呼，并且向和他一起的人介绍，这是法院的，我的事情就是向她说的，几年以后的今天，我一一回想着过去的事情，我打开绿色封面的笔记本，一页一页翻看着从前记录下来的内容，确实有许多东西早已经进入我的小说，大概在当时和以后的很长一段时间里，凡是我觉得能够成为我小说中的内容的东西都已被我写尽，或者不能直接写进小说的，但是只要是可以引申开去的，也都一一加以引申发挥，总要到淋漓尽致的地步方能罢休，也或者本来只是一小小的事情，便将浓浓的原汁掺水稀释，将紧紧的面团加以膨松发酵，也或者改头换面，张冠李戴，重作打算，总之像是拿篦头发的篦子完完全全篦了一遍，能写能编的大概都无一漏网，靠这些故事挣的稿费大概也早已花去，剩下没有进入小说或其他文章的恐怕都是当初找不到感觉，实在启发不了灵感的一小部分了，现在再回头看这绿色的笔记，看看那些剩下的内容，会怎么样呢，会有新的感受，会启发新的灵感吗，但愿。

　　某月某日：

　　某强奸犯，当天晚上和老婆有过性生活，老婆上夜班去了，自己没事情，跑出去转转，玩玩，犯了强奸罪。

　　这算什么？

　　某月某日：

人们一边骂性描写，一边津津乐道地看。

许多人喜欢看性犯罪布告。

破案小说最受欢迎的是流氓强奸案。

中国人在性问题上心口不一。

有些女性，讨厌自己的性生活，却喜欢看写出来的性生活。

为什么？

某月某日：

一农民来询问离婚规矩，因乡下传说只要夫妻不同房达六个月就算自动离婚，现在儿媳妇已经回娘家六个月，男方害怕这已经算离婚。

某月某日：

某女提出离婚。从前有过外遇，被丈夫用刀刺伤，仍不悔改，丈夫经常打骂，并且有无休无止的性要求，若不同意，便破口大骂，有时能骂上大半夜，女方自诉身体不好，动过乳癌切除手术，受不了。

某月某日：

法院同志说，有许多女人，来诉离婚，问及同房问题，说已经几年时间不在一起了，叫了男方来问，两天前还有过性生活。

是否把人类本能的东西当成丑恶，当成罪恶？

某月某日：

法院找某离婚案的第三者谈话，"第三者"是一个二十刚出头的男青年，自称因为谈恋爱失败，找同厂一近四十岁的女工即离婚案原告倾诉苦恼，在女工引诱下（细节略去），和女工有了性关系，从此一发而不可收，女工起诉离婚。

"第三者"原话：我对家里人说，你们再啰唆，我就和老阿姨结婚。

某月某日：

一对小夫妻来离婚，说不出什么大事情，家庭琐事，女的省吃俭用，一个月只给男人几块钱香烟钱，男的要吃要用，并且嘴不饶人，一吵架就说，走，和你到法院去，女的真的来了。

问，你丈夫什么不好。

答，他要吃。

让人哭笑不得。

某月某日：

某男，中央美术学院毕业，北方人，二十年前，和同学一起到江南水乡实习，在船上碰见一江南水乡女子，一见钟情，回去后毕业分配留在北京，此后三年，通信往来，未曾见面，相思愈烈，两情若是长久时，又岂在朝朝暮暮，三年后结婚，两地分居，生有一女，开始往一处调，经过长达十年的努力，调到离女方所在的小县城不远的城市，接着再办女方的调动，再经过多年努力，女方终于也调来一处，全家团聚，此时女儿也已十八岁，从全家团聚的那一天起，他们开始闹离婚。
……

我的目光停留在这一段记载上，我不知道这么多年来，我怎么会遗漏了这一段故事，这是一段爱情故事，但是我觉得它很适合我的写作情调，在我的笔记上对这一段故事的记载比起别的事情的记录也显得更详尽更周全，我还记下了他们对女儿的态度，他们对家庭的看法，以及男方父母、女方父母对他们的婚姻的想法，他们在经济上的矛盾，他们在语言交流上的障碍，他们在地方习惯上的差别，他们在其他种种方面的合与不合，也许，在我当时的潜意识里正是准备着在许多年后的今天，把它找出来重新谱写一曲爱情的悲歌呢。

人大概都是这样，谁也逃不脱命运的规定，人经过多少年的努力，人克服无数的艰难困苦，人付出许多代价，人以自己坚强的意志，坚韧的品格，坚不可摧的毅力，坚定不移地向着一个明确的目标，人最后得到的是什么，是结束。

爱情也是如此。

算不算颓废情绪，或者，按流行叫法可是叫作世纪末，我想，大概不，我大概不会从此拒爱情于心之大门外，爱情它若来到了，我是不会拒绝的，我想，我不颓废，我也不世纪末，虽然世纪末的到来不可避免。

我继续到区级小医院治疗我的颈椎病,自我感觉病情有所好转,从后脑勺到背部不再是铁板一块,有些活络的意思了,我告诉医生,医生显得很高兴,医生说,你得继续,我当然继续,继续治疗,也继续在区医院拥挤而杂乱的门诊室里道听途说。

我虽然每天都能听到许多东西,并且持之以恒地将其中的一些自认为对今后的创作有用的东西记录下来,但是我的心绪仍然焦虑不安,我开始构思新一篇小说,我知道只有这样才能使我烦乱的情绪平静一些,但同时我也知道,这样会使我的不安情绪更加不安,成也萧何,败也萧何,就是这样,命中注定,我无力改变。

我构想我的新作品的题目可以叫作《浪漫的旅程》,或者可以叫作《离别的秋天》。

我照例得将所有的步骤进行一回,结构情节,设计细节,安排布局,完整故事,给人物定位,给人物起名,设想开头和结尾,从考虑通篇的合理,到咀嚼细部的合情,既要合乎情理,又要出乎意料,既要语言质朴,又要有言外之意,既要平实淡泊,又要力透纸背,既要扣人心弦,又要顺其自然,既要开宗明义,又要一波三折,既要一气呵成,又要一字千金,既要瞻前顾后,避免虎头蛇尾,又要天然浑成,不能平分秋色,既要这么这么,又要那么那么。

我知道一个人要提高写作水平是很不容易的事情,但我却不能不沿着这条路走下去,因为我的固执的思想列车不允许我开辟其他的道路。

我开始写作一篇新小说。

短篇小说:

《浪漫的旅程》或《离别的秋天》

北人周黎很早的时候就听说过，北人骑马南人乘舟，这句话，只是从来没有体验过，一直到他和他的同学们来到南人的地方，坐上南人的船，走在南方的河湾港汊，周黎想，原来，南人必须要乘舟，南人无法不乘舟，南方的路有大半是水路，南方的水路和城市的街巷一样，四通八达。

周黎乘坐的船是一艘航行在水乡运河河道内的中等班轮船，木质，柴油机，船上大约有四五十个人，以周黎的看法，大都是南方乡下的农民，周黎并不清楚自己这种看法从何而来，因何而得，周黎注意他们多半背着筐，也有的挽着个篮子的，周黎想他们大概是到小城镇上赶集去的吧，虽然周黎并不知道在南方乡下赶集该怎么叫法，南方乡下的农民默默地坐在航船上，并不多说什么话，他们只是抽着烟，或者不抽烟，低着头，有少数的人向周黎他们注意一下，并没有什么话，周黎和他美院的同学，带着简单的行李，背着画夹，他们坐在船头，看着河道里缓缓而流的水，南方的水很秀气，周黎想，他们一路观看着两岸秀丽的景色，一片碧绿，一片金黄，一片桃红，北人周黎想，我选择对了，我确实应该到南方来实习，分组的时候，周黎犹豫过，后来他作了决定，我到南方去，他说，周黎当然不会知道他的南方之行除了实习画画之外，另外还有什么样的收获。

坐在周黎旁边的小丁悄悄地推了一下周黎，周黎发现小丁向他暗示着什么，周黎随着小丁的目光方向看去，他看到在船的一角静静地坐着一位年轻的姑娘，她正在绣花，一副小小的圆圆的绷子，一根小得几乎看不见的绣花针在她手里上下起伏，周黎看不清姑娘的脸，她一直低着头，神情专注，好像这船上除了她自己再无别人。

女同学燕子走了过去，她刚走到姑娘旁边就"呀"地叫了一声，回头对小丁他们说，来看呀，她绣得真好。

小丁几个就过去看，他们看着议论着，姑娘始终没有抬头，她的脸微微有点红，周黎也忍不住过去，他看到姑娘正在绣一幅动物图，一只小猫、一只小狗正嬉闹着，绣得极其逼真，活泼可爱，栩栩如生，姑娘并没有图样照着绣，完全凭自己的想象，也或者是凭经验，周黎不由赞叹一声，他从侧面看到姑娘脸上有一丝羞涩，也有一丝兴奋，周黎的心突然异样地跳动起来。

后来燕子终于和姑娘说上了话，姑娘和燕子说话的时候，周黎和别的同学都竖起耳朵努力地听，但是他们又都装出一副不在乎的样子，姑娘告诉燕子，她叫许秀清，当周黎听到这个名字的时候，周黎想，你就应该叫这样的名字，姑娘告诉燕子，她是水乡小镇上的人，她的那个小镇就是本趟航船的终点站，周黎的心又异样地跳动了一下，我们的目的地也是终点站，周黎想，真巧。

你学过绘画吗？燕子问许秀清。

许秀清红着脸摇摇头，没有，许秀清说，我从小跟外婆学画样，我外婆做的小孩绣鞋很有名的。

班船到达古老而幽静的水乡小镇，许秀清提着自己的东西，随着人流一起上了岸，周黎跟在后面，他眼巴巴地看着许秀清消失在小镇的某一个拐角。

周黎和同学们来到小镇上的小客栈住了下来，他们早起夜归，在水乡小镇作画写生，他们将在这里度过半个月的实习生活。

周黎终于又见到了许秀清，那一天周黎正在石桥上作画，他看到许秀清提着一篮衣服，从小巷里走出来，一直走到小河边，许秀清用棒槌捶打着衣服，一下，又一下，再一下，水珠四溅，飞到许秀清的脸上、身上，周黎忍不住笑了起来，他不明白水乡小镇的人为什么要花这么大的力气去捶打衣服，以至周黎想起来，水乡小镇如此干净清丽，没有污染，没有一丝油烟灰尘，周黎注意到水乡小镇上的人他们的穿着都很朴素干净，什么样的衣服竟然要捶打才能洗干净呢，周黎的笑声，惊动了河桥下的许秀清，许秀清抬头朝桥上一看，她看到了周黎，许秀清的脸又一次红了。

喂，小许，周黎喊道，小许，你洗什么衣服？

许秀清不好意思地扬了扬手里的衣服，周黎看出来是几件女衫，周黎再次大声地笑了，他看着许秀清捶打衣服的侧影，周黎突然想，我应该给她画一张画。

周黎放下手里的风景画，他下到河边，蹲在许秀清旁边，他看出许秀清是愿意他过来的，虽然她有些不好意思，周黎说，小许，能不能请你帮我个忙？

许秀清忽闪着清亮的眼睛看着他。

周黎说，做一回模特，请你。

许秀清愣了一下。

周黎说，我想替你画一张画，洗衣也可以，绣花也可以，你看画什么好？

许秀清顿了一下，说，我回去，问问母亲。

周黎点点头。

第二天周黎在桥头作画时，许秀清又来洗衣服，周黎说，小许，问过你妈妈了吗？

许秀清笑了，她点点头。

就这样，周黎作了一幅水乡绣女画，后来作为周黎的毕业实习作品，得到老师的好评，同学说，周黎倾注了许多许多……

小说《浪漫的旅程》或《离别的秋天》进行到此，周黎和许秀清的爱情旅程好像还刚刚开始，或者还没有正式开始，我将前面已经写就的两千字读了一读，唯一的感觉就是两个字：俗套。

完了，我将再一次半途而废。

我想，记录在我的陈旧的绿色封面笔记本里的那一段从法院民庭得来的爱情故事，究竟是它的哪一处吸引了我的注意力，激发了我的写作欲望，启发了我的创作灵感？

无疑，是它的悲剧性，正如《苍茫秋色》一般。

一旦又想到《苍茫秋色》，我突然激动起来，我细细地将《苍茫秋色》写就的部分读一回，再读一回，我幡然猛醒，豁然开朗，《苍茫秋色》，挺棒的爱情小说，谁说这不是爱情小说，这才是真正的爱情小说呢，通篇只见一个爱字，只不过，这不是爱情的旭日东升之阶段，而是爱情的日薄西山的状态罢了，然日薄西山的爱情总也是爱情的一种吧，夕阳也是阳。

我似乎开始看清自己的写作，我只能写夕阳般的爱的结局（武怀清和梁燕的爱），我写不好初升旭日般的爱的开始（武怀清和汪小梅的爱），我写萌芽的新生的上升的爱情总是摆脱不了俗套（当然在南方水乡小镇，北方人周黎和南方人的许秀清肯定有一段脱俗的独特的感人至深的爱情戏），我写走向末路的心意渐灰的濒临死亡的爱情却有些得心应手的感觉，我不知道这是什么原因，若要追究文如其人的说法，是不是该作如下的判断：我自己的爱情已经日薄西山？

哪能呢，正如我的许多小说不言爱情决不意味着我自己对爱情没有体验一样，我写爱情的末路，同样不能证明别的什么。

或者，与我对人生的认识，与我对世界的看法，与我一贯的写作习惯，与我与生俱来的性格，等等，有关？

我找不到答案，不过我想并不需要我有什么答案，找到答案或找不到答案，都不影响我的继续写作。

我真的有些激动了，我想不光我的《苍茫秋色》可以继续往下写，《浪漫的旅程》或《离别的秋天》同样能够写下去。

关于《浪漫的旅程》或《离别的秋天》我应该从故事的后半段写起。

若我从故事的后半段写起,题目也许只能是《离别的秋天》。短篇小说:

《离别的秋天》

　　从街道办事处走出来,秋雨细细密密地落着,秋风吹来,几张枯黄的落叶在空中打了几个旋子,飘落在周黎脚下,周黎看着落叶,看它们很快被秋雨浸淫、浸透,周黎心里忽地有些茫然,一时竟不知该往哪里去。

　　街道办事处是周黎要跑的最后一个部门,从这里出来,关于调动工作、迁移户口的所有手续算是全部办完,从此,周黎和许秀清结束了二十年的两地分居生活。

　　周黎在街道办事处的门前站了一会,进进出出的人朝他看着,周黎想,我该回家了,他骑上自行车,慢慢地回家去,许秀清不在家,她回水乡小镇接她的父母亲,她要把父母亲接来和他们一起住,周黎说,能不能让我们先清闲几天,许秀清说,我接他们来就是为了我们的清闲,他们替我们烧饭、做家务、看家,不是吗?

　　周黎说不出话来,当然是的,清闲,许多年来,周黎和许秀清各自过着只属于自己的一块生活,够清闲的。

　　周黎上楼时,听到女儿在家里唱歌。

　　……是不是到了离别的秋天,我们已走得太远,已没有话题,只好对你说,你看你看,月亮的脸偷偷地在改变,月亮的脸偷偷地在改变……

周黎开门进去，女儿周红梅说，爸，你回来了，我的事情你考虑得怎么样了？

你不适合，周黎说。

妈同意的，妈支持我，女儿说。

周黎摇了摇头，叹息一声，那就等你妈回来再商量，他无力地说。

周红梅又唱歌，唱了一会儿，突然停下，说，爸，手续都办好了？

周黎点点头。

下晚时，许秀清一个人回来了，周黎有些奇怪，怎么，他们人呢？

许秀清说，他们不愿意来。

为什么？周黎问。

许秀清说，明知故问，他们不习惯和北方人一起过。

周黎苦笑一下。

许秀清说，我没有本事，我改变不了你。

周黎说，我也一样改变不了你。

许秀清说，人总应该朝好的方向改变。

周黎说，北方和南方的生活习惯，很难说哪样好哪样不好。

许秀清说，但是有一点你的改变是很大的，那就是你的嘴，越来越能说会道。

周黎说，我倒觉得在这方面你的变化比我更大，我记得那时候，你根本不怎么说话。

许秀清说，原来你是愿意娶个哑巴做老婆。

周黎摆了摆手，道，好了，至此为止吧，说下去没个完，想想，经过这许多年的努力，付出多少代价，才有今天，我们梦寐以求调到一起，难道是为了斗嘴。

许秀清说，是单口相声，你说，我听。

周黎说，好像应该反过来，你说，我听。

许秀清说，你总是一句顶一句，一句也不肯饶人，算什么男子汉，心胸狭窄。

周黎说，近朱者赤，近墨者黑。

他们的女儿突然插嘴说，够了没有，今天应该是我们一起庆祝的日子。

周黎和许秀清都闭了嘴，他们听清了女儿的话，发了一会愣。

（多少年的努力，终于有了结果，如愿以偿，他们想，我们本应该庆祝一番，可是，我们谁也没有如释重负的感觉，我们没有欢乐，没有愉快，没有兴奋，甚至也没有一点点庆幸，我们只有疲劳，只有厌倦，只有精疲力竭的感觉。

初恋时的激情，两地相思的渴望，久别重逢的疯狂，都已被岁月磨去，剩下的只有……只有什么，他们想了半天，好像什么也没剩下。

也许，我们可以从头再来，重新开始，许秀清说过，周黎也说过，他们也不止一次地想过，努力过。

何尝不愿意重新开始，从头再来，但是他们的感觉是相同的,他们再无回天之力。)

写到这地方,突然发现,以上四小节,纯属多余,与故事情节本无关系,且与我的一贯的直线叙事多人物对话而较少议论的创作习惯相悖,加上括号以提醒,写这一类警句不是我要做的事情,更不是我能做的事情。

我想,我得重新整理我创作的思路,调整我的创作习惯。

小说继续进行:

周黎和许秀清从停顿中清醒过来。

庆祝,许秀清说,庆祝什么?

周黎说,庆祝我们新的开始。

开始什么?许秀清盯注着周黎。

周黎说,你说开始什么?

许秀清平静地一笑,开始离婚。

是的,周黎也淡淡地笑了一下,说,我正是这么想。

周红梅惊讶地看看母亲,再看看父亲,你们说什么?

周黎说,你听清楚了,你也听懂了。

周红梅说,我不懂,为什么要这样?

周黎和许秀清互相看看,你懂吗,我懂吗,你不懂,我也不懂,我们两人都不明白事情怎么会走到这一步。

谁有第三者?说。周红梅很激动。

(爱情和婚姻从来不是因为有了第三者才开始死亡,只有开始死亡或者至少是开始衰老的爱情和婚姻才让第三者有插足的机会。）

又多嘴多舌，说一些谁都明白的东西，自以为真理，自以为深刻，自以为能醍醐灌顶，能让人茅塞顿开，又以为对于爱情这东西，是世人皆醉唯我独醒呢，真正贻笑大方，加括号。我继续写作。

我重又恢复了往日的写作习惯，我头脑清醒，思路贯通，缓缓如注以水，飘逸如行云，我下笔有神，妙语连珠，淡而不平，哀而不伤，我的创作速度日见加快，我感觉到我又回到了我的老路上，我的固执的思想列车终于又把我拉了回来。

我一气呵成地往下写着，我为自己在多少时间内写下了多少字而快乐，我为自己冲破了写作的障碍而开心，我为自己恢复了写作的信心而兴奋，我知道自己也许仍然在生产着次品、庸品，甚至生产出一堆废物，但是我仍然一如既往地生产，我的固执的思想列车拉着我，我也曾与它进行过坚决顽强的斗争，但是我最终没有能够斗得过它，也罢。

我继续写作，一直到吃晚饭的时候，我才停止写作，我捂着右肩走出房间，我父亲看到了，说，怎么，肩又疼了？

我揉着我的肩，轻松而愉快地说，是的，肩疼，心不疼了。

又到了我去小医院治颈椎病的时间，现在我的心情已经比较平静，情绪平稳得多，在往医院去的路上，我的右肩疼得无处着落，我苦着脸皱着眉走进昏暗而凌乱的伤科门诊，我看到病人A、病人B以及其他许多熟悉的不熟悉的病人，我想今天我能从这里得到些什么呢，我期盼地朝病人B看了一眼，我想我一定会将病人B的关于爱情悲剧的故事《苍茫秋色》写下去，如果病人B能向我提供更多一些的内容，我将会很高兴，我满怀希望走进去，医生正在替病人推拿，医生朝我看了一眼，医生说，这几天感受怎么样？我说，这几天我的写作速度又快起来，医生说，你一边治疗疾病一边继续制造你的疾病。

医生说得对，我想，而且，不仅仅是肉体的疾病，还是精神的。

回到家里，接到一个长途电话，是一位刚刚接到我寄去的一篇小说的编辑打来的，说大作已经拜读，感觉挺不错，问我一个问题，说小说里通篇全是逗号，只在每一段结束时有一个句号，问我是有意为之呢，还是电脑出了毛病，我连忙将那篇小说从中调出来看，果然，念了几段，觉得通篇逗号也挺顺的，若将逗号改成句号，便不顺，明明事情没有完，画不起句号来，我又将正在写作的这篇《苍茫秋色》细细看过，也一样，通篇逗号，我也试图将这通篇的逗号改过来，一样别扭，改不过来了，我想，这通篇的逗号，既不是有意为之，也不是电脑毛病，就这么写下来的，并没有什么特别的意思，也没有什么心理暗示，更不是什么新潮探索，不改也罢。

独自去乡下

天快亮的时候,保平模模糊糊做了个梦,他梦见乡下发生了一件什么事情,有一个面目不清的人对他说,乡下出了事情,你快到乡下来,保平醒过来,一丝太阳光从窗帘的缝隙中照进来,照在他的眼睛上,保平眯着眼睛看看身边的爱珠,爱珠还在酣睡,保平决定了他的行动。

保平没有向任何人说起他的行动,爱珠也不知道保平将要出走一段时间,保平是个平淡安静的人,他在小学里教书,从来不做出格的事情,可是这一次,一个模模糊糊的梦,却可能促使保平做出一些事情来。

正是清明时节,中小学幼儿园都组织学生去烈士陵园扫墓,保平带着自己班的学生,他们走在烈士陵园的山林中,就在这时候,学生找不到老师了,小学生向别的老师要自己的老师,别的老师都笑起来，他们说，保平走失了，保平成弱智儿童了，别的老师对保平的学生说，你们保平老师上厕所去了，学生便嚷嚷，我们去厕所找过了，没有，别的老师又说，你们的保平老师躲在什么地方偷吃东西吧，小学生说，没有，没有，到处都找过了，我们没有找到老师，别的老师仍然笑，说，有意思，老师走失，学生找，可是到后来他们都认真起来，因为一直到大家坐车回去的时候，仍然不见保平出现，别的老师问保平的学生，你们老师跟你们说了什么没有，学生说，我们老师什么话也没有说，保平没有留下什么话，就走失了，烈士陵园在一座不算高但也不算矮的山上，保平会不会从哪个角落掉下去了呢，大家紧张起来，让学生先回学校去，留下几个身强力壮的老师，他们在烈士陵园里上上下下到处寻找，可是始终没有找到保平。

保平真的走失了。

保平从来不做不告而辞的事情，但是这一回保平不告而辞了。

天下着大雨，清明时节雨纷纷，保平的走失是有计划有预谋的，可是别人并不知道，学校的老师冒雨到处寻找保平并且通知保平家属时，保平正沿着一个很明确的目标在向前走呢。

一

保平没有带伞，他在细雨中慢慢地向目标走去，保平的目标就是长途汽车站，长途汽车站是新建设起来的，投入使用后，保平还没有去过，从前在使用旧的长途汽车站时，保平倒是常常从汽车站出出入入，那时候保平下放在乡下，来来回回都坐长途汽车走，那时候的车站和汽车和去乡下的公路一样，都很破旧，只是谁也没有破旧的感觉，保平回城后做了小学老师，一年到头在学校里上课，基本上没有机会出门，新建成的长途汽车站，保平就是在他的那个奇怪的梦里看到的，保平沿着热闹的大街坚定地向前走着，大街上行人来来往往，谁也没有注意保平，从外表看，保平就是一个十分普通的人，而实际上保平也是一个十分普通的人，保平的衣着什么都是平平常常的，保平给人的印象总是很平静很文雅。

雨淋湿了保平的头发和肩。

保平沿着他确认的方向向前走，有一个中年的男人走过来，他打着伞，他看到保平在雨中淋着，便将伞靠向保平一些，替保平遮掉一点雨，说道，请问，长途汽车站怎么走，保平有些木然地看着他，中年男人身穿夹克衫，戴着眼镜，看上去不怎么协调，保平默默地看着他，不说话，没有任何表示，中年男人又问，去长途汽车站怎么走，保平依然平平静静地看着他，好像根本没有听到他的问话，行人在他们身边穿梭似的急急忙忙地走过来又走过去，车辆发着噪耳的声响开过去又开过来，中年男人有些奇怪地看了保平一眼，你不知道？他说，你不知道你就说不知道呀，他又看看保平，然后走开了，保平看着他走向另一个行人去问路，保平对着他的背影道，我知道长途汽车站怎么走，我自己就是到长途汽车站去，其实你可以跟我走，可是中年男人没有听见保平说的话，他已经走远了，保平想，奇怪，我明明知道长途汽车站怎么走，我为什么不告诉他呢，是不是因为我自己从来没有到过新建成的长途汽车站，所以我没有把握呢，保平看到那个中年男人在远处停下来，挡住一个行人，问话，行人抬起胳膊指了一个方向，中年男人点点头，他谢了那个路人，中年男人回头看了看保平，保平继续往前走，现在他和中年男人走在一条直线上，他们的目标和方向是一致的。

中年男人的步伐慢下来，他等到保平走近了，便将身子靠近保平，雨虽然不大，却挺细密的，他说，看了看保平身上的衣服，再这么走下去，身上要淋湿了，我的伞大，合着用一下吧，保平伸手摸了一下头上的雨，保平笑了一下，保平说，我喜欢淋雨，中年男人也笑了，他说，你原来不是哑巴呀，我还以为你是哑巴呢，你也是去长途汽车站，是吧，我看得出来，你为什么不告诉我长途汽车站在哪里呢？保平从中年男人的伞下走开，保平说，我一个人去，我一个人到乡下去，你也到乡下去？中年男人说，他也到乡下去，和保平一样，保平摇摇头，我到乡下去，我一个人去，那是，中年男人说，我们都是独自出门的，如果我们同路，我们做个伴不好吗？保平没有说话。

中年男人和保平并肩走了一段，他突然笑起来，保平侧脸看看他，中年男人说，保平，你真的不认得我？保平吓了一跳，在他的记忆库里，根本没有这么一个人的印象，模模糊糊的印象也没有，一点影子也没有，保平呆呆地看着，你认得我，他问，中年男人笑道，我不认得，我干吗来给你打伞，保平道，你一开始就认出我来了？中年男人说，那倒不是，一开始我并没有注意，只是想向你问个路，问路的时候，我基本上就知道你就是保平了，保平看着他，你怎么会认识我的，中年男人说，我们在一个学校里待过，想起来了没有？保平笑了，你一定记错了，我没有在别的学校教过书，我一直在我现在待的小学里教书，中年男人说，你再想想，你到底有没有在别的学校教过书，保平想了一会儿，保平说，你会不会认错人了，中年男人说，不会错，你再想想，在乡下，保平心里一动，在乡下，保平再看中年男人的模样，觉得是介于城里人和乡下人中间的一种感觉，保平说，你也是在乡下待过的？中年人道，我不仅在乡下待过，我现在还继续在乡下待着，你想起来了没有，在乡下的学校里，你有没有做过几天代课老师，保平突然地"呀"了一声，我想起来了，我是做过几天代课老师，在乡下的学校里，不过，保平没有将下面的话说出来，他是想说不过我并不认识你，中年男人道，我现在也在你待过的那个学校教书，不过我那时候还不在学校里，但是我和你的乡下学校的同事周老师认识，你记得起来吗，周老师结婚时，你有没有去吃喜酒，我就是在周老师那里见到你的，那一年过年的时候，你不记得了，我是你们周老师的连襟呀，想起来了吧？中年男人满怀希望地看着保平，保平勉强地点头，我想起来了，是过年的时候，在周老师家里，周老师结婚那一次，我是去的，中年男人说，我记得不错吧，你是保平，你的名字很好记，一下就记住了，巧了，今天正好同路，是不是，同路，保平愣了一愣，保平仍然没有说话，到乡下去，我们同路，中年男人又说了一遍，看着保平，他问道，你到乡下去做什么？保平说，我不知道，我只是要到乡下去，我不知道我到乡下去干什么，中年男人笑了，确实也有这样的事情，一个人并不知道自己到底要干什么，但是他仍然会去做这件事情，就是这样，保平说，是的，是这样的，保平想，我真的不清楚我到底要干什么，我现在只是沿着我的一个模模糊糊的梦向前走，保平记得很清楚，在梦里，那个车站很大很大。

在一群拥挤的人流走过之后，保平便离开了中年男人的视线，保平独自向车站走去。

保平终于走到了长途汽车站，排队买票的人很多，保平站在售票处长长的队伍旁边，他既不去排队，也不说话，只是站在那里默默地看着排队的人，保平的奇怪的行动引起一些人的警惕，他们用排斥的眼光看着保平，那些眼光的内容很丰富，你到后面排队去，你别想插队，你想动什么坏脑筋你是不会得逞的，我们都提高了警惕，等等，保平明白大家的目光，但他似乎很不愿意排那么长的队买一张去乡下的车票，保平正在犹豫，队伍里有人招呼保平，喂，你要到乡下去吧，我替你带一张票吧，保平看看说话的人，是个妇女，四十多岁，保平觉得自己并不认得她，保平犹豫了一下，你，你替我代买？妇女笑起来，你是保平吧，我没有认错吧，保平点了一下头，我是保平，你是？招呼保平的妇女道，你忘记了，保平你不认得我了，保平有些难堪，保平说，你是……妇女笑起来，保平你连我都不记得了，要不就是我的变化很大，要不就是你的记性很差，保平不好意思地笑，他仍然想不起来妇女是谁，妇女说，我是秋燕呀，和你一起插队的，你在红旗大队，我在新华大队，我们一河之隔呀。保平终于想了起来，是秋燕。保平说，真是对不起，我一时没有想起来，不过，脸上很熟的，你的名字其实就在我的嘴边，只是叫不起来，秋燕笑道，得了吧，你根本记不起我的脸了，你看到我就像看到一个陌生人一样，你根本没有想到我是谁，保平说，我是想到了，我是往乡下那地方想的，秋燕道，这倒是对的，来这里买车票的，都是往乡下去的，你没有想错，只是你根本不记得是谁，对吧，保平不好意思地点点头，保平说，时间很长了，真的有些记不清了，有十年了吧，秋燕道，什么十年，快二十年了，你想想，你们大部队是哪一年回城的，好像是七五年吧，保平说，是七五年，我记得我们回城那一天，就是大年夜了，秋燕道，那就是了，马上二十年了，是要认不得了，不过，保平，我一眼就认出你来了，真的，你站在那里一看，我就看出是你了，你倒没有什么变化，不像我，我们女的，这些年，一个个都老了，还是你们男的好，不变，保平笑道，不变，哪能呢，哪能不变呢，秋燕道，要不就是你这个人比较好认，保平摸摸自己的脸，好认吗，秋燕跟着队伍向前走两步，道，保平，你现在在哪里做，发了吧，保平说，发什么呀，小学老师，秋燕道，小学老师呀，那倒是，没有什么可发的，怎么做个小学老师呢，保平说，当初上来，就这么安排的，一直做到现在，秋燕道，也没有想变一变工作？保平道，想也不是不想，只是想了也没用，没用就不去想它了，也罢，就这么做做，退休也快得很，秋燕又笑了，保平说，秋燕你呢，你现在在哪里？你这是要到哪里去，也去乡下？秋燕说，我回家呀，保平说，你回家，回哪里的家？秋燕道，怎么，你不知道我，我不是在乡下结了婚么，秋燕这么一说，保平便把秋燕这个人的形象想清楚了，秋燕当时还是一个什么典型呢，扎根农村怎么的，保平说，想起来了，你是知青模范，做过讲用呢，秋燕道，现在好，死蟹一只，想回来，又丢不下下面那一大摊子的人，你知道，我生了三个，保平道，好福气，秋燕道，哪来的好福气，彻底做成一个乡下婆娘了，保平说，好多年了，大概也习惯了吧，秋燕说，开始几年，看你们一个个回去了，也难过呀，后来也想通了，乡下城里，一样过日子，还能有几年呀，保平看秋燕感伤，一时也说不出什么话来劝她，只是跟着叹息一声，秋燕却笑起来，我做乡下婆娘，要你叹什么气，保平说，是，要我叹的什么气，秋燕道，有天我碰到梅珍，梅珍你记得吧，保平说，梅珍我记得的，秋燕说，我就知道你们，男人，梅珍是个个都记得的，保平脸一红，秋燕道，我碰到梅珍，说现在是董事长了，说要出钱把当年的知青凑起来玩玩，跟你说过没有？保平说，没有，我从来没有碰到过梅珍，只是听几个说起，现在是女老板，秋燕道，人和人，真是不一样的，也没有办法，又问保平，保平，你到哪里去？保平说，我到乡下去，秋燕道，正好我们同路，我替你代买一张票，省得你去排队了，保平犹豫了一下，保平说，我今天不走，我今天只是过来看看，正好顺路，看看票好不好买，我要过几天才去，秋燕说，你是要到你们那个村去吧，你去做什么呢，你去看看老乡吗，保平没有回答秋燕的问题，保平想，这个问题我自己回答不出来，我到底要去做什么呢，秋燕看着保平道，保平，说好了，你到乡下，一定到我那里看看去，我在乡下这么多年，还没有接待过一个回了城的插青呢，你就算第一个吧，说好了啊，保平点点头，好的，保平说，我若是真的去乡下，我一定到你那里去，轮到秋燕买票，秋燕买了票，看开车的时间就要到了，和保平道声再见，就往检票口去了，保平站在外面，目送着秋燕，保平想，秋燕现在是这个样子了。

保平重新走到队伍最后，排在那里，保平想，我为什么要骗秋燕，我是不愿意和秋燕一起下乡去，我想独自一人下乡去，我要到乡下去做什么，一切的答案好像都在我的梦里，我到底梦见了什么呢，保平努力回想天亮前的那个奇怪的梦，保平能记得的只是乡下的一个很大的客堂间，很空旷，阴森森的，中间放着一口棺材，保平想起自己在梦中大声问道，谁死了？没有人回答，保平又问，棺材里是谁呀，还是没有人回答他的问题，保平再大声地说，不对，现在不允许土葬，怎么会有棺材，仍然没有人回答他，保平依稀有一种感觉，他的感觉告诉他，棺材里躺着的是一个女人，梦中的人个个面目模糊，保平看不清他们是谁，也记不得他们是男是女，只是知道有一群人在忙碌，因为有人死了，就这样。

保平想，我是不是觉得这个死去的人和我有什么关系，所以我要到乡下去看一看，我一定要去看一看。

所以，我只能独自下乡去，我不想和别人同行。

二

丁老师在烈士陵园的山上，上上下下爬了几个来回，别的老师说，算了，丁老师，不可能在这地方了，保平肯定走开了，不在这里，丁老师说，再找一遍，别的老师说，我们再也爬不动了，丁老师说，那就让我一个人爬。

丁老师一个人又往山上爬。

下着雨，山路很滑，丁老师小心翼翼，一步一停，他四处看着，希望能够发现保平。

其实丁老师心里，根本不相信保平会在烈士陵园里走失，他根本不相信在这山上山下能找到保平，他知道保平一定有什么想法才有意走开的，丁老师和保平搭档很多年，丁老师和保平的生活经历、年纪等都相差不多，丁老师觉得自己基本上还是了解保平的。

丁老师是在最后一次独自一人在山上寻找保平的时候，听到那一声鸟叫的，丁老师听到这一声鸟叫以后，他就停下来了，他不再往山上去找保平了，他根本就知道保平不在这山的任何一个地方，丁老师上山的目的，根本就不是为了寻找保平，而是要听一听鸟叫。

现在在城里养鸟的人也多，要听听鸟叫其实不是一件难事，丁老师自己就是一个养鸟迷，丁老师开始养鸟出于一个很奇怪的巧合，丁老师家一开始并没有养鸟的意思，也没有任何养鸟的条件和设施，在一个夏日的黄昏，有一只非常漂亮的鸟不知从什么地方飞来了，它停在丁老师家的阳台上，那时候丁老师一家人都在阳台上乘凉，鸟飞来的时候，他们正在大声地说话，鸟却像听不见看不见似的，鸟不害怕丁老师一家人的声音和形象，它悄悄地停在阳台的竹竿上，默默地看着丁老师一家人，丁老师的女儿惊喜地叫了一声，她想上前去抓鸟，丁老师说，别动，你一动，它就飞走了，可是丁老师的女儿爱鸟心切，并没有听从丁老师的劝告，当丁老师一家人都担心地看着女儿去抓鸟，准备着"啊呀"一声叹息鸟飞走的时候，丁老师的女儿却顺顺当当地将鸟抓到了手里，鸟非常乖顺地缩在丁老师女儿的小手里，发出很轻很轻的鸣叫声，丁老师说，奇怪，怎么不飞走，丁老师接着又回答了自己的问题，一定是受了伤，飞不动了，女儿小心地呵护着鸟，道，爸爸，怎么办，爸爸，怎么办，把它放在哪里，把它放在哪里，丁老师说，放了它吧，女儿道，不放，为什么放，丁老师说，是哪家养的鸟，逃出来的，人家也会心疼的，女儿搂紧了鸟，我要的，我要，它自己飞来，不是我偷的，我要的，丁老师道，你会养鸟？你别把它养死了，女儿说，我会的，我会，明天我就去买鸟食，买鸟笼，丁老师笑了，道，那今天晚上呢，今天晚上，让它睡在你的床上，丁老师说话的时候，无意中看了鸟一眼，他看到了鸟的眼睛，丁老师心里突然一颤，他发现鸟的眼睛和人的眼睛一样，鸟的眼睛正充满渴望地看着丁老师。

丁老师家的人一开始都很喜欢鸟，每天大家下班放学回来都要去看看鸟，逗逗鸟，喂点儿食，或者和鸟说几句话，那一段时间，丁老师看鸟的眼睛，总是充满欢乐，充满喜悦，可是时间一长，大家的兴趣便没了，也难得再有人提起鸟来，再过些日子，根本就把鸟忘记了，有一回几天也忘了给鸟喂食，丁老师下班回来，去看鸟的时候，他看到鸟睁着一双哀怨的眼睛盯着他，丁老师的心再一次震动了，那一天的黄昏，丁老师在鸟笼前站了很久很久，一直没有离开。

丁老师就是这样养起鸟来的，丁老师也就是这样爱起鸟来的，当家里的人包括当初最喜欢鸟的女儿都对鸟开始嫌弃的时候，丁老师对于鸟的偏爱却越来越强烈，养鸟基本上成了丁老师业余生活的全部内容，在丁老师的脑海里、心里，到处都是鸟的眼睛，鸟的眼睛说着各种各样的话，表达着各种各样的感情，丁老师能够理解。

丁老师先后养了许多鸟，鸟都被丁老师养乖了，即使将鸟笼打开，鸟飞出去，仍然会飞回来，后来有一次却发生了意外。

那一天丁老师从学校回来，便发现那只鸟不在鸟笼里了，可是鸟笼却关得好好的，家里没有人承认是自己开了鸟笼放了鸟走，丁老师也相信家里人不会这么做，也许他们对丁老师养鸟入迷会有些看法和想法，但是他们绝对不会做这样的事情，而且，如果家里人真的对丁老师养鸟有意见，他们会把丁老师的鸟全部放走，不会只放走一只，所以，关于这一只鸟是怎么走出来的，丁老师一直想不通，不能明白，丁老师连续好多天，耳边天天回响着那只鸟的鸣叫声，在丁老师的记忆中，那只鸟的鸣叫声和别的任何鸟都不一样的，是特别的，丁老师惋惜地在家里狭窄的空间里走来走去，丁老师说，可惜呀，可惜，丁老师说，这是一只叫得最好听的鸟，为什么别的鸟不走，偏偏走了它呢，家里认为丁老师的这种说法有所偏颇，他们认为家里的鸟叫声都是差不多的，没有哪一只比哪一只更强的意思，只是因为那一只走了，丁老师才会觉得它特别的好，叫声特别的动听，如果它仍然和别的鸟一样在家里，在鸟笼里好好地待着，丁老师是不会觉得它的叫声特别好听的，对于家人的这种说法，丁老师不置可否，丁老师也许觉得家人的说法不无道理，但是，飞走一只鸟，这对丁老师来说，确实很使他沮丧，丁老师不愿意听人说鸟逃走了，丁老师说，鸟没有走，它只是出去玩玩了，它会回来的，丁老师充满耐心地等了一天又一天，丁老师每天将鸟笼打开，放在阳台最显眼的地方，丁老师希望哪一天他下班回家，鸟重新又站在鸟笼里了，丁老师坚信会有这样的情形出现，丁老师只要一想到鸟的眼睛，一想到鸟在听他说话时的神态，丁老师就会有一种坚定的信念，家里人觉得丁老师的想法太不切合实际，不过，他们没有打击丁老师的信念，丁老师一般很少对什么事情有这样的信念，丁老师唯独对鸟会有这样的信念。

但是鸟始终没有回来。

现在丁老师在烈士陵园的山上，突然听到了鸟叫，这不是一般的鸟叫，丁老师认为这一只鸣叫着的鸟，就是从他的鸟笼子里飞出去的那一只鸟，丁老师停下了脚步。

四处静悄悄的，丁老师沿着鸟叫的方向向前看着，他没有看到树上或别的什么地方停着一只鸟，丁老师对着空旷的四周说，是你吗，没有回答，只有丁老师自己的声音在空间回荡，丁老师充满感情地说，我知道，是你，你出来吧，你如果不肯回去，我也不勉强你回去,你出来,哪怕让我看一眼也是好的。丁老师说过之后,静静地听着,除了他自己声音的回音,仍然一片寂静,丁老师叹息一声,道,我知道你不肯出来,那么你就叫一声给我听听,我听到你的叫声我就知道是不是你,丁老师入神地朝山林看着,他又说了一遍,你叫一声给我听听,丁老师说完这句话的时候,肩上突然被人拍了一下,丁老师吓了一跳,回头一看,是同事李老师,你怎么了,李老师惊讶地看着丁老师,问道,丁老师不知道李老师的话是什么意思,什么我怎么啦,你说我怎么啦,李老师道,你怎么搞的,上山老半天也不下来,我们以为你和保平一样走失了呢,一个走失了还没见踪影,再走失一个,我们学校可以上新闻了,丁老师说,我怎么会走失呢,你说得出的,我怎么会走失,李老师道,那是,谁都不会走失,但是保平确实是走失了呀,丁老师说,保平是保平,我是我,李老师道,你倒好,我们在下边等你,等得心焦,你在山上做什么?丁老师朝四周看看,我做什么,你说我做什么,李老师说,你自说自话,丁老师道,我怎么自说自话,李老师笑,说,我听到你在说话,你和谁说话呢,这里连个鬼影子也没有,丁老师也笑了,我和鸟说话呢,我们家的一只鸟飞出去好些日子了,我在这里碰到了它,李老师"啊哈"一笑,丁老师你说什么笑话,丁老师一本正经地道,我不说笑话,这是真的,就是我们家飞出去的那只鸟,李老师看看丁老师,李老师道,丁老师你上山来是找保平还是找你家的鸟呀,丁老师说,保平,保平怎么会在山上,奇怪了,保平根本不可能在这山上,李老师说,你知道保平到哪里去了,丁老师说,我不知道保平到哪里去了,但是我知道保平绝对不可能在烈士陵园的什么地方走失,李老师道,你山上山下爬了几回根本不是找保平的，丁老师说，当然，因为保平不在山上呀，李老师看着丁老师，不知为什么忽然有些紧张起来，李老师说，好吧好吧，就算你碰到了你们家的鸟，它是不是愿意跟你回去呢，丁老师说，我不知道它愿意不愿意，它现在不肯出来见我，它若是肯出来看看我，它一定能认出我来，它一定肯跟我回去，李老师说，丁老师，别说梦话了，你看看几点钟了，你再不走，大家又要上山来找你和我了，走吧，丁老师无奈地看着山林，依依不舍地跟着李老师下山去了。

留下来寻找保平的几个老师在山下碰了面，李老师说，丁老师认为保平根本不可能在这里，李老师也没有说丁老师找鸟的事情，大家说，丁老师说得对，保平看起来是走了，我们也走吧。

大家回到学校去，校长正在等着他们的消息，说没有找到保平，校长说，我也没有办法了，大家看有什么办法没有？

我们也没有办法，谁知道保平怎么回事，大家说，如果走失的是个孩子，或者是个弱智者，或者是个精神病患者，都可以去报案，偏偏走失一个正常的成年人，有什么案可报呢，报什么呢，说不定和家里人怄气走开了吓一吓人，说不定有什么解不开的情结，走开去静心想一想怎么办，说不定有什么要紧事情，来不及说明情况，校长听大家议论，头涨，挥了挥手，你们走吧，也到下班时间了，回吧，有事情再找你们，大家说，那保平怎么办，不找他了，校长道，要找的，我再想办法吧。

大家走出来，说，保平这家伙，玩什么花招，害人。

又说，平时看不出他会做这种事情。

又说，只有平时看不出的人才会做呢，平时看得出的人便不会做了。

大家说笑着，走出办公楼。

李老师和丁老师在开自行车锁的时候碰了面，李老师朝丁老师笑笑，丁老师也朝李老师笑笑，他们一起推车出来，天下着雨，他们披上雨披，骑车回家去。

丁老师到家的时候，他掏出钥匙开门，就在开门的那一刻，丁老师突然听到一声鸟叫，丁老师心里一震，开了门直接到阳台上去，丁老师果然看到飞走的那只鸟飞回来了，它正在鸟笼里安详平静地看着丁老师，看着丁老师激动的神情，好像从来就没有发生过什么事情，好像它根本就没有飞走过。

三

保平坐在通往乡下的长途汽车上，车上挤得满满的，现在乡下的人到城里办各种各样的事情很多，没有事情的人也从乡下到城里去看看，走走，在保平身边的位子上坐着一位农村老太太，老太太随身带着大包小包许多东西，她将每一件湿漉漉的东西都紧紧地搂抱在自己胸前，把自己压得喘不过气来，保平说，老太太，你可以把东西放到头顶上的架子上去，那样不是轻松一些吗，老太太说，不用，我就这样，这样好，老太太隔着大包小包向保平看看，说，你也到乡下去，保平说，是，我也到乡下去，老太太说，你是城里人，保平说，算是城里人吧，不过我在乡下也待过，老太太一笑，我知道，插青，保平说，你也知道插青，老太太说，插青谁不知道，插青哪个队里没有，我们队的插青，都走了，保平说，是，都走了，老太太说，走的时候，都说得好好的，一定回来看看，谁还来呀，没有人回来呀，保平说，现在大家也都忙，老太太道，其实，便是不忙，也没有什么看头的，乡下，有什么好看的，保平说，想还是常常想着乡下的，想着从前的许多事情，老太太说，那是，忘不了，也只能想着了，老太太困难地侧头看看保平，你到乡下去做什么，老太太问，保平犹豫了一会儿，支吾着说，我也没有什么事情，我只是走走吧，随便走走，老太太的脸上呈现出不相信的样子，老太太搂紧了大包小包，扭过脸去，不再和保平说话。

路面不太平，汽车颠簸着，保平迷迷糊糊地有一种想入睡的感觉，他很想重新再回到天亮前的那个梦里去，他想看一看清楚，梦里他到的那个地方到底是什么样子，保平闭上眼睛，但是他不能入睡，梦是不可能再回来，保平一再地回忆他的奇怪的梦，他的回忆总是迷迷糊糊的，保平只记得自己走到乡下的一个人家，那人家的客堂间很大，很空旷，阴森森的，空旷的屋中央搁着一口棺材，保平在梦中竭力想知道棺材里躺的是谁，可是他到底没有弄清楚，保平只是依稀有一种感觉，他的感觉告诉他，棺材里躺着的是一个女人……保平听到身边的老太太嘴里咕咕哝哝的，听不清说的什么，保平看了一眼老太太，老太太也正侧过脸看他，老太太说，我想起来了，我想起来了，我认识你，你是保平，保平仔细地看老太太，想她是不是自己插队那村的什么人，可是保平没有想出来，保平断定自己并不认得这位乡下老太太，保平说，你怎么知道我是保平，老太太笑起来，没牙的嘴像一个空洞，老太太说，我是菊芳的姨奶奶呀，你忘记了，保平你的记性真不好，我那时候常常到你们村里去，我的老姐姐就是菊芳的奶奶呀，菊芳的奶奶你记得吧，你现在想起来了吧，菊芳的奶奶就是我的姐姐，你想到菊芳的奶奶就想到我了,是不是,保平说,是的,菊芳的奶奶,我记得,你是菊芳的姨奶奶,我也想起来了,老太太说,那是,别人你可以忘记,菊芳你大概是不可以忘记的,是吧,老太太笑得意味深长,老太太说,保平,我们那时候,都以为菊芳要跟你了呢,我们都是反对的,我们跟菊芳说,插青不可靠的,插青迟早要走的,菊芳不相信,嘿嘿,我们说中了吧,幸亏菊芳没有跟你吧,跟了你就没办法了,是不是,老太太没牙的嘴笑得老大的,保平说,是的,插青总是留不长的,留下来的只有很少几个人,老太太说,菊芳要是跟了你,你现在拿她怎么办,保平有些尴尬,保平想,我怎么不记得我和菊芳有什么事情,也许老太太把我和别的什么人搞错了,菊芳的脸我都已经记不很清了,是圆脸、长脸、方脸、扁脸,保平一点也想不起来了,只有那么一个印象,那就是有菊芳这么一个姑娘,乡下姑娘,至于她的音容笑貌,保平已经很模糊了,老太太见保平不说话,又咧嘴一笑,再问道,保平,我问你呢,如果菊芳跟了你,你现在拿她怎么办呢,保平说,我也不知道我会怎么办,因为菊芳并没有跟我,菊芳也根本不可能跟我,老太太撇了一下嘴,说道,兰英的事情你听说了吧,兰英,保平说,兰英,谁是兰英,老太太有些不满意地说,保平你真的对乡下一点也不知道了,你连兰英的事情也不知道呀,保平有些不好意思,没有说话,老太太说,其实兰英你也不应该忘记呀,兰英是我们村上的,从前常常跟着我们村的插青跑到你们村上和你们插青一起玩的兰英呀,我们叫她不要跟插青一起,她不听呀,不像我们菊芳那么听话,现在也没得说了,保平说,怎么?老太太道,怎么,苦呀,死了,保平吓了一跳,死了,怎么死的,老太太说,怎么死的,谁知道怎么死的,反正是死了,保平沉默了，一直没有再说话，他努力回想兰英是什么样子，他不能确切地想起兰英的样子来，但是在他的感觉里已经找到了那个常常随着别的村子的插青到他们村里来玩的乡下姑娘，保平正在想象着那个叫作兰英的死去的姑娘应该是个什么样子，老太太奋力地勾过头来，眼睛直盯盯地看着保平，你在乡下的时候，听说过僵尸吗？老太太突然问，保平吓了一跳，保平说，僵尸是没有的事情，在乡下什么样的鬼都听说过，吓也吓过，但见是没有见过，谁见过，老太太说，我知道你不相信，可是事情是真的，兰英变成僵尸了，这是真的，保平看着老太太的眼睛，不由打了个寒战，老太太说，在兰英家田里看到的，拜月亮呢，就是她，又在自家门口拜门神，有人亲眼看到的，后来村上的人就到兰英家去捞蜘蛛网，果然没有了，是真的，保平听不懂老太太说的什么，保平说，这叫什么事情，老太太说，就是出僵尸呀，从前听老人讲，出僵尸要有三凑巧才能出得来，出生、结婚、死，要在同一时辰，埋也要埋在僵地上，才会出僵尸，兰英怕就是凑了巧呢，保平被老太太直盯盯的眼睛盯得心里有些发毛，他避开老太太的盯注，应付着说，有这样的说法呀，我没有听到过，老太太说，你一定不会相信的，我知道你不相信。

　　汽车到一个站，停了，下去一些人，又上来一些人，都是湿淋淋的，天还在下着小雨，清明时节，总是这样，小雨不断，老太太说，我到前面一站就下了，保平说，你怎么，已经到了？老太太说，我要到我的一个小姐妹那里去看看，走动走动，保平你要坐到底呢，是吧，保平说，是，心里松了一口气，上车来的人找不到座位了，挤着，老太太突然用胳膊支了保平一下，保平侧脸看她，老太太朝上车来的一个人努了一下嘴，老太太说，看那个人，保平说，怎么？老太太说，怎么，他就是兰英的弟弟呀，保平说，兰英的弟弟怎么？老太太对保平消息闭塞的不满越来越强烈，老太太说，你们插青，回了城，大概再也不想起乡下了吧，我们乡下，倒是常常说起你们插青的，我们知道你们中的谁谁谁现在在哪里，谁谁谁现在怎么样了，谁谁谁离了婚，谁谁谁发了财，我们都知道，保平说，那我现在怎么样，你们知道吗？老太太说，那是，我们知道你在学校里教书呀，保平突然有些低落，那是，我最没有意思，老太太说，各人头上一方天，什么叫有意思，什么叫没意思，说的。

保平听老太太说话，就看到老太太所说的兰英的弟弟慢慢地向他这里移过来，他移动得很慢，不急不忙的，像是有个目标，又像是没有目标，车子开出好一段路，基本上快到下一站的站头了，兰英的弟弟才移到保平的位子边上，和老太太说，你也出来？老太太说，是呀，你从哪里来，兰英的弟弟说，我从前村来，老太太说，还是兰英的事情，兰英弟弟说，还是的，老太太点点头，道，这个人，你认得吗？兰英的弟弟看看保平，道，我认得他，是保平，保平笑了一下，兰英的弟弟接着说，你不认得我了，是吧，保平点点头，觉得有些内疚，乡下的人他们都记得他，他却想不起他们来，兰英的弟弟说，也是应该的，本来你们插青在乡下的时候就是我们认得你们的多，你们认得我们的少，现在你们都回去，更是这样了，保平说，是，乡下人多，我们记不太清，再加上时间长了，真不好意思，兰英弟弟还要说什么，汽车便停了，老太太费力地站起来，背着大包小包，对兰英弟弟说，我的位子，你坐吧，兰英弟弟说，我正是冲你的位子来的，老太太说，你正好和保平同路，你们一起说说也好解解闷，兰英的弟弟说，正是，说着坐下来，对保平说，你不认得我,你们在的时候我还小呢,不过我都认得你们,我们自己村里的插青,还有别的村的插青,像你们村的,我都叫得出名,保平说,不好意思,兰英弟弟说,不过我姐姐兰英你大概认得的吧,保平说,刚才老太太说起的,我想起来了,兰英,我知道的,兰英弟弟说,你知道我姐姐的事情?保平说,听老太太说,说是死了,兰英弟弟说,若真的死了倒也好了,保平一愣,怎么,你姐姐没有死?兰英弟弟道,死是死了的,却不太平,保平笑了一下,兰英弟弟说,我知道你不会相信,我开始也是不相信的,可是后来由不得我不相信了,我是亲眼看见的,不能不相信,保平说,什么,你亲眼看见什么?兰英弟弟盯着保平的眼睛,保平被他的眼神弄得有些心寒,保平说,你看见什么,兰英弟弟说,一堆白骨跑到棺材外面来了,保平心里突然一跳,棺材,怎么会呢,保平说,现在不是不许土葬么,兰英弟弟说,是的,可是我姐姐临死时说过,一定不要火葬,要睡棺材,我们才想方设法,偷偷地将她土葬了,谁知道她不肯火葬却是为了出来做人呀,早知道这样,我们也不会偷偷地给她土葬,保平说,真有这样的事呀,兰英弟弟说,是有的,千真万确,是叫贼大胆进棺材去的,保平不由"哈"了一声,再看兰英弟弟,却一点没有笑意,一脸寒气,道,我说的都是真的,你不信你可以跟我回去看看,保平道,看什么,兰英弟弟说,看看大家怎么说的,真是叫外村的一个贼大胆,夜里乘我姐姐出来时,爬到棺材里,到天亮了,我姐姐进不去棺材,就变成一堆白骨倒在地上了,保平说,棺材呢,兰英弟弟道,连棺材连白骨一起烧了,没了,成一堆灰,保平摇了摇头,兰英弟弟说,我知道你不会相信,你其实可以跟我回去,你就相信了,保平想了想,保平说,我得到我要去的地方去，兰英弟弟说，你到乡下来，做什么，保平摇了摇头，我自己也不知道，保平想，大家都问我同样的问题，可是我回答不出，保平想，我的答案在我自己的梦里，可是梦已经过去，再不会回来，也许我永远也找不到答案，可是我既然已经按照梦的暗示走到乡下来了，我一定会走下去，走到底，看一看。

兰英的弟弟在汽车到达他们村子的那一站下了车，下车的时候，兰英的弟弟说，保平，你如果有时间，到我们村里来看看，我们村里的人都记得你，保平说，好的，我有时间我一定来。

保平在车上目送着兰英弟弟向远处的乡下走去。

雨仍然密密地下着。

四

爱珠在下班之前接到保平学校校长的电话，爱珠笑起来，爱珠说，开什么玩笑，我儿子也走失不了，保平怎么会走失，校长说，走失是真的，中午到现在我们一直在找他，一直没有找到，到你家里也去过了，也没有人，所以打电话告诉你，保平是个很安分的人，平时从来不出什么差错，今天怎么了，这么小的学生他扔下不管了，自己走失了，怎么回事，你们家里有没有出什么事情，他有没有和你说过什么话，爱珠想了想，爱珠说，什么事情也没有，好好的，今天早晨起来，他说他做了个梦，别的什么也没有说，校长说，他做了什么梦，有没有和你说说，爱珠说，没有告诉我，只说做了一个奇怪的梦，他没有告诉我他梦见了什么，我也没有问他，他这个人你们知道的，平时话不多，今天也一样，没有任何反常，校长说，事情告诉你,我们再找找,你也一起想想,他会到哪里去,爱珠说,不会到哪里去的,他平时连朋友亲戚家也难得跑一次,校长说,就是奇怪在这里了,他是在烈士陵园走失的,我们大家坐车回来他就没有回来,我们留下老师在烈士陵园找了半天也没有找到,他一定是走开了,不知道走到哪里去了,爱珠说,我再想想,校长道,你若找到了他,他若回来了,告诉我一下,我的电话,你记一下,爱珠记下了校长的电话,校长就把电话挂断了。

爱珠坐在办公室里愣了一会儿,下班的同事走到门口又回头,爱珠,同事关心地问,爱珠,出了什么事?爱珠说,奇怪,保平这么大个人,怎么会走失,同事笑了出来,什么,保平走失了,说着笑起来,保平又不是孩子,又不是弱智,怎么会走失,谁说出来的,笑人了,爱珠也忍不住笑了一下,真是,爱珠说,笑人,同事看着爱珠,意味深长地一笑,爱珠,有没有什么事情,爱珠说,什么事情,同事笑,什么事情,问你呀,你们保平走失,怎么问我呢,爱珠说,有什么事情,什么事情也没有,同事道,不会是你有什么事情,被你们保平知道,又不好说,便走了,生气了,爱珠说,没有的事情,再说,保平那人,你也不是不知道的,即使有什么不开心,也不会走失的,不会的,同事点头,这倒也是,保平不是那样的人,爱珠说,所以我说保平不会走失。

同事临走时说,爱珠,要有什么事,来找我就是,我能帮的,就帮一下,爱珠道,若是有事,自然要找你们帮忙,只怕不知道是什么事,就不好办,保平这个人,怎么了。爱珠和同事一起出门,下着雨,他们披上雨披,骑上车,到街口分头而去。

爱珠到家时,儿子正在做作业,头上有些潮湿,爱珠说,淋湿了怎么也不擦一擦,儿子说,功课多,来不及,爱珠没有再说什么,到房间里看看,有没有保平留的条子什么,或别的东西,没有找到,出来问儿子,你知道你爸爸到哪里去了?儿子说,不知道,又说,不是上班去的么,会到哪里去,爱珠说,说你爸爸走失了,儿子"啊哈"一声,爸爸走失?爱珠说,说是在烈士陵园走失了,笑话了,怎么会走失,又不是小孩子,儿子笑起来,啊哈,爸爸成弱智儿童了,爱珠说,就是,又不是弱智儿童,怎么会走失,他们学校,也说得出的,儿子将手中的笔放下,回身看着母亲,过了一会儿道,你没有感觉到吗?爱珠说,什么,感觉到什么?儿子说,我爸是有点不对头,会不会真的退化成弱智儿童?爱珠说,你说得出,有这种事情,儿子说,怎么没有,我看到过这样的报道的,是有这样的事情,大人退化成小孩子,爱珠说,别瞎说,一起想想,你爸爸会到什么地方去,儿子道,爸爸是不是和你吵架了,爱珠说,吵吵说说是常有的事情,再说这一阵,一直好好的,没有事情,儿子说,那我就不知道了,就算你们吵架了,也该是你走失,比如躲到娘家去之类,怎么倒是爸爸走失呢,奇怪了,爱珠说,会不会到哪个亲戚家去了,儿子说,你去找找看,我要做作业,没时间。

　　爱珠坐下来,歇了口气,将保平有可能去的亲戚朋友家一一想过来,爱珠觉得简直没有保平可去的地方,正想着,有人来叫爱珠去接传呼电话,爱珠站起来的时候,感觉到儿子的目光在她的脸上盯了片刻,爱珠想,今天我不会去了,我得找到保平呀。

　　去接电话的路上,爱珠希望电话是保平学校的人打来的,告诉她保平找到了,或者保平根本没有走失,只是和什么人一起到哪里玩去了,也或者电话就是保平自己打来的,告诉她什么事也没有,根本没有走失的事情，保平是个大人，怎么会走失呢，爱珠也想到可能会是老电话，但是爱珠希望别是老电话，如果是老电话，爱珠就比较为难。

电话还是麻将老搭子打来的，叫爱珠吃过晚饭就去，爱珠说，今天不行了，今天不能去了，保平走失了，要找保平，电话里笑起来，开什么玩笑，电话里说，保平又不是弱智儿童，保平怎么会走失呢，爱珠说，是的，保平是不可能走失的，但是保平确实是走失了，怎么办呢，不能扔下他在一个不知道什么地方的地方去呀，总得找到他呀，电话里笑得咯咯咯的，电话里说，天晓得是怎么回事，不定是爱珠你不想来了，找个借口吧，哪个找借口哪个不是人，保平真的走失了，是在烈士陵园走失的，带了小学生去扫墓，小学生倒没有走失，倒走失个老师，电话里又在笑，道，那爱珠你就去找走失的老师吧，爱珠说，我要找不到，会来找你们的麻烦，要你们一起帮着找的，电话里道，没问题，只要你们保平没有像烈士那样躺在陵园里，我们一定能找到他，爱珠"呸"了一声，你才躺在烈士陵园里呢，想想不对，道，你也不配躺在那里呢，电话里又一阵笑，搁了。

爱珠回家去，儿子已经将作业做完，儿子说，饿了，爱珠道，饿了，可是你爸爸怎么办，他现在不知在哪里挨饿呢，儿子笑了一下，你以为爸爸是呆子呀，说不定爸爸正在哪里吃香的喝辣的呢，倒叫我们在家里为他担惊受怕，忍饥挨饿，爱珠道，什么时候你也会为大人担惊受怕了，倒是好事儿，儿子道，那我忍饥挨饿不假吧，爱珠和儿子一起吃晚饭，儿子说，妈，今天晚上你们那伙人要换新手了，你们老搭子准输，爱珠看儿子一眼，你懂，儿子道，那当然，爱珠道，你功课若也能这么精，就好了，儿子道，我的功课也不差呀，爱珠道，那要看怎么说了，比上不足比下有余，那是不差了，儿子道，那就行，吃饱了，一推饭碗，碗等会儿洗吧，爱珠道，又有什么借口，儿子奇怪地看着爱珠，怎么，不找爸爸了？爱珠道，你找爸爸，别把自己找丢了吧，儿子道，你也把我看得太差劲了，爱珠道，那也好，我们分头到几个朋友家亲戚家去，若找不到，就早点回来，别在外面混，等会儿你爸倒先回来了，再去找你，儿子道，那是。

爱珠看儿子兴冲冲出门，一点不像去找走失的父亲，倒像是去唱卡拉OK的样子，爱珠想，他若是去唱卡拉OK，我也无法，只是保平怎么到现在还不回来，难道真的走失了。爱珠收拾了一下，抹了一把脸，出门前，小雨继续下着，爱珠又返回来拿了雨披，披上，骑了车子往亲戚朋友家去。

爱珠在亲戚朋友家绕了一圈，没有保平，大家都问爱珠，保平怎么了，爱珠说，走失了，大家都笑，爱珠也跟着笑，爱珠说，真是的，找也不用找，保平怎么会走失呢，亲戚朋友道，爱珠你喜欢打麻将，你回去打麻将就是，等你一圈麻将下来，保平就回来了，爱珠想，我麻将是不能打了，我总要找到保平的，只是再让我找保平，我也不知道到哪里去找了，爱珠道，现在我走了，只是如果我一直找不到保平，我是要来烦你们的，你们别怕烦呀，你们要帮我一起找保平的，亲戚朋友笑道，只要保平不是私奔了，我们一定帮你找到保平，爱珠"呸"道，你们才私奔呢，就保平那人，还私奔呀，大家一笑，爱珠出来了。

爱珠再回到家里，儿子也已经回来，儿子说，没有，人家都笑，说爸爸走失是不可能的事,爱珠说,我想想也是不可能的,烈士陵园又不算太远,就算在陵园里真的走失了,这么大个人自己不会回来呀,儿子道,除非就是他自己不想回来了,爱珠道,笑话了,不想回来,他到哪里去,他有什么地方可去的?儿子说,大概没有吧,我也想不出爸爸有什么地方可去的,爸爸也真可怜,走也没个走处,所以索性走失算了,爱珠说,你乱说什么,家不是最好的地方呀,人总是要回家的,人若连家也不要回了,那算什么?儿子说,你这是说的正常的人的想法,正常人的总是要回家的,但是也许爸爸的想法和正常人不一样呢,也许爸爸异想天开了呢,爱珠道,什么异想天开,你爸爸你也不是不知道,儿子道,是,我知道,安分守己,老老实实,没有幻想,没有浪漫色彩,爱珠笑了一下,就这么个东西。

儿子走到沙发前坐下,开了电视,爱珠道,怎么,看电视了?儿子朝爱珠看看,那我能做什么呢,你说吧,你吩咐,我就做,再到亲戚朋友家找一圈,或者,到街头去搜索,或者,到公安局去报案,爱珠道,我说一句,你就是一大串,你小时候不是这样的,你小时候根本没有什么话的,和你爸爸一样,儿子说,幸亏我及时改正了,要不然,我也会和爸爸一样走失了,爱珠道,我们还是想想办法,怎么找你爸爸,儿子道,我是没有本事想了,想不出来,你想吧,我边看电视边等,等你想出来了,我行动。

爱珠眼睛盯着电视屏幕,想保平到底到哪里去了,碰到熟人被拉去叙旧,上错了车拉到别的什么地方去了,躺在烈士陵园了,私奔了,爱珠的眼睛模糊起来,电视上正在放一部农村题材的电视,爱珠朦朦胧胧感觉到自己也走到了一个陌生的乡下,那地方有一片农田，中间有一个高起来的土墩，土墩上有个坟堆，坟堆上竖着一块碑，爱珠正想上前看看碑上写的什么字，突然醒过来，才知道自己迷迷糊糊地打了个瞌睡，心里有些奇怪，保平走失了，自己居然能够睡得着，怎么一点不着急呢，难道我知道保平到哪里去了吗，爱珠想，不然我怎么会不着急呢，我虽然到处找保平，我虽然一直在想保平到底会到哪里去，可是我的心里似乎并不惊慌，也不焦急呀，难道，我希望保平走失吗，爱珠看看儿子，儿子也靠在沙发上睡了，爱珠怕儿子着凉，正想把儿子喊醒叫他到屋里去睡，儿子自己已经睁开了眼睛，儿子看着爱珠，道，我做了个梦，我梦见我到了乡下，一个陌生的地方，有一片农田，有一个女的在种田，爱珠道，你看见她是谁？儿子摇摇头，我没有看见她的脸，她背对着我。

爱珠说，我也做了一个梦，也是在乡下，奇怪，我们都没有去过乡下呀，是不是刚才那部电视剧的原因。

儿子说，原来乡下那样子的呀。

爱珠说，我没有看清石碑上写的什么。

五

保平在汽车的终点站下了车，他发现自己到的完全是一个陌生的地方，他从来没有来过这个地方，保平在车站向人打听了一下，才知道，他走过头了，终点站已经从原来地方又向前延伸了一大段，保平要到自己的那个乡下，就得往后再退一大段路回去，这一段路，没有车可坐，保平或者就是步行，或者看看有没有顺车搭一搭，保平站在路边，细细的雨淋在他的头上、身上，有人过来问保平要不要太阳镜,保平笑起来,保平说,天上正下着雨,卖太阳镜的人也笑了,说,但是天总是要晴的,过了清明,春天的好天气多着呢,保平想这话也对,但是他不要买太阳镜,他说,我不要买太阳镜,我要搭一段车子,不知有没有车子过去,卖太阳镜的人说,搭什么车?保平说,我要往那边去,汽车坐过头了,得往回走一段,保平手指公路,卖太阳镜的人朝保平看,说,你怎么了,忘记这条路了,这条路就是村东头的空地呀,从这边一条小路插过去,就到你们湾头村了,保平奇怪地道,你怎么知道我是要到湾头村去呢,卖太阳镜的人笑着说,保平,别逗了,你逗我做什么呢,我老虽然老了些,但也不至于老到连你也认不得了呀,保平张着嘴,你也是我们一个村的?卖太阳镜的人说,我是代销店的老马呀,那时候你们有事无事都跑代销店来,有钱没钱,看看也是好的,保平"啊哈"一声,你是老马,对了,我想起来了,老马,真是的,好多年不见了,老马你怎么在这里卖起太阳镜来,代销店不做了?老马道,你还不知道呀,一把大火,烧了,家财全赔进去了,再开店也没得本钱了,出来走走,做些小本生意无本小生意罢了,保平说,从前我们常常在你店里垂涎三尺,老马说,现在不是从前了,现在轮到我看着别人垂涎三尺了,保平说,也是不幸,怎么会火烧了呢,老马说,天火烧,查不出原因,天火烧,保平说,没有办法的事情,重头再来吧,老马笑起来,从头再来,你以为很容易呀,保平看看老马手里的劣质太阳镜,被雨淋得模模糊糊的,保平说,老马你就打算一直卖卖太阳镜?老马扬了扬手里的太阳镜,就这样,也挺好,真的,不定你的日子不如我呢,保平叹息一声,那倒也是,我们做老师的,能有什么,老马说,现在乡下都来事得很呢,保平,乡下人现在比你们城里人来事呢,保平说,那是,我知道,我们不行,老马说,保平,素琴的事情你知道吧,保平说,素琴,我知道,听说她现在是企业家了,老马说,大概,保平,你这次回来,就是来看素琴的吧,保平一愣,张着嘴没有说话,老马鬼鬼地一笑,保平你得了吧,保平说,老马你什么意思?老马笑着说,保平,谁不知道你和素琴有一段,保平说,有一段或者没有一段,又怎么样呢,都这么些年过去了,老马说,过去不过去,你们自己知道,素琴现在做大了,做大了的人,喜欢念旧情的,早就听说,素琴要把当年的插青都请来看看,以为她说着玩的呢,想不到真的做起来了,素琴现在,可真是做大了,有气派呢,有魄力呢,你去看了就知道,大老板了,保平笑着说,看起来,我还不如辞了职,到这里来做小工了,老马说,啊哈,素琴要请你们来,怕正是有这个意思呢,保平说,当真呀,老马说,说了,城里的人,或愿意到她的企业来做的,一人给买一套房子,就买在城里,给你们住,保平说,当真呀,老马说,当然真的,保平想了想,笑了,道,大概,不会有人来的,老马说,你说对了,真的没有人愿意来,奇怪,城里就那么好呀,一套房子也买不动,还有高工资、高奖金呢,没有,素琴所以想想也有点泄气的,保平说,她泄什么气,她做她的事情就是,为什么非要城里人,城里的人也不见得比乡下的人会来事呀,老马说,说是这么说,但是到底城里人的眼光远一些,见识多一些,水平也高些,保平说,但是事情是干不起来的,老马说,我也是不明白,白白送一套房子,也不要,怎么的呢,保平又想一想,道,也说不清楚,反正,我也不知道为什么,以我想,大概是这样的吧,该你的东西总会是你的,不该你的东西白送了也没有什么意思,老马说,你们的想法也是古怪，保平说，我觉得也没有什么古怪的，老马说着话，看到又来了一辆汽车，老马说，保平你自己去吧，就那条小路，不远的，我得做生意去，我可不是素琴，做一天算一天，说着自己笑起来，不过素琴也得做呀，也是做一天算一天的，老马朝保平挥挥手，向下车的乘客走过去，喊道，太阳镜，太阳镜，天仍然下着小雨，老马的太阳镜被雨水打着淋着，乘客都朝老马笑。

保平看着老马走远，回身沿着老马指的方向，果然看到一条小路，但是在保平的印象中，已经记不得这条小路了，路上泥泞，保平慢慢地向前走，一直想着老马的话，想见到素琴应该是个什么样子，素琴的事情保平也断断续续听人说起过，从前一起插队的，偶而碰到了，共同的话题总离不开一起生活过的地方和人，后来有一次，保平在电视上也看到关于素琴的报道，只是没有来得及看清素琴的样子，起先保平听到播音员说女企业家素琴的名字，根本还没有想到就是素琴呢，后来才觉悟过来，再看屏幕，只看到素琴的侧影，没能看得很清楚，只是感到素琴比以前丰满了许多，从前素琴是很瘦的，若还是那样瘦，素琴作为一个出了名的女企业家，风度就没有现在这样好了，保平想着，不由笑了一下，素琴的风度好不好，和我有什么关系呢，保平想，老马显然是弄错了人，素琴那时候是和李强生好的，关于李强生到底有没有占素琴的便宜这个问题，他们一直争论了很久呢，到大家回了城，后来碰了面，还说起这个事情，李强生自然是赌咒发誓，说没有，可是谁也不相信他的话，说哪次碰到素琴，要三当六面地问一问，想不到眼睛一晃，素琴就成了企业家了，再见面时，怕谁也不好开口说这事情了，更不可能三当六面地去问素琴了，过去的事情怕是再也唤不回来了呢，保平在泥泞的小路上走着,想着过去的和现在的许多事情,也不觉得乡下的烂泥路怎么难走,走出一段,保平听到身后有摩托车的声响过来,保平回头看,果然有一辆大红颜色的摩托车远远地过来了,保平侧身想让一让摩托车,谁知摩托车却停下来,停在他的身边,保平看到车轮和车身都粘了泥,车手摘下头盔,笑着对保平说,我带你一段,保平说,你认得我?车手说,我怎么不认得你,你们偷我家的狗,是不是,我都记得的,保平说,你是猫猫呀,车手猫猫说,你们偷了我家的狗,打死了,吊在你们屋里,到半夜放下来想杀着吃,是不是,保平说,谁知道狗没有死,一放下地,便大叫起来,猫猫道,我家的狗聪明,装死的,嘿嘿,保平说,狗一叫,你一秒钟就冲进来了,我们怎么也想不通,你像是等在我们屋门前似的,猫猫说,我当然就是守在你们屋门口的啦,是我奶奶教我的,我奶奶说,狗死不了,你等着,半夜里定准会叫起来,果然,我奶奶真神了,保平说,是的,你奶奶是很神,许多事情到她嘴里一说,就灵,她老人家,好吧?猫猫说,早几年就过世了,保平说,我就想到,怕是有些老人都不在了,猫猫说,上车吧,雨下得挺密,保平看看红摩托车的后座,保平想,我还没有坐过摩托车,也是应该,在城里哪来的机会,每天上班下班,自行车,反倒是在乡下坐一回摩托车了,想着便跨上去,坐稳了,猫猫开了就走,虽然小路泥泞,但车子开得还是很快,迎面有人过来猫猫也不减速,保平说,你的车技很好吧,猫猫没有听见,保平就没有再说第二遍,当保平刚刚开始感觉到两耳生风的时候,听到猫猫大声说,到了,保平朝前一看,当然就认不出从前的地方了,满眼都是新造的房子,在原来老房子的地方都翻了新房,原来的空地、自留田里,都新造了房子,保平下车,站在那里张望了一会儿,保平说,不认得了,猫猫说,保平你要到哪家,我指给你看,保平愣愣地看着猫猫,过了半天,保平说,我自己走走,猫猫看了保平一眼,也好,你自己走走,看看,猫猫重又跨了摩托车,保平说,你怎么,还要走?猫猫说,回家去,我家在村那头,走半天呢,说着摩托车便往前去了,一阵风似的,没了,留保平一个人站在村头,天下着雨,村里没有人在外面溜达,保平想,我现在必须得确定我的具体目标了,保平走到一棵大树下避雨,他努力回忆自己的梦,保平记得梦里乡下有一家人家,有一个很大很空旷的客堂间,阴森森的感觉,客堂间中央,搁着一口棺材,保平说,现在不是不许土葬了么,没有人回答保平的话,保平又说,棺材里是谁,仍然没有人回答,许多人忙碌着,保平记不清他们的脸,只知道他们是为了谁的丧事在忙着,保平想,这个人死了,我得下乡去看看。

但是保平始终不知道死的是谁。

六

派出所的民警小纪看到有三个人走进来,是校长、李老师,还有爱珠。小纪说,你们做什么,爱珠说,我们报案,小纪道,报什么,校长说,报走失,走失了,小纪看看三个人,示意他们坐下说,校长先坐下来,爱珠和李老师也跟着坐下,校长说,我是学校校长,我们学校一个老师走失了,小纪"哈"了一声,走失,老师走失?校长说,是的,是老师走失,小纪说,说说经过,校长看看李老师,李老师说,是这样的,今天我们学校组织学生去扫墓,小纪挥了一下手，等一等，你说什么，今天？校长说，是今天，今天上午去的，小纪说，今天上午到现在才大半天，就来报案了？这么急做什么，校长和爱珠及李老师互相看了看，没有说话，小纪道，是不是，知道有什么可能？是不是知道可能到什么地方去了？大家摇头，校长道，知道也不必到你这儿报案来了，李老师说，我们找不到他，校长说，我们组织学生，小纪说，中学生？校长说，是小学生，小纪又笑了一下，小学生走失没有？校长摇摇头，没有，幸好没有，我们每年扫墓，春游秋游，都提心吊胆，不过我们学校从来没有发生过任何事情，小纪说，现在走失了一个老师，校长说，是的，我们在烈士陵园找了大半天，没有找到，校长回头朝爱珠看看，家属也到处找过了，亲戚朋友家，还有别的有可能去的地方，都找了，找不到，我们很着急，家属，校长再朝爱珠看看，看不出爱珠很急的样子，但是校长还是说，家属也很急，所以我们一起来报案，小纪看看爱珠，再看看校长和李老师，小纪说，说说，事先有没有什么迹象，有没有说过什么话，有没有什么反常的行为举止和言谈，校长朝爱珠看看，再看看李老师，校长说，你们说说，爱珠摇摇头，没有，一点也没有，李老师也摇摇头，没有，真的什么也没有看出来，小纪说，那就是说，并不像是有计划有预谋的，真的是走失了，校长说，保平这人，也不是个有计划有预谋的人，小纪说，吵过架？大家说，没有，小纪说，有什么矛盾？大家仍说没有，小纪想了想，用笔敲敲纸，问，身上带钱多不多，校长和李老师看着爱珠，爱珠说，不多，不会有很多钱的，小纪又问，有没有很多值钱的东西随身带着，比如金器之类，爱珠说，没有，小纪记下他们说的话，看了一遍，交给校长，你看看，是不是这样的情况，校长看了一遍，说，是的，小纪又让爱珠看，爱珠也看一看，道，是的，小纪说，好吧，你们回去继续找，校长道，那你们呢，小纪说，我们有我们的办法，我们有我们的规矩，你们既然报了案，我们会当回事处理的，如果你们找到了，或者他回来了，你们来撤案，校长说，好，起身，另两人也跟着起身，三人一起走出去，小纪看着他们的背影，想了想，拿过记录本，觉得还应该再加一句话，便写上去，报案者三人并无紧张神色，写下了，看看，觉得不顺，又画去，心想，写这个做什么，这时另一个值班民警小刘进来了，道，刚才出去三个人，做什么的？小纪说，报案的，说学校的一个老师上午在烈士陵园走失了，找不见，也不知到哪里去了，这事情，也来报案，不接待也不行呀，小刘说，哈，一个老师走失，笑话了，怎么学生不走失，老师走失，小纪道，谁知道呢，小刘说，在烈士陵园，怎么会，那地方又不大，山上山下绕一圈也没多长时间呀，小纪道，就是，说是在烈士陵园走失，我想怎么会有这样的事情，小刘道，怎么到我们派出所报案呢，小纪说，就是，应该到郊区派出所报，人是在郊区走失的么，或者，到他们家所在派出所报，小刘说，你没和他们说？小纪道，他们是根据学校所在地来报的，也行，我没有说话，记下了，你看看，怎么办？小刘看了一遍，又看了看小纪画去的那句话，笑起来，他们不着急，那我们也不用着急，说不定和家里闹闹玩玩的，或者和同事领导不和，吓吓人的，小纪说，我也这样想，问过了，说是一个老好人，也没有闹什么矛盾，平时也从来不做什么吓人的事情，只有人家吓他，没有他吓别人的，小刘说，你别说，根据什么心理什么精神分析，还就这样的老好人会做出这种事情，上次精神病院的专家来做报告，你忘记了，说了几个例子，小纪一笑，道，你听他的，走失的事情很多很多，理由千奇百怪，专家用一条规律就解决，那真是个专家呀，小刘也笑了，那是，小刘说，谁相信，小纪道，我们只能相信我们办案子的事情，小刘说，那个事情怎么办，小纪反问道，你说呢，怎么办，小刘张了张嘴，不知说什么好，突然电话铃响了，急促的叮铃铃的一串，把小纪、小刘一震，像预感有什么事发生似的，小纪接电话的时候，手都有点抖，什么，小纪说，出人命，哪里，大马路，好，我们马上就到，挂了电话，起身对小刘说，走，小刘也不问什么事，跟着就往外走。

　　小纪开动双人摩托，小刘跨上边座，小刘道，怎么又是大马路打架？小纪点头，发动了摩托，开出去，说道，说是出人命了，不知是真是假，小刘道，怎么办，这两帮人，弄不好了，小纪说，总得有个彻底解决的办法，这样拖下去，要出大事情的，小刘说，早就应该下决心了，头为什么总是不肯下决心，不动手解决？小纪道，不太清楚，大概背景比较复杂，小刘道，复杂也得解决呀，小纪道，是得解决，这样下去，我们也要奔死了，三天两头赶场子，小刘道，光赶赶场子还是小事呢，别出什么事才好，小纪道，谁知道呢，说话间摩托车已经来到大马路，打架的两帮人正斗得分解不开，小纪和小刘上前去，小纪道，停下，却没有人听他的，吵闹声很大，远远的围观的人也很多，有人说，警察来了，也有人说，警察来了也没有用，他们这帮人，不怕警察，又有人说，每次打，警察都来的，怎么呢，还是照打，现在的人，狂呀，没有办法，小纪听着大家说话，又朝打架的人堆里靠近一些，再大声喊了一下，停下，小刘也跟着喊，住手，仍然没有听他们的，似乎谁也没有把警察放在眼里似的，小纪和小刘一起掏出手枪，小纪说，再不停下，我开枪了，小刘也将枪扬了一扬,说,停下,停下,打架的人突然停了,大家一起看着小纪和小刘,看着他们手里的枪,冷场片刻以后,有人喊了一声,枪里没有子弹,吓人的,大家重又哄闹起来,黑暗中有人叫道,老派拿枪吓我们,一起打,横竖横了,说话间顿时一片混乱以后,小纪倒下去,小刘抢上前拉住小纪,却拉不住,有人惊恐地叫道,不好了,出大事了,老派被打死了,快跑呀,可是却没有一个人逃跑,围观的人群也惊慌失措地乱叫乱喊,没有远离,却纷纷拥近过来,没有人敢动,大家停止了殴斗,呆呆地看着小刘去扶起小纪来,小纪的后脑勺被打了一个大窟窿,血流如注,小刘的衣服很快被小纪的血染红了,小刘大声道,快打电话叫救护车,人群一片寂静,有人问,救护车怎么叫,有人说,打"110",也有说打"119",也有的说是"114",一片混乱,小刘抱着小纪,喊道,小纪,小纪,你醒醒,小纪小纪,小纪慢慢地睁开眼睛,小纪看了看小刘,又看了看周围围着的人,再看看夜空,小纪说,小刘,刚才报案的事情,你别忘记,看怎么处理,小刘说,什么,小纪说,刚才不是来了三个人,报案,一个老师走失了,我做了记录,在桌子上放着,小刘说,你放心,我会办的,小纪笑笑,血顺着脑袋往下淌,大家都是很惊慌,只有小纪自己一点不知道,他笑着,道,我想想也是奇怪,一个老师,带着学生扫墓,学生不走失,老师倒走失了,小刘看小纪有点喘,小刘说,小纪,你别说了,小纪道,没事,我没事,我是觉得奇怪,到后来,不知是个什么样的故事呢,小刘道,你别说了,小纪却仍然说,小纪说,我们的案子多的是,故事也多的是,这个走失案,也不见得会超出那几种原因吧,也不见得会有什么特别的意思吧,小刘担心地看着小纪,说,大概没有吧，小纪正要再说什么，救护车的呜呜声传来了，小刘说，救护车来了，大家帮着抬小纪上车，一切都进行得非常快，无声无息，车子开动时，一震，小纪又有些迷糊，嘴里仍然嘟嘟囔囔，道，小刘，别忘了那个老师的走失案。

七

保平站在村头的大树下，天下着雨，已是下午，保平没有看到村里人出来溜达，保平沿着小路慢慢地往前走，保平终于看到有人在房子门口朝他张望了一下，保平觉得那个人的脸很熟，保平停下来，向他笑了一下，保平想起来，他是赤脚医生水泉，保平说，水泉，你还记得我吗？水泉道，怎么不记得，怎么会忘记，不会的，你胃穿孔，差点死在进城的船上，是我救的你呢，保平说，真是，救命恩人呀，水泉你好吧，水泉说，好也好不到哪里，差也差不到哪里，就这样，保平说，看你还是老样子，水泉说，你也没怎么变，一回我在城里碰到张忠，可是不认得了，变化大了，你倒还好，我认得出你，保平说，你还在合作医疗站？水泉说，还做做，不过现在不像从前了，从前独此一家，现在看病的地方多，不一定找我，也罢，清闲些，养养老了，保平道，你怎么老呢，早着呢，水泉道，也不早了，也快了，保平说，时间是过得很快，村里的人都好吧，水泉说，好的好，不好的也不怎么好，也有的走了，也有的死了，保平说，有谁死了，最近有人死吗？水泉道，死人的事情常常有，你们在那时的一些老人，如今当然是更老了，一个接一个地走，不急不忙，但速度也不慢，最近呢，最近有谁死了吗，保平想到了他的梦,梦里的那口棺材,也许暗示着村上的什么人,和保平有密切关系的人死了,保平看着水泉,水泉说,最近没有人死,水泉想了想,又说,最近确实没有什么丧事,没有,保平想,那就是说和我的梦没有关系,那么我是为什么而来呢,天色渐渐地有些暗了,水泉看看手表,说,时间差不多了,你可以去了,保平看着水泉,什么,保平说,你说什么,水泉也看看保平,有些不明白,什么什么,我说时间差不多了,你看看表,保平看了一下表,四点五十分,保平说,四点五十分,什么时间差不多,水泉说,你说什么时间呢,保平说,我不知道什么时间,水泉似有些不高兴,水泉说,保平你怎么呢,喝喜酒就喝喜酒,有什么不好意思,我说喝喜酒的时间,是不是差不多了,保平说,谁家的喜事?今天谁家办喜事?水泉奇怪地看着保平,保平,你不是来喝喜酒的,你不知道今天谁家办喜酒?保平摇了摇头,水泉说,那你今天来村里做什么呢,保平再次摇摇头,我不知道我来做什么,保平想,但是他没有说,他若说了水泉也许会害怕,以为他得了精神分裂症呢,保平问水泉,谁家办喜事,水泉说,是红妹,本来是在五月一号的,红妹的奶奶到时候了,想冲一冲喜,就提前办了,就在今天,保平你真的不是请来喝喜酒的?保平说,不是的,水泉点点头,又说,不管怎么说,红妹的喜酒你还是应该喝的,保平说,为什么,水泉古怪地一笑,你自己说呢,水泉的老婆走出来,站在水泉背后,看着保平,谁呀,说了半天话,怎么不进屋坐,水泉说是保平,水泉的老婆说,是保平呀,来喝喜酒是吧,水泉说,他说不是,他说不知道红妹结婚,水泉老婆笑道,保平也变了,从前保平是老老实实的,现在也变了,保平说,我变了吗,我哪里变了,水泉老婆说,反正你变了,好了好了，去吧，去迟了，红妹知道你和我们说话耽搁，要怪我们的，水泉和老婆一起进屋去，保平站着看他们关上门，保平有一种奇怪的感觉，保平感觉到自己好像不是从这个地方离开了二十年没有回来过一次的一个人，好像这二十年来，他仍然每天生活在这里，并没有离开过，保平正为自己的这种感觉奇怪，突然听到不远处响起了鞭炮声，有人急急地走过来，并没有注意到站在一边的保平，上前便敲水泉的门，水泉出来，问，怎么样？来人道，奶奶去了，水泉说，去了，来人说，鞭炮一放，就去了，都在计划中的，水泉说，你先走，我这就去，来人又匆匆离去，保平看着他的背影，突然想，我的梦，难道就是预示红妹奶奶的死吗，梦中的那一口棺材，是留给红妹奶奶的吗，保平觉得有些不可理喻，红妹以及红妹一家包括红妹奶奶，和村里别的农民比起来，对于当年的插青并没有什么特别的关系。

保平在村头站了很久，他看见水泉急冲冲地向村里走去，过一会儿水泉的老婆也去了，保平想了又想，他最终还是没有向着一幢幢新造的房子走去，他从相反的方向，走向另一头，这是一条很窄的小路，通往村里的老坟地，只是保平不知道现在的老坟还在不在，保平印象中，他在乡下的时候，就已经开始把坟头扒了种田，现在怕是派了更多的用场了，但不管怎么样，保平觉得自己想到坟头上看一看，保平想这和我的梦也许有些关系，我梦见有人死了，死人总是和坟地相连的。

保平走上通往坟地的小路，迎面过来一个孩子，保平走到孩子身边时，孩子停下来，侧身让了一下，保平说，你好，你是湾头村的孩子吧，孩子点点头，孩子看看保平，说，你是谁，你不是我们村的人，保平说，现在可以这么说，不过从前我就是这个村的人，不过从前，还没有你，所以你不认得我，我叫保平，孩子说，保平，我是不认得你，保平说，不过你爸爸妈妈肯定知道我，你是谁家的孩子，孩子说，我爸爸妈妈认不认识你和我没有关系，我不认识你，我不知道你是谁，保平笑起来，保平说，你这个孩子还挺顶真的，你从哪里来，你要到哪里去？孩子说，我回村里去，我刚从我妈妈的坟地上来，今天是清明，我去给妈妈扫墓，保平说，你妈妈是谁？孩子说，我不知道我妈妈是谁，我爸爸说，我生下来的时候，我妈妈就死了，一直埋在这里，我每年都来给我妈妈扫墓，保平说，你妈叫什么名字你不知道吗，你爸爸没有告诉过？孩子说，我爸爸告诉我，我妈妈是插青，她死了，保平心里突地一跳，孩子问道，你知道什么是插青吗，保平说，我就是插青，孩子笑了，说，你骗我，我爸爸说，插青都在很远很远的地方，保平心里又震动了一下，保平看着孩子清晰明亮的眼睛，保平说，你能不能带我到你妈妈坟上去看看，你再去一趟，好不好？孩子说，好，我带你去，孩子往前走，保平跟在后面，他们一起走到了坟地。

天色渐渐暗下来，孩子指着一块石碑告诉保平，那就是我妈妈，保平借着微弱的光亮，看到石碑上刻着一行字，这是一个陌生的名字，保平不记得在这一带的村子里有这么一个插青，保平想，也许是从别的地方来的插青，也许是我们回城以后才来的，保平看着孩子，保平自言自语地说，你妈妈，就睡在这地底下，孩子却摇了摇头，说，其实，我知道，我妈妈不在这地底下，这下面是空的，保平吓了一跳，保平说，你说什么，孩子说，我妈妈不在这底下，这底下是空的。

保平重复了一遍孩子的话，空的？

孩子坚信不移地点头，空的。

保平醒来时，发现自己睡在烈士陵园的玻璃暖房里，外面仍然下着小雨，春寒逼人，暖房遮风挡雨，暖气沁人，保平怎么也想不起来，自己是怎么睡到这地方来的。

保平走出来，迎面碰上一队扫墓的小学生。

平凡的爱情

一

在县城里有一些头面人物这是正常的，比如有权的，像县委领导的子女吧，总是蛮神气；或者是有钱的，地方首富、二富、三富之类，也是很光彩的。现在不像从前，谁穷谁光荣，现在是谁有钱谁是老大的时代。再或者，爹妈给的相貌，长得好的，男的潇洒，女的美妙，成为县城里异性的追逐对象，大家都能叫得出他们的名字，并且能够把许多风流韵事和他们的名字联系在一起，也是蛮有滋味的，再有，凭拳头蛮横不讲理一碰就动武成为地方一霸的，这样的人现在你也惹不起他，也算他是个头面人物了，这种人三教九流，县委书记、公安局长、小流氓他个个认得，当然也就是在小县城里，这些头面人物还算个人物，若是拿到外面大地方去真是算不得什么，山外有山天外有天，这道理大家都知道，何况现在外面的人常说到了北京方知官有多小，到了东北方知酒量有多孬，到了深圳方知钱有多少，到了海南方知身体有多不好，这样的民谣全国各地到处有人唱，挂在嘴上一串一串的。

贾经理在县城里大家承认她是一个人物，是县城里最早下海并且最早富起来的人物之一，在一般老百姓的心里，想女人下海多半是要靠一靠自己的色相罢了，老百姓现在对这样的事情也都习惯了，认为这也是正常的，男人凭自己的本事做事情，女人也凭自己的本事做事情，那么女人的色相，又是上天送给你的好东西，你不用白不用，不靠白不靠。

但是贾经理却不是这样，贾经理名叫贾玉珍，今年五十八岁，下海那年也已经四十好几，贾经理又不是那种徐娘半老风韵犹存的女人，她在年轻时就长得一般化，上了年纪更是人老珠黄，看起来实在没有什么能够从性别上去吸引异性的优势，但是贾经理照样把生意做得火红，做得叫那些精明过人的男人们看了都不明白贾经理是怎么做的。

那么贾经理到底是怎么做的呢？这倒也没有谁去问过贾经理，贾经理自己也未必有写一本《女人经商指南》之类的书的念头，好像大家更多的关注是在已经富起来的贾经理以及她的一家，而不在于她是怎么富起来的。

贾经理下海之前在县供销社工作，最早是在供销社的门市部上做营业员，后来进步到科室里做会计，再后来做了供销社的副领导。在贾经理做供销社副主任的时候，供销社的正主任年纪也已经不小了,和贾经理相处得也不错,大家以为贾副主任做正主任的事情是迟早的,迟也迟不到哪里,最多迟到现在的正主任退休,可是就在这时候,贾经理下海了,她还没到退休年龄,却退了职,自己一个人成立了一个叫作兴吴纺织品公司的单位,自任经理,那时候还不能叫总经理,因为她的公司还没有具备称总公司的条件。

贾经理的公司主要是做纺织品的贸易,也就是打听到谁家有什么纺织品,价格是她可以接受的,就买下,再打听到谁家需要这一种纺织品,而买进的价格呢,也是她盘算中的,就这样,一进一出,她就来钱了,也或者贾经理先知道了谁谁谁家需要什么什么纺织品再去进货,也就是先联系下家再联系上家,这种方法对贾经理也很合适,所以贾经理做生意看起来简直简单极了,易如反掌。可是,你去试试呢,叫你焦头烂额,人家愿意卖给你,你却嫌他太贵,人家愿意买你的,你又嫌人家出价太低,一进一出,你出了大力费了大神,还牺牲了好多人情关系,最后却不来钱,帮了你的忙的朋友却都以为你这一票赚大了,也不向他们表示表示,觉得你太不够哥们儿,太不讲义气,他们要的并不是钱,只是朋友与朋友间的交情而已。他们开始在背后议论你,认为你怎么的不地道,这时候你哭笑不得,你向朋友解释说我这一笔生意差点赔了,真是没来什么钱,他们却不大相信你了,你钱也没有来,却失去了朋友的信任,真是有点得不偿失的意思。

许多人下海下得上不上下不下的,苦不堪言,但是贾经理却如鱼得水,不出几年,贾经理就是县城里屈指可数的富婆了。贾经理并没有躺在自己的成绩上停滞不前,她一如既往,继续努力做生意,这使她的生意越来越兴旺。这期间,贾经理的大儿子阿康高中毕业了，分配到县城里一个一般性的单位，效益也不好，他争取念了两年电大，想有个转机，调个效益好一点的单位，可是转机一直没有来，而贾经理的生意却做大起来，急需要可靠的人来做帮手，贾经理对阿康说，阿康呀，不要抱住那个吃不饱的铁饭碗了，跟妈一起做吧，做得好，以后，妈老了，事业就是你的。

阿康很听母亲的话，这和母亲的能干也是有关系的，再说阿康也是个有志的青年，在年轻时总是有很多美好远大的理想，他看到了兴吴纺织品公司的未来，所以阿康就毅然决然地向母亲学习，辞了公职，做了兴吴公司的副经理。

阿康的性格和贾经理不大相同，是属于内向型的，但是他有他的长处，遇事沉着冷静，眼光也比较远大，这样阿康和贾经理母子配合得恰到好处，取长补短，相得益彰。

贾经理的家庭也是一个很好的家庭。从前在贾经理没有下海的时候，就一直被居委会或者别的什么部门评为五好家庭的，贾经理下海以后，有人以为一个人家突然改变了生活轨道，有了钱，说不定家庭就会发生什么变化。这种担心也不是凭空的，也是看了许多人家的变化才有的。但是十多年过去了贾经理的家庭仍然如故，和和睦睦。贾经理虽然自己很繁忙，但是家里的事情有时间做的还是她做，她还有一个高龄的老婆婆，和他们住在一起，逢人就说贾经理是个好媳妇。贾经理的丈夫是个老实人，也是个没有什么是非的人物。再就是贾经理的两个儿子阿康和阿兵，阿康稳重，阿兵活泼些，但是在工作的选择上两个人正好选择与自己的性格不太吻合的工作，阿康做生意，而阿兵从职大毕业后，就进了机关，贾经理在两个儿子结婚之前，一再教育儿子找媳妇要找贤惠的，要找孝顺的，这是贾经理择媳的重要条件,这可以看出贾经理虽然做生意做得很开放,但是在某些问题上还是蛮传统蛮保守的呢。

阿康的对象是阿康高中的同学,叫吴秀云,在县城里虽然不敢说是最美的一个,但确实是个漂亮姑娘。也是同学啦,或者是县城里青年常常拿来挂在嘴上说说的人物。阿康刚开始对秀云有意思的时候,并不敢告诉谁,后来发现秀云也和他有相同的意思,阿康就激动起来了。但那时候还都在学校里,也不敢告诉谁,只是两人心里偷偷地喜欢着,反正在一个班级,每天都能见面,倒也考验不出什么特别的感觉。等到高中毕了业,都参加了工作,不在一处了,那种思念,那种挂记,便考验出真正的爱来了。他们开始约会,一约了会,家里就会发现情况,下了班怎么不直接回家呢,晚上出去到哪里去呢,阿康就把事情告诉了母亲,贾经理呢,按照她的传统的想法,并不希望儿子娶很漂亮的媳妇,老思想总是有点问题,觉得女人太漂亮总不是件好事情,就算她自己很争气,永远也不做红杏出墙的事情,但是古来常说红颜薄命,这多不好,所以认为女人的长相只要说得过去就行,不要太出众才好,但是贾经理也没有马上说出自己的反对意见,她对阿康说,阿康,既然你们双方都有这样的意思,几时领回家来看看。

阿康就把秀云带回家来,贾经理和秀云谈了谈,还是满意的,特别是秀云不仅自己正在考电大,也鼓励阿康再念点书,这一点贾经理很喜欢,很看得中,秀云走后,阿康也看出母亲对秀云是满意的,阿康一高兴,就和母亲开玩笑,说,妈你不是认为女人不能太漂亮嘛,贾经理说,漂亮和漂亮是不相同的,同样是一个漂亮姑娘,她们之间的差别可能会很大的,秀云是漂亮的,可是她漂亮里没有妖气，没有怪气，只有正气，这是很难得的。

　　再问父亲的意见，那是没得说，老公公见儿媳妇，不好也是好的，老太太也在一边赞扬，说这个姑娘长相好，下巴圆圆的，说明她的一生会很圆满。

　　这样贾经理一家人基本上是将秀云认可了，从这以后的一段日子，阿康和秀云一同上电大，相亲相爱，两个家庭也互相来往。秀云的家庭和贾经理家也是门当户对的，秀云父母都是县城里机关干部，从钱财上讲当然是比不过贾经理家，但是多少有点地位，也算扯平了。

　　阿康和秀云电大毕业以后，秀云仍然在原单位工作，阿康呢，辞职下海了。关于阿康下海的问题，也曾经和秀云商量过，秀云说，妈叫你下海，你就听妈的，妈的话是对的。秀云对贾经理的印象很好，贾经理对秀云也很亲热，贾经理说，我只有两个儿子，没有女儿，你就像我的女儿一样。秀云很感激这个未来的婆婆，心想以后不管碰到什么样的事情，我都要对婆婆好。

　　阿康下海一年，一切都上路了，他们开始筹备婚事，却出了一件事情。

　　这时候贾经理的公司比从前已经扩大了许多，生意往来频繁，已经不可能只由贾经理和阿康母子两人做了，贾经理就开始雇人，雇人当然要雇优秀的人，经过贾经理挑选的人大都是很优秀的，即使开始的时候他们还不很优秀，但是一到贾经理的公司，跟着贾经理做事，耳濡目染，很快就被贾经理带出来，成为优秀的经商人才。在雇用的人中间，有个女孩子，大学生，学财经的，被雇来管理财务，人很聪明，事业心也强，不多几天，就将公司的财务搞得很熟，应付自如。贾经理很欣赏她的才干,就是这个大学生,来到公司不久,就暗暗恋上了阿康,在阿康和秀云准备办婚事的时候,大学生找到秀云那里,告诉秀云,她要和阿康结婚,她说只有她和阿康才是最相配的一对,秀云当时就傻了,掉下眼泪来,不知说什么,后来她连大学生说的话也听不见了,耳朵好像聋了,只是呆呆地看着大学生的嘴一张一张的。

晚上阿康照例来到秀云家,秀云的母亲说,秀云自下班以后就一直关在自己屋里,不肯出来,也听不到她在里边做什么,也没有哭声。阿康不知出了什么事,他很心疼秀云,在外面敲门,秀云只不开,阿康后来急了,说,秀云,我到底做错了什么事,你这么对待我?秀云仍然不吭声。

阿康拿她没有办法,回家告诉贾经理,贾经理也来到秀云家,她轻轻地敲了敲秀云的房门,轻轻地说,秀云,有什么事情,不能跟妈妈说吗?

秀云开了门让贾经理进去,她不肯告诉自己的母亲,却把事情告诉了贾经理。

贾经理将阿康叫回家,问了阿康,阿康说,冤枉呀,我根本不知道有这回事情,贾经理说,那么大学生有没有向你表示过什么?阿康想了半天,他也没有想出有些什么超出工作的事情发生,他摇头,痛苦起来,贾经理说,既然是大学生单方面的事情,你就去和她说清楚,既然你和大学生没有什么事,那么你和秀云的婚事这个月就办了吧,阿康说好,我这就去找大学生说话。

阿康去找大学生,问她说,你怎么想得出来,你怎么能够去找秀云说那样的话,大学生说,我爱你,阿康说,可是我不爱你呀,我也根本不了解你，大学生说，你要是不和我结婚，我就死给你看，阿康听了她这话愣了一愣，说，我不能和你结婚，我只爱秀云一个人，我心里只有她，从前如此，现在如此，将来也永远如此，我决不会再爱上秀云以外的第二个女人，我不能和你结婚，大学生却笑起来，说，你真是个值得信赖的好男人，秀云找到你这样的男人，是她的福气，但是你不是我喜欢的那种男人，你没有男子气，这件事情，到此结束吧，就当我从来没有说过什么，也没有想过什么。

他们的这番对话，都被秀云听到了，秀云是贾经理叫来的，他们一起在隔壁房间听着，听到后来，秀云哭了，她想，阿康对我这么好，这么爱我，我一辈子也不会做对不起他的事情。

大学生虽然可以说过就算，但是贾经理觉得这样的人物放在自己公司，放在阿康身边，到底不是好事情，她想办法给大学生介绍了一个更好的工作，大学生走的时候，高高兴兴的。

阿康和秀云结婚了，经过大学生的这个事情，他们的心贴得更紧，双方都觉得对方是唯一，是永远，这世界上如果只有两个人是最相配的，那就是他们两个。

婚后不久，秀云就有了身孕，秀云的妊娠反应比较严重，贾经理和阿康都叫秀云不要再上班，请假在家里休息，秀云开始有些不好意思，想休息几天等反应轻一点就去上班的，哪知在家歇了一段时间，也就习惯了家里的闲适日子，早上也不必早早地爬起来赶去上班，白天也不必挤在同事之间的复杂的人际关系中闹来闹去，所以等反应轻些后，贾经理和阿康也没有再要她去上班的意思，觉得保住胎儿最重要，秀云就一直歇下来了，到了一定的时候，单位来说再不上班就要停发工资，钱的问题对秀云来说也不成为问题，仍然歇着，再过一段单位又说，再不上班不光工资不能再发，名也要除掉了，又说倒不是存心和贾经理过不去，主要是单位其他人反映大，说她吴秀云怀孕能歇这么久，我们怀孕为什么不能歇，如果每一个女同志怀孕都像秀云那样休息，单位还像什么单位，贾经理也是通情达理的，说，既然这样，就叫秀云自动退了职吧，把孩子平安安生下来，再带大些，现在的生活条件都好了，也不必太苦了自己，到时候，愿意在自己公司里做做事情也行，再想办法物色单位也行。

秀云就一直待家里，到孩子出生，又带孩子，家里也请了保姆，所以秀云的负担也不重，这期间阿康对秀云一如既往，恩爱有加，有时候秀云也难免担心，阿康在外面做生意越做越好，难免会有像那个大学生那样或者其他各种各样的女孩子主动进攻，秀云自己老是待在家里，阿康会不会厌烦她？这样的话秀云一般不好意思说出来，但是有时候阿康回来晚了，秀云忍不住也会问问阿康，阿康就笑，疼爱地拍拍她的脸颊，说，我早就说过，我心里只有一个人，从前如此，现在如此，将来永远如此，秀云心里万分感动，总是不敢相信自己能有这么好的运气，想到老太太第一次见面时说她下巴圆满，一生圆满的话。

小孩渐渐地大起来，不怎么烦人了，秀云也没再去物色什么新单位，就在自己家的公司里做事情，其实秀云做生意也蛮行的，她聪明，又肯钻研，吃得来苦，很快就熟悉了业务，成了贾经理和阿康的得力助手。

县城里的人都羡慕阿康这一对小夫妻，阿康和秀云简直要成为后来的年轻人的楷模了。

但是事情并不是永远一帆风顺的，做生意的风险总是很大。有一年贾经理出发到广东去谈一桩比较大的生意，时间稍长些，贾经理出门期间，就由阿康代理经理的职位，一切进出由阿康做主，那几天阿康得到可靠的行情分析情报，涤纶丝在近期大幅度上涨，如果能在上涨之前，大量购进涤纶丝，不出多久，一转手就是钱。

阿康虽然生性比较谨慎，但面对大好的生意机会也是不会放过的，他和秀云再三商量，秀云也同意他的意见，于是他们在短短的时间里购进了大批涤纶丝，暂时压在仓库里，等着上涨，却不料一等没有动静，二等没有动静，再等，就感觉到事情不大对了，等他们最后确认行情时，涤纶丝已经大幅度下跌，一直跌到公司无法承受的水平，还没有刹住下滑的车。

再有实力的公司也不堪这么大的打击，此时贾经理还在广东没有知道具体情况，阿康走投无路，情绪低沉，夜里在床上辗转反侧，唉声叹气，说，想不到我这么浑，妈一出门我就出这大的纰漏。秀云说，这不能怪你，我也认为我们应该进这批货，我想，即使妈在，想法也会和我们一样的。阿康痛苦地揪自己的头发，说，妈常常说，做生意总是有亏有赚，可是我这一亏，亏得再也没有可能让我去赚了呀，妈十年的努力，在我手里一夜就泡汤了。阿康越想越难过，在半夜里就跑了出去，秀云在后面追，一会儿就追不上他了，眼看着阿康消失在黑暗中。

秀云也不知道阿康会怎么样，她自己也慌了，乱了阵脚。正如阿康说的，做生意总是有亏有赚，但是这次亏得太惨了，还不仅是惨，简直就是全军覆没了，秀云在黑夜里看不到阿康的身影，心慌意乱，但是她没有往回走，她仍然一直往阿康消失的方向追着。

不知走了多少路，从县城走出来，一直走到城郊，终于秀云在一条河边看到有一个烟头在黑暗中一闪一闪，秀云胆战心惊地叫了一声阿康，没有回答，秀云鼓足勇气走过去，果然是阿康。

阿康盯着脚下隐隐约约闪着夜光的河水，向秀云说，秀云，你不用来找我。秀云过来紧紧抱住阿康，边哭着边说，阿康，阿康，我们还没有走到绝路。阿康说，怎么没有走到绝路，到绝路了。秀云说，阿康，你想，涤纶丝跌价的风是从南边刮过来的，刚刚刮到我们这一带，也许，往北边一点，还没有到跌价的时候，如果我们现在立即赶往东北去，也许能够将涤纶丝出手。阿康说，你说得方便轻巧，现在出发到东北去，找谁，到大街上卖涤纶丝？秀云说，我原先的单位里，有个人，叫建国，你也认得，他不是下海了吗？一跑就跑到东北做生意去了，那次回来，好像给了我个名片的。阿康的眼睛渐渐亮起来，他们一起赶回家，家里老老小小都已经安睡，秀云果然找到了建国的地址，简单地拿了几件换洗衣服就出门了，他们给家里留了个字条，说出门做生意去了，让家里人放心，好好带着孩子。

阿康和秀云租了一辆车连夜赶到市里，上了一列路过的长途火车，火车上满员，阿康和秀云找不到座位，只能一直站着，到快天亮的时候，秀云实在支持不住了，靠着阿康的肩膀睡了，阿康心里很难过，喃喃地说，秀云，我对不起你，秀云却没有睡死，睁开眼睛说，阿康，只要和你在一起，什么样的苦我都不觉得苦。阿康很感动。

他们及时赶到东北，将涤纶丝的事情解决了。

事后，阿康向秀云说，秀云，那天晚上，我在河边，胡思乱想呀，忽然就听到哪里有孩子的哭声，我一下子想到你和儿子，我才有勇气活下来。秀云和阿康自是抱头痛哭，庆幸没有出事，庆幸渡过了难关。阿康说，秀云，我永远永远爱你。秀云也说，阿康，我也永远永远爱你。

从这件事以后，阿康和秀云的情意更深，秀云每天在公司上班，常常看到有各种各样的女人向阿康表示各种各样的意思，也有长得特别漂亮的，又年轻，又有才能，秀云注意观察阿康的言行，秀云是比较放心的，凭女性的直觉，秀云觉得阿康对别的女人没有兴趣，没有心思。时间长了，周围的人也都能感觉到，他们对秀云说，秀云啊，你真是好福气，阿康心里果然只有一个你，现在像阿康这样的男人真是打着灯笼也找不到了呀。阿康若是听到这样的话，阿康就笑一笑，说，是的，我对别的女人永远也不会有兴趣，我永远也不会背叛与我患难与共的妻子，有秀云，才有我的今天。

贾经理家真是人心齐泰山移，事业越来越兴旺，他们家造起了县城里最漂亮的小别墅，买了车，再过些日子，贾经理对阿康说，阿康呀，你也跟着我做了好些年了，你有没有想法自己独立做点事情呢？阿康说，好的。于是就给阿康另外注册了一个公司，阿康和秀云从母亲的公司分出来，独立做事情了。

阿康和秀云不愧是贾经理带出来的，他们独立做公司，也一样做得兴旺，好像这一家人和财神爷是有亲属关系的，财神爷总是很关照他们。

就在贾经理一家财源茂盛合家欢乐的日子里，迎来了阿康的儿子十周岁的生日。

二

儿子是他们家的长子长孙，家里人人宝贝，十周岁的生日当然是要好好庆贺一番。儿子上三年级，聪明听话，成绩也好，老师喜欢，同学间也相处不错，一般说来聪明的孩子都不大肯听话，但是阿康的儿子不这样，他既聪明又听话，又有人说有钱人家的小孩子不懂事，任性的多，可是阿康的儿子很懂事，一点也不任性，有自制力，上了三年学，做了三年三好学生，人们都很奇怪怎么天下的好事情都让贾经理一家占去了呢。

十周岁的生日晚宴一共二十桌，放在县城最豪华的酒家，包了整个二楼的一个层面，气势宏大，县城里有头有脸的人物都一一请到了。被请的人，无论他的官有多大，无论他的钱有多多，无论他的事情有多忙，都准时来到豪华酒家，说，贾经理请我们，我们当然来。

二十桌坐得满满的，这也多少证明了贾经理在县城的人缘和关系，显示出贾经理生意兴旺的一个基本条件，每个桌上都放置着十个牌子，每个牌子上都写着来宾的姓名，这样客人一到，只要找到自己的名字就对号坐下，没有引起一丝丝的混乱，这种大场面搞活动常常会带来的混乱和种种麻烦，在贾经理家的宴会上没有发生。

客人到齐后，贾经理开始致祝酒词，贾经理的话说得很到位，所有的来客听了心里都很熨帖，贾经理真心诚意地向大家说，我们的生意能够有今天的成功，离不开在座的各位领导各位朋友的支持，在此，我借孙儿十周岁生日的机会，向大家表示诚挚的感谢。

贾经理说的是真心话,给孙子做生日晚会是个好机会,借这个机会把县城里方方面面的人物请到,联络感情,增加交流,为的是什么呢,当然是为了今后更好地做生意。

贾经理致过辞,高举起酒杯,一口干了杯中的酒。贾经理工作能力强,酒量也不小,人又豪爽,在她干杯的一刹那,许多人都为她鼓起掌来,更多的人也像贾经理那样,脖子一扬,头一昂,将自己的杯中酒一口干了,宴会的热烈的气氛开始走向高潮。

阿康和秀云的任务是挨桌子——向来宾敬酒,他们是小寿星的父母,小寿星自己不会喝酒,也不能向人敬酒,当然是由父母代敬。阿康的酒量好像是遗传了母亲因子,也能喝,秀云则一点不行,做生意来来往往请客吃饭是家常便饭,也总有人要灌秀云的酒,有的男人也不是出于坏意,但他看见女人喝酒就高兴,自己的酒量就会增大一倍甚至几倍,就像有的男人喜欢敬女士烟一样,看见女士吸着他为她点上的烟,比自己吸烟还惬意舒服,有的时候,女人在酒席上喝两杯酒,吸一根烟,其效果,比你千山万水千辛万苦说不定更好些呢,有的老板甚至会半开玩笑地和你说,你喝呀,喝下这杯,我就和你签下这张合同等等,所以秀云常常难逃这一关。开始的时候,为了做生意,为了推却不了的情面,她也喝一二杯酒,阿康怕她不行,想叫她别喝,可是秀云说,酒虽然是辣的,喝下去烧嗓子烧胃,但是总比做生意过程中的许多困难要容易对付得多吧,喝辣酒也不过是个勇气问题罢了,有勇气的,一咬牙,一吞,再高度数的酒也就下去了。基于如此的想法,秀云曾经硬逼着自己喝下酒去,也没难受到难以忍受的地步,但是很快秀云就知道自己即使有足够的勇气她也不能喝酒,因为她有严重的过敏症,喝一次酒,哪怕只喝一点点，一杯两杯，都不行，回家以后浑身就起出一个个奇痒无比的小红疙瘩，吃扑尔敏，吃息斯敏，吃什么抗过敏的药也不管用，少则折腾半个月，时间长的有时一个月也不肯退的。开始几次，秀云也没有想到酒精过敏，折腾得受不了了，到医院去看，医生问有没有什么过敏，都说没有，问有没有酒精过敏，秀云也没有在意，只说没有，如此三番五次地发作，待医生再问时，秀云才想起喝酒的缘故。医生说，行了，病源找到了，就是酒精过敏，像你这样的过敏体质，绝对不能再喝酒，秀云说，我也没有喝多少，我又没有多少酒量的，也是在场面上没有办法时应付一下，只喝一点点。医生板脸说，一点点也不能喝，一口也不能喝，一滴也不能喝。从此秀云和酒彻底告别。有时候，她看阿康被敬酒人和闹酒人围追得无处躲藏苦不堪言，实在忍耐不住，刚要挺身而出时，便被阿康坚决阻挡，阿康说，想想吧，想想你夜里痒得睡不着觉白天不得安神的滋味，你还喝？秀云不喝了，让阿康独当一面，秀云常常为自己在这方面帮不了阿康而深感遗憾，内心不安，说，要是我能喝酒就好了，阿康笑着说，你能喝也不让你喝，生意场上，男人不来事，才叫女人帮忙，你是不是以为我不行了，秀云也笑了。

在儿子十周岁的酒宴上，阿康和秀云一桌子一桌子地向来宾敬酒，来宾当然有各种各样的人物，有的随和，你来敬他，他就喝了，干杯，你干不干杯，他对你没有过分的要求，也有的人呢，自己也是愿意干杯的，但是希望你敬酒的人自己先干了，再有的人呢，自己是不干杯的，最多装模作样地抿一口，却是缠着你敬酒的人，说，你既然敬酒，就要喝掉，表示敬意呀，你敬酒的不干杯，这是半心半意，我们被敬的人心里也不高兴的呀，或者说，你刚才敬谁谁谁你都干的，我看得清清楚楚，你现在来敬我你倒不肯干了，你是把我和他不一样对付啦，如此的话，在酒桌上可以说很多很多，酒量大的敬酒者，或者敬酒任务不重的敬酒者，或者脾气直爽的敬酒者，听了这话，多半再无二话，头一仰，就干了杯，但是敬酒者的情况也是各不相同，也有敬酒者明明是不能喝酒的，但是出于需要也来敬酒，这时候你叫他干杯，他就为难了，也有的敬酒者虽然自己有些酒量，能抵挡一阵，但是因为敬酒任务过重，敬酒对象太多，若和每一个被敬对象都干杯，那是万万做不到的，碰到这样的情况，或者呢，就自己赖皮，死活不喝，敬呢是要敬的，我自己呢是干不了杯的，被敬的你呢，最好是你喝下去，如果你不肯喝呢，我也没有办法，也或者，就请人代敬，比如有些结婚喜宴上，伴郎伴娘代新郎新娘敬酒就是这样，现在的阿康呢，几桌酒敬下来，有闹酒的，也有文静些体谅些不闹的，但是酒也没有少喝，转到国平他们这一桌，阿康已经有了几分醉意了。

　　国平也是县城里的一个知名人物，他是一家承包大厂的厂长，成功的青年企业家，那生意当然要比贾经理阿康他们的个体公司大得多，也气派得多，但是他是集体的厂长，他拥有的资产实力呢，就比较难说，理论上呢，肯定是公家的，作为厂长，他只是拿自己该拿的一份工资和一份奖金，但事实上呢，只要国平继续做一天厂长，支配权都是他的，所以对于国平这样的人物，他的钱啦，他的力量啦，就看你怎么想他。国平和阿康差不多年纪，但是性格和阿康不太一样，比较张扬，当然张扬也和他的比较大的事业有关系，如果国平只是一个小小的烟杂店的小老板，他的张扬就要小得多，也有人看不惯国平的张扬，觉得张扬的人事业做不长的，可是国平的厂偏偏越搞越兴旺，在别的厂都不景气的情况下，国平的厂年年进步。

在国平这一桌上除了国平其他人也都是县城里年轻一辈中的佼佼者，以国平为首，其实是五个人，因为每人都带了他们的妻子，这种家宴性质的宴请，总是请夫妻两人，如果这种场合，谁不带妻子出场，县城里人会议论的，当然年轻的企业家和老板们也不见得怕别人议论，但是也不愿意无端地被别人当作下饭小菜嚼来嚼去，所以都将妻子带了来，妻子们的穿着打扮什么，也都是经过精心考虑的，如果丈夫愿意替她们做参谋，当然是最好，但是企业家和老板一般没有时间也没有心思告诉妻子她们最好怎么打扮自己，妻子们也都习以为常，她们自己有水平也有能力把自己打扮得很得体，跟着有头有脸的丈夫来到了阿康的宴席上。

阿康和秀云来到这一桌时，国平也已经喝了不少，似醉非醉的样子，看起来是要把阿康秀云他们揪住一回的。

阿康过来，说，我这一杯，敬这一桌的哥们和嫂们。

国平说，你在那边桌上，可是一个一个挨着敬的呀，我——都看在眼里的啊。

阿康舌头也有点大了，说，不来事了，不来事了，我已经不来事了。

秀云也说，就让他少喝一点吧，他已经喝多了，这么多桌，一桌一桌敬下来。

国平说，也行，本来呢，我的意思，阿康你到我们这一桌已经迟了，态度已经不好，应该罚酒的，至少一人三杯，既然秀云求情，看秀云面子，你一人敬我们一杯，够意思了吧。

阿康说，不来事了，不来事了，再这十杯下去，我肯定灌倒了。

秀云呢就眼巴巴地盯着国平看，这一桌，主要是国平说了算，国平呢，笑了一笑，又退让了，说，那就减半，女士你别敬了，我们五个男的，你一人一杯。

另一个人插嘴说，也就是说，我们五对夫妻，一对夫妻你敬一杯。

国平说，也对，这你总可以接受了吧。

阿康暗暗估量了一下自己的酒量和已经达到的酒意，觉得五杯也不行了，僵持着。

国平的脸就有些不太好看，说，你实在不肯喝，秀云喝。

阿康说，秀云不能喝，她过敏，你们都晓得的。

国平说，既然你晓得秀云不能喝，你就喝，要不然，我们就要怀疑你请我们来做什么的，是戏弄我们呀。

到这样的时候，阿康就不能不喝了，以阿康这样的性袼，是最怕对不起别人，最怕弄得别人不高兴的，所以就算杯里有毒药，阿康也是要喝的了，阿康说，好，我喝，五杯，你们替我倒满五杯，我喝。

国平高兴起来，把五只杯子排好，一一加满酒，阿康喝一杯，大家叫一声好，声音极响亮，引得别桌的人都往这边看，说，是国平在那边闹。

阿康再喝一杯，大家又是一声叫好，阿康两眼通红，脸色呢，已经红过一阵，现在开始转青，秀云心疼坏了，抢过第三杯酒要喝，阿康去夺，酒泼了出来，洒了一半，国平说，不行，不行，半杯子酒，重新加满，重新加满，立即再往杯子里加酒，嘴里还催着，喝呀喝呀，你们夫妻到底谁喝呀。

其他一桌子的人，包括邻近几个桌的人都笑着看热闹，一时没有谁说话，阿康和秀云仍然执着那只第二次加满的酒杯，相持不下，这时候，有人说话了，是国平的妻子艾珠。

在精心打扮的五位妻子中间，艾珠最不显眼，她人有些瘦弱，穿着打扮也比较普通，不怎么说话，和国平的性格有些反差，她说话的声音也不响亮，但是因为这是她坐到阿康家的宴席上第一次开口，所以大家都静下来，听她说话，她说，别再逼阿康了吧，阿康不能喝了，秀云也不能喝，一边说，一边轻轻地将那只酒杯从阿康和秀云的手里取了出来，放到桌上。

艾珠稍稍有点让国平下不了台，国平很不高兴，说，我们难得在一起热闹的，你算什么呢，算你好心肠，你善良，我们都是狠心人，坏人，看人家好戏的人？

艾珠说，闹酒也不是什么坏事情，但是也要看实际情况，你看阿康，脸都发青了。

国平说，阿康脸发青，轮得到你心疼？小心秀云扇你。

大家哄堂大笑。

阿康有些尴尬，秀云却感激地看着艾珠，国平在厂里甚至在县里，许多事情都是他说了算，没有人打回票的，今天只是几杯酒的事情，自己的意见，被一改再改已经有点意气，又冒出个自己老婆替人家说话，一股意气涌上心来，也不管谁是谁了，向艾珠说，还有这三杯酒，今天是一定要喝下去的，你心疼阿康，你替他喝也行。

大家又笑了，哪有叫自己妻子代人家男人酒的，都以为艾珠不会理睬国平，谁知艾珠一声不吭，就抓起一个酒杯一口喝了下去，国平"哎"了一声，还没有来得及说话，第二杯又下去了，轮到大家惊讶了，艾珠在取第三杯酒时，被阿康死死抓住，两个人的手死死地搅在一起，阿康在慌乱之中，感觉到艾珠的手冰凉冰凉的，阿康心里忽然像被什么东西牵动了一下，不能这样，阿康说，不能这样。

再下去也不知事情会发展成怎么样，国平突然笑了起来，说，算了算了，这杯酒我代阿康喝了，阿康一听这话，真是有些急了，用力一夺，一甩手的时候，把瘦小的艾珠拉了个趔趄，阿康着急，又要去扶住艾珠，又要夺了酒杯来自己喝下这最后的一杯酒，弄得手忙脚乱，很狼狈，不如国平沉得住气，国平抓到了最后的这一杯酒，喝了下去，大家有些尴尬，国平却笑着指指餐厅门口。

这时候宴会已经进入尾声，其他桌上有些年纪大的，不胜酒力的都开始起身告辞，贾经理和阿兵到餐厅门口送客，国平说，怎么，阿康，今天的好日子也不安排一次舞会？

阿康还没有完全从斗酒的气氛中脱出来，有些发愣，秀云连忙说，你们想跳舞？当然安排，当然安排。说着就跑到贾经理跟前和贾经理说了，贾经理听了，便向这边桌上笑，贾经理是高兴的，出钱请人吃饭的，一般都希望能够热闹起来，酒是越多越好，喝过酒跳舞更好，说明大家把他们的宴会放在心上，当回事情，只怕你辛辛苦苦出钱出力请了人吃，人家吃得冷冷清清，一声不吭地开路走人，这是最叫人伤心失落的了。所以贾经理知道有人意犹未尽，很高兴，大声说，有舞会，愿意跳舞的到四楼，四楼的舞厅今天我们包了。

一些想走的人都退了回来，坐下来，等着，贾经理和阿兵赶紧上四楼联系，其实四楼的舞厅贾经理事先并没有包场，这时候已经对外开放，贾经理并未预料有人喝过酒想跳舞，现在突然来联系包场，舞厅当然是愿意有人来包场的，而且来的是贾经理，出手不会小，但是已经进舞厅的散客却也不好赶他们走，舞厅经理向贾经理一说，贾经理说，这好办，散客也算我们的客人就是，他们的门票钱，一会儿你退还他们，他们的饮料什么也算在我们头上，舞厅经理自然高兴，去和进来的几个散客打招呼，散客能够不出钱享受一场，也是愿意的。

阿兵赶紧下楼招呼大家进舞厅，坐下，上饮料，上高档的小吃做零嘴，舞曲响起来，脚痒的就抢着下舞池了。

因为孩子要睡，秀云要带孩子回去，阿康说，我也不想去跳舞，可是秀云说，你不能不去，你要去的，阿康，你就辛苦一点吧，贾经理也认为阿康夫妻两人至少得有一个人陪着客人，否则像国平那样个计较人，臭嘴，又要有话说，阿康便把秀云和孩子送上车，自己上了四楼。

阿康进舞厅的时候，大部分人都在跳舞，少数人坐着说话，虽然有舞曲声，但是给人的感觉蛮安静的，光线比较暗，阿康随意找个位子坐下，坐下后，才发现坐在艾珠旁边，艾珠见阿康坐下，说，阿康，你喝口水，今天够累的，阿康说，还好，停了停，又说，艾珠，不好意思，叫你代酒，艾珠笑了一下，在暗淡的光线中眼睛闪烁着。

下一曲的时候，阿康想请艾珠跳，可是心里很慌，他不怎么会跳舞，如果是和自己很熟悉的舞伴，勉强走几步还可以，一旦碰到不怎么熟悉的人，就会乱了阵脚，他向艾珠说，艾珠，我，我不太会跳的，但是不请你又不好意思。

艾珠说，我们跳过一次舞的。

阿康不好意思，说，我倒忘记了。

艾珠说，好像是在昌华公司开张那次。

阿康一只手握住艾珠的手，艾珠的手冰凉的，又细小，阿康心里又触动了一下，有什么东西在搅动，也说不清那是什么，另一只手去搂了艾珠的腰，就有一种很特殊的感觉，艾珠瘦，弱小，身体很轻，走舞步的时候，轻盈得像一片羽毛，一张树叶，阿康便是搂着一片羽毛一张树叶跳舞，根本用不着费一点点精力，你走到哪里，她就跟着你飘到哪里，阿康平时跳舞怕带不好舞伴怕踩着舞伴的脚的那种紧张心情自然而然就没有了，那是一片羽毛一张树叶，根本就没脚可让你踩的，也有的时候，舞伴的水平特别高，充满主导意识，男的带起来就有些别扭，你要东，她偏偏觉得往西更好，但是艾珠却不是这样，她的舞跳得非常好，但是没有什么主观意志，完全是以阿康为主，并且又对阿康的意思把握得十分准确，所以，始终认为自己没有跳舞才能的阿康，这时候竟然也有了翩翩起舞的享受。

停下来的时候，阿康说，艾珠，你很轻。

艾珠摸摸自己的脸，说，我瘦。

阿康关切地看看她，你身体怎么样？

艾珠说，还好，也没有什么病，就是吃了不长肉。

阿康笑了一个，说，这正好，现在别人都一心想减肥，你反正不愁。

艾珠说，我最好能够再胖一点，停一停，笑，又说，人就是这样，胖了想瘦，瘦了又想胖。

阿康看看舞场里，没有看到国平，向艾珠说，咦，国平呢？

艾珠说，大概打牌去了吧。

阿康说，不是他提出来要跳舞的么？

艾珠说，他哪里喜欢跳舞。

阿康说，你喜欢跳舞？

艾珠说，我也说不上喜欢。

阿康说，我本来真是不大会跳的，常常要踩人家的脚，今天你带得好。

艾珠说，哪有这事，总是男带女，哪有女带男的。

阿康说，那我和别人跳总是找不到感觉，和你跳，就觉得自己有点味道了。

艾珠说，那是我们配合得好。

一直跳到很晚，阿康基本上没有请别的人跳，一直和艾珠做伴，艾珠跳得有点累了，但是手仍然是冰凉的，阿康便忍不住想把那冰凉的细弱的手焐暖过来，将手握得紧，更紧，艾珠也有些轻微的让阿康能够感觉到的却又不是太明显的回应，冰凉的手在阿康温暖有力的大手掌中微微伸动着。

阿康还想说什么，一时却找不到下文，愣着，觉得心里的什么东西搅动得更厉害些了，有些发慌，竟然不敢正面去看艾珠的眼睛。

回到家，秀云还没有睡，炖了汤焐着，见阿康回来，便把汤取出来，让阿康喝，阿康喝不下去，秀云说，你太累了，喝点汤补一补，阿康说，我酒喝多了，实在喝不下汤了，秀云也没有再劝，就把汤端走，回过来向阿康看看，问阿康晚上的活动顺利不顺利，有没有人不高兴，阿康说，没有人不高兴，蛮好的，大家都很尽兴，秀云说，这就好，我等你一直不回来，我还以为国平心里不开心，找什么岔子呢，没有，阿康说，国平一会儿就走了，秀云松了一口气，没什么事就好，阿康洗了脚，上床，关了灯，过了一会儿，突然说，哎，艾珠好像比我们低一届，是不是？秀云愣了一愣，说，哪里，她比我们高一届，阿康不吭声了，又过了一会儿，没听到秀云的声音，以为秀云睡了，不料秀云却又说话了，艾珠的事情你不晓得？秀云问，阿康一怔，问什么事情？秀云说，我也不太清楚，我也是听人家说的，艾珠的生活作风好像不大好，和国平结婚前，谈过好几个对象，后来认得了国平，就把人家甩了，阿康说，这有什么，未结婚前，人人都可以有自己的选择。

　　第二天仍然和平常一样，阿康呢，骑摩托车先到公司上班，秀云呢，稍微晚一点，她先把孩子送到学校再到公司去，阿康在路上碰见了艾珠，停下来，说，艾珠，艾珠说，阿康，你早，阿康说，艾珠，你走这条路，到哪里去？艾珠笑起来，说，我上班呀，阿康说，你上班怎么走这条路，艾珠说，我上班天天走这条路，其实我常常看到你骑摩托车，我们常常交叉走过的，你不认得我，阿康有些不好意思，挠挠头皮，说，是吗，我平时走路是不怎么注意路上的人，艾珠笑着说，今天注意了，阿康脸有点红，想了想，说，你是先送小孩上学，再上班，才走到这条路的吧，艾珠说，是的，你们小孩一直是秀云送的，阿康说，是的，艾珠说，其实你可能不知道，我们小孩和你们小孩同班，阿康说，噢，也是十岁？艾珠说，他大两岁，十二了，阿康愣了一愣，说，读书读得晚？艾珠神情有些黯然，摇了摇头，说，不是，小孩子功课不好，阿康说，小男孩，总是皮的,大些会好的,艾珠的眼睛有点红了,说,到医院看过,医生说他的智力有些问题,阿康说,可以开发的,艾珠再又摇摇头,他们互道了再见,阿康心里有点难过。

很快就到了夏天,学校放暑假了,旅行社来做生意,组织参加旅游,阿康早就答应儿子,只要功课考得好,暑假里肯定让他出去玩,儿子便都报了名,但是旅行社要求至少有一位家长带着,阿康叫秀云去,秀云也答应了,可是到了临出发前,秀云来了例假,秀云来例假量特别大,反应也特别重,大夏天的,实在不方便出门,只好叫保姆带了去,保姆当然是求之不得,正在打点行装,乡下家里却来人叫她回去,说家里闹矛盾,要分家,叫她回去一起商量,又去不成,儿子伤心得哭起来,秀云向阿康说,阿康,你就带儿子去一趟吧,反正也只三四天时间,公司的事耽误不了,阿康平时一直忙于公司的生意,对儿子照顾关心很少,现在秀云这么说了,心里也有些过不去,就带了儿子参加旅行社的旅游活动去。

到了集合地点,才发现艾珠也来了,阿康一眼看到艾珠,心里突然一阵紧张,好像预感到要发生什么事情了。

他们的旅游点在海边,白天带着孩子在沙滩上玩,在浅海游游泳,晚上呢,孩子累了,睡得香,大人们组织各种活动,也有舞会,阿康握着艾珠的手跳舞,大夏天,艾珠的手仍然是冰凉的,阿康说,艾珠,夏天你的手也是凉的,艾珠说,我一直是这样,暖不起来的,这时候阿康心里就不可控制地想将艾珠的手握得紧些,更紧些,想把艾珠轻弱得像一片羽毛的身体全部搂进自己怀里,艾珠呢,也非常非常想把自己的头依靠到阿康宽宽的胸前,他们跳过舞,就在海边散步,走累了,坐在海滩上,夜色使他们再也不能抑制自己的欲望，先是阿康说，艾珠，夜里气温低，你的手凉不凉，艾珠说，我的手一直是凉的，阿康忍不住抓起艾珠的手来，先是捏着，他们同时感觉到对方的慌乱，突然，阿康急促地把艾珠的手送到自己脸颊边，紧紧贴着，接着，他们的脸和脸紧紧贴在一起，最后，他们的嘴唇也紧紧地粘在一起了。

三

阿康和艾珠的爱情闪电般地发生，但是他们算不上一见钟情的那一种，他们早就认得，早就知道有对方这么个人存在，但是他们从前好像根本就没有在意过对方的存在，他们呢，也没有那种在长期共同的工作中日积月累增进情感的情况，他们从接触到爱，简简单单，没有什么大的风浪，也没有什么惊心动魄，起于舞场生发于海边，按从前的眼光看也许算是比较浪漫的，但是现代的人对浪漫的含义有了新的要求，所以阿康和艾珠这种浪漫也真是算不上什么浪漫，平平凡凡。

问题是热恋中的人他们从来不认为自己的爱情是平凡的，没有人会这样想，阿康和艾珠觉得自己是世界上最最幸福的人，他们觉得今生今世是没有谁没有什么力量能够把他们分开，他们相见恨晚，他们恨不得为对方去死，所以开始他们还偷偷摸摸遮遮掩掩，后来也就有些光明正大任你说的意思了，也算是比较勇敢的。

县城地方小，有个什么事情，不消几天时间，整个县城便家喻户晓，阿康和艾珠好的事情，也一样，三五天便在城里沸沸扬扬，人人谈论，因为双方都是县城里的头面人物，大家议论起来，更加有滋味。

　　贾经理家的人呢，当然要比外人晚知道一点，先是阿兵听到朋友间的议论，决不相信，说，我哥不会的，我哥不是那种人，大家笑他，说，不是什么人？阿兵就说不出话来，大家说，你哥呀，会捉老鼠的猫不叫，就是你哥，阿兵说，不会的，我不相信，我哥要找情人，不会找个年轻漂亮的？据我晓得，追我哥的漂亮小姐多的是，我哥一个也看不上眼，我哥心里只有我嫂子，艾珠算什么，又不好看，又不年轻，又干瘦，一点也不性感，我哥不会这样没眼力的，大家继续嘲笑阿兵，他们说了阿康和艾珠的海边之行，说了他们从海边回来后形影不离的种种事情，最后说，阿兵你是不是非要哪天在床上捉到他们你才相信？阿兵的信心也动摇了，先偷偷去把侄子叫来一问，小孩嘴里吐真言，果然问出些问题，虽然不是很确切，但是以阿兵的考虑，这就是问题了，阿兵便去告诉母亲，贾经理呢，也已经有些风言风语在她耳边刮来刮去的，开始她还不清楚对方是谁，后来听说是艾珠，多少放心了些，以贾经理对大儿子的信任，她也和阿兵一样以为不会有事情，但心里总有些疑疑惑惑，正打算留心阿康的言行，阿兵把事情说了出来，贾经理听了，过了好一会儿才说，阿兵，不管怎么说，千万不要让秀云知道，阿兵说，我知道，我不会说的，贾经理说，再有，不管外人怎么说，你都坚持说阿康不会的，阿兵说，我是的，但是他们摆了许多事实，甚至有人亲眼看见的，他们背后已经议论得一塌糊涂了，我就有些坚持不住，我也不敢保证阿康到底怎么样了。

　　贾经理开始注意阿康的言行，贾经理的眼光是很厉害的，她是生意人，看人也是能看得很准的，所以只要她稍稍加以注意，很快就得出结论，阿康和艾珠真的好上了。

　　贾经理要做的第一件事情就是和阿康谈话，贾经理没有绕什么圈子直截了当把事实抛到阿康跟前，叫阿康不好抵赖，其实阿康一点也没有想抵赖，在贾经理找他之前，他正在考虑，怎样向秀云说明这件事情呢，听了阿康的傻话，一向沉得住气的贾经理不由也有点着急了，她说，阿康你怎么这么傻，人家有了这种事情，总是能赖就赖，能滑就滑，实在赖不掉了，再想办法，现在秀云都根本还不知道，你倒要向她去坦白，你是个什么头脑，我不明白你，阿康说，我不想把纯真的爱情弄得鬼鬼祟祟，像阴谋诡计，我要爱就正大光明地爱，贾经理知道阿康钻了牛角尖，贾经理自己也是过来人，对这种爱与不爱的事情看得也比较多，知道这时候阿康整个人是糊涂的，无理可讲的，两只眼睛等于是瞎的，即使眼前是个大陷阱，他睁着眼睛就会往里边跳的，但是贾经理并不是个无能的人，什么样的对手她自会有什么样的方法对付，阿康既然现在犯糊涂，可以不和他辩论真爱情和假爱情的是非曲折，贾经理对儿子是明白的，她知道阿康心地善良，便抓住这一点，向他说，阿康呀，就算你和艾珠是真心相爱的，但是你不能伤害秀云吧，这许多年来，秀云对你怎么样，你自己说，阿康说，我承认秀云对我好，我也确实说过没有秀云就没有我阿康的今天，但是那不能代表爱，我和秀云之间，没有过真正的爱情，现在我才找到了人的一生中只能产生一次的唯一的真正的爱！贾经理说，那你怎么面对秀云呢，你告诉她，你不爱她了，你爱另外一个女人？阿康说，我是打算这样说的，贾经理说，阿康，你从前不是个自私的人，你若是这样对秀云说，你是不是太自私了一点？阿康承认，阿康说，我最痛苦的地方就在这里呀，贾经理说，既然这样，我的意思，你得先瞒住秀云，再说。

在所有的人当中，秀云确实是最后一个知情者，但是秀云的知情并不是别人告诉她的，没有谁告诉她阿康和艾珠的事情，这和秀云工作性质也有关系，如果秀云在别的一个什么单位工作，难免会有要好的或者不要好的同事将这事情转弯抹角地说出来，而秀云的工作一直和阿康在一起，别人也没有什么机会可以去说这种事情，事情完全是秀云自己感觉出来，然后凭自己的力量去证实的。

阿康公司的客人，一般的秀云都知道，也有的不怎么重要的客人，秀云也不一定过问，她是分管财务的，有时候有重要客人，阿康叫她一起出来陪，她也出来，有时候一般的客人，就阿康自己陪，让秀云早点回家休息，管管孩子的功课，所以时间长了秀云也是习惯的，但是自从阿康从海边回来后，晚上常常不在家，总是跟秀云说有客人，开始几次秀云也没怎么在意，后来就慢慢地有些奇怪，说，怎么天天有客人，什么客人呢，怎么我不知道？我们在同一个公司做事，我们又是夫妻，你的客人不就是我的客人么？阿康说，秀云，你也不要追得太紧好吗，男人总也有点男人的活动，秀云说，阿康，不是我追你追得紧，这一阵你也晓得，我的身体不大好，浑身没有力气，阿康点点头，说，我晓得，走了出去，不一会儿又进来了，手里提着几盒太太口服液，交给秀云，说，秀云，我听说这个效果不错，你先吃着试试，好的话，再买，秀云说，你今天晚上在哪里陪客人，阿康说在哪里，到了晚上，秀云就到那地方，在门外看看，不看见阿康，但不知在不在里边包厢里，又不好意思问服务员，常来的几个地方，饭店经理服务员都认得，如果秀云查阿康的事情被他们说出去也不好听，秀云一直站在外面等着，等到饭店关了门，仍然不见阿康和什么客人从里面出来，知道阿康是说了谎。

秀云回家，阿康仍然没有回来，一直到半夜，回来了，闻不出什么酒味，秀云说，回来了，今天酒喝得多不多，阿康说，还好，今天几个客人酒量都不怎么样，所以也没有灌人，秀云说，现在那个店的菜做得怎么样？阿康说，不错，他们又从外地请来个一级厨师，菜做得更好了，秀云当时也没有戳穿他的谎言。

开始的时候，秀云也没有往别的地方怀疑，她始终是信得过阿康的，只是以为阿康和朋友们一起玩玩，唱唱歌，跳跳舞，也说不定有个不大不小的赌博，玩玩麻将之类，怕自己不高兴，才说谎的，后来呢，如此的谎言重复了好几次，秀云也证实了好几次，秀云就难免要朝别的方向去想了，但是秀云仍然没有说穿这谎言，秀云便回忆这许多日子以来的情形，秀云的感觉是准确的，她想到了阿兵和贾经理起先都不肯相信的艾珠。

秀云把一连串的事情连起来一想，想通了，她骑自行车，来到艾珠家附近，她并不知道艾珠家是哪一幢楼，但是知道哪个新村，秀云在新村里到处转着，她看到了阿康的摩托车。

秀云没有直接到艾珠家去当面揭穿他们，她回到自己的家，先给国平厂里打个电话，那边厂办的人说国平出差了，大约一个星期才能回来，问她是谁，有什么事情，秀云没有说，把电话挂断了，后来到贾经理屋里，把事情告诉了婆婆。

贾经理听秀云把事情的前前后后一说，又知道秀云证实了国平不在家，知道纸已经包不住火了，所以她干脆不包了，但是贾经理也有些慌乱了，她也不知道到这个时候，最明智的做法是什么。

贾经理说，秀云，你先不要急，我不会饶过他的。

秀云一直到这时候，才扑到婆婆怀里哭出来。

贾经理等秀云哭够了，再也流不出眼泪了，才说，秀云，你在家等着，我去把他叫回来。

贾经理其实也是很犹豫的，以她的身份，这样冲到艾珠家去，是不太合适的，但是为了儿子，为了家庭，贾经理也没有别的更好的办法了，贾经理突然出现在阿康和艾珠面前时，阿康呆住了，说，妈，你怎么来了？

贾经理说，秀云找到了你，告诉我的。

阿康脸色煞白，说不出话来。

贾经理看着艾珠，说，艾珠，你也不是个小姑娘了，怎么会做出这种不顾后果的事情。

阿康紧紧握住艾珠冰凉的手，感觉到艾珠在颤抖，阿康说，妈，你别多说了，我回去就向秀云摊开来说清楚，我爱艾珠，她也爱我，我们决不能分开！说着向艾珠看，艾珠眼含热泪，说不出话来，光是点头。

贾经理说，阿康，你先回去好不好，一切的问题，先回去再说。

阿康说，也好，说着便紧紧搂住艾珠，贾经理无法再看下去，先走一步，阿康搂着艾珠，艾珠也紧紧抱住阿康，好像生离死别，阿康反反复复喃喃地说，艾珠，我爱你，我爱你爱得心都碎了，艾珠也反反复复喃喃地说，阿康，我和你一样，我们永远不要分开。

阿康跟着贾经理回家，秀云正在替他熨烫洗干净的衣服，一绺头发披在秀云额前，阿康看了，心里很是感激秀云，但是他再也燃不起什么激情了，有了艾珠的对比，阿康想，从前和秀云的那些感情，真是算不了什么呀，贾经理说，秀云，别做事情了，三当六面地，坐下来一起谈谈，阿康说，秀云，我对不起你，秀云眼圈就红了，说，只要你知道错，就算了，阿康说，我错就错在和艾珠相见晚了，贾经理说，阿康，你现在是昏了头了，你到全县城问问，哪个会说艾珠比得上秀云的，秀云要相貌有相貌，要能力有能力，又孝顺，又体贴，哪一方面都比艾珠强十倍百倍，我不明白，艾珠到底有什么好，人家背后都笑你笑掉大牙了，阿康你的眼真瞎了，艾珠还比你大两岁吧，小孩也比你的儿子大了，你怎么就被这么个人弄昏了头呢，我看来看去，看不出艾珠有什么吸引男人的地方，阿康说，你们都这么看，这才证明我和艾珠的感情是真实的纯洁的，不掺任何杂质的，贾经理忍不住冷笑一声，说，也许从你来讲你觉得你是真情的，纯洁的，可是你能保证她吗，阿康，我告诉你，如果你不是阿康，如果你没有你的公司，你看看她怎么对待你，阿康说，不会的，艾珠爱我绝对不是为钱，她们家有钱，不比我们家少，他们家的条件绝对不比我们家差，国平比我更能干，她要什么都能有，她是爱我，真心爱我，就像我是真心爱她一样。

一直没有说话的秀云说，可是当初你也说你是真心爱我的，你也对我说过我是你一辈子中唯一的一次爱，你说你永远不会爱上别的女人，你说你一辈子心里只有我一个人，你忘记了？阿康愣了一下，说，我是说过那样的话，一直到遇见了艾珠，我才发现从前的那些感觉是我的错觉，我现在刚刚明白，我这辈子只有艾珠一个人，只有艾珠才是我要找的唯一的真正的爱人，秀云听了阿康的话心如刀割，秀云说，阿康，就算你对我的感情都是错误，但是你难道连儿子也不要了，对儿子的爱你总有的吧，对儿子的爱你不会错吧，难道艾珠真的能让你连亲生儿子都不要了？阿康痛苦地抱着头，说，秀云，你不要再逼我了，好不好，你们别以为我不痛苦，我的痛苦你们又有谁能体谅？

贾经理气愤起来，也激动起来，指着儿子说，阿康，你真的昏大了，你的痛苦，你竟然有脸说你的痛苦？你就算有痛苦也是你自找的，你活该，你的痛苦就是你太自私，自私到不要脸了，你不想想你给别人带来的痛苦，却要别人体谅你的不负责任的行为，阿康，你完全变掉了，你再也不是从前那个善良的，有责任心、有良心的阿康了。

阿康仍然抱着头，说，我知道，我自私，我为了自己的爱伤害别人，我是不应该，可是，你们说，叫我怎么办？贾经理说，怎么办，这还用说，断绝和艾珠的一切来往，阿康说，我办不到呀，我爱她，我没有办法，我不能没有她，你们说我该怎么办。

秀云再也忍受不了这种刺激，哭着跑了出去。

贾经理的脸都变了色，对阿康说，别以为你是我的儿子，我会站在你一边，告诉你，现在全家人，都看不起你，包括你的儿子，也看不起你，你奶奶听说了这事，气得发抖，阿康，我告诉你，在这件事上，我们全家，全部站在秀云一边，还有，你别以为你可以下决心离婚，我今天郑重地告诉你，你离不成婚，秀云决不和你离婚！说完扔下阿康转身离去。

阿康为艾珠燃烧起来的爱之烈焰，并没有因为贾经理的气愤，秀云的伤心，以及几乎所有人的反对而熄灭，在众手共同泼水浇火的情形之下，这火燃烧得更厉害起来，阿康干脆不再回家来住，到外面租了房间，艾珠那头呢，也早已经后院起火，国平的态度正好和秀云死不离婚相反，他毫不犹豫地将艾珠赶出家门，艾珠也是背水一战的态度了。

接着是阿康来求秀云，他说了许多好话，求秀云高抬贵手和他离婚，又说了许多丑话，说秀云赖住他不放，太不自重，但是不管他好说歹说，秀云决不同意离婚，这也是贾经理教导她的一着棋，阿康虽然狠狠地伤害了秀云，但是一日夫妻百日恩，秀云对阿康仍然是有割不断的情意，有时看阿康实在走投无路的可怜样子，又想，弄成这样，再做夫妻还有什么意思呢，心一软，差点就想答应离婚算了，可是一想到阿康说他一辈子只有一个爱人是艾珠这话，气就不打一处来，便死死坚持住，阿康急了，说，你再不签字，我就告法院，秀云说，我没有告你重婚罪已经算对你客气了，阿康想不到秀云会说这样的话，他说，秀云，我没有看出你原来是这么厉害的人，秀云说，我是被你逼出来的。

阿康到底是心虚的，没有去打官司闹离婚，但是事情一直这么拖着也不是个事情，和艾珠一起住的那间租来的房子，条件很差，阿康和艾珠商量，决定拿公司的钱去买一套新公寓房住，艾珠搂着阿康掉眼泪，说，阿康，我不是为你的房子，我不是为你的钱，你哪怕一分钱也没有，我也仍然爱你！阿康说，这我相信，但是既然你是我唯一的爱人，我不能让你跟着我受苦。

公司的钱是秀云管的，阿康去向秀云讨钱，秀云说，你要多少？阿康说，我要二十万，秀云说，你无缘无故要二十万干什么，阿康说，我有一笔生意要做，秀云说，生意的往来，都是从公司的账号上走的，两千块以上就不用现金，这是你规定的，从来都是这样的，现在你一下子要拿二十万，我怎么能给你，阿康说，你真的不给？秀云说，我不能给。

秀云回家告诉贾经理，贾经理马上就猜到阿康是要去买房子了，秀云说，我也猜到他是要买房子，所以我不能给他，贾经理说，秀云你这个做得对的，钱你不能松手，艾珠那样的女人，没有钱，就不会坚持很长时间，秀云，你也不要太伤心，再忍耐几天，秀云说，我现在已经不太难受了，我已经不把这事情看得太重，只是当它是一件工作来做了。

阿康没有办法从秀云这里拿到钱，就到银行去商量，银行说，你疯了，你手续不全我怎么能给你钱，阿康说，你又不是不认得我阿康，银行说，我认得你是谁也不行呀。

阿康回头再来求秀云，说，秀云呀，看在多年夫妻情分上，你就放一放手吧，给我二十万，我只要二十万，多下来的随你怎么花，秀云说，我呢，也不会随便花公司一分钱，你呢，也不能花这二十万，公司的钱是大家一起苦来的，要花，得花在生意上，阿康说，秀云，我以前一直认为你是个善良的人，软心肠的人，想不到你这么狠心，秀云心里委屈得不得了，但是她表面上不动声色，说，阿康，做人也要讲个公道，我们两人到底是谁狠心呢，现在不是有道德法庭么，如果你认为是我狠心我们可以到道德法庭上叫大家辩论辩论看看我们之间到底怎么回事，阿康就走了，但是过了一天，他又来，每天到秀云这里来软硬兼施，一会儿说说软话好话骗骗秀云，一会儿又说难听的话刺激秀云，秀云告诉贾经理，她说再这样下去她有点支撑不住了，她不想再斗了。

贾经理知道情况不妙，经过两天考虑，贾经理想出一个好主意来。

四

　　贾经理多年来走南闯北做生意，在外面也结交了一些比较要好的朋友，贾经理就在这些朋友那里想主意，终于想到一个合适的人，是位大学老师，教心理学的，是个女的，中年，十分通情达理，因为教心理学，对人的心理情况当然要比别人多了解一些，也了解得透一些，贾经理和大学老师事先通了电话，把事情的前前后后说清楚了，最后说想让秀云到那里住几天，大学老师认为这个主意不错，非常欢迎秀云去，贾经理不太放心，本来是想陪秀云一起去的，但是怕事情被阿康发现，就狠狠心让秀云一个人悄悄地走了，秀云坐上火车，看到贾经理在站台上向她挥手，突然就想起几年前的那次难关，她和阿康互相依靠着在火车上站了一夜，想着，秀云就掉下辛酸的眼泪。

　　秀云早晨出门，在晚上到达了大学教师所在的城市，大学老师在出口处接到了她，领回家去，大学老师家里人不多，只有夫妻两人，女儿在外地上大学，秀云就住女儿的房间，干干净净。

　　秀云再把事情的经过向大学老师详详细细说了，大学老师一边听，一边插嘴问几个问题，比如秀云说到阿康从前对她怎么怎么好的时候，大学老师说，在你们结婚前前后后的许多年里，有没有发生过其他女人追求阿康的事情，她说以阿康这样的条件也许应该有的吧，秀云说，是有的，还不止一个，但是阿康根本没有一点点歪心思，秀云举了女大学生的例子说了，又说了另外一个女孩子的事情，大学老师听了，点点头，秀云就继续讲事情，讲了一会儿，大学老师又问,那么,阿康和艾珠好了后,对你怎么样?

秀云说,他就是口口声声说艾珠是他真正的唯一的爱人,其他也没有什么,我说我身体不好,他还给我买营养液吃,大学老师说,噢,秀云终于说到了事情的最后,就是贾经理出了主意让她住到老师这里来,但其实秀云心里仍然是有许多话要说的,远没有到结束的时候。

老师想了一想,便向秀云提出几点,老师是做老师的,条理性强,就像给学生上课,教学提纲上也总有一二三四五,老师说,秀云呀,第一,事情既然已经发生了,谁碰到这样的事情,都会很伤心很委屈,我也不可能做到让你不伤心不委屈,我只是希望你,尽量看开些,这也是套话,但我是真心的,秀云你想想,在现在社会上,遇上这样的事情的人多不多?秀云说,我知道,很多的,我们县城里就有好多,老师说,这也许是个时代病了,不是我们个人的意志能够扭转的,所以秀云你首先要保重你自己的身体,一切以身体为本,秀云感动地点头,老师说,第二,你婆婆,贾经理在电话里跟我说,让我给你出出主意,我有什么好主意呢,也说不出来,但是这样的事情,有一点我想我是明白的,在他们自称的真正的唯一的爱情背后,无非也就是一种新鲜感,一种新鲜的性的互相吸引,刺激,对于这样的情况,我的意见,就是能拖则拖,新鲜其实也就是一个时间度,过了一定的时间,新鲜就会过去,一切都成为陈旧,厌倦就会再次产生,而这种厌倦,和夫妻间的厌倦本质不一样,夫妻间的厌倦,其中还夹有夫妻感情、家庭、子女、伦理道德等等因素,它们会将生活安排在厌倦而不至于破裂的界限上,而这种短暂的情人行为的厌倦,一旦产生,就根本没有一点可以使之继续维系下去的力量，我说的这话，你听得懂吗？秀云说，我懂，我能拖则拖，老师说，对了，第三，在拖的过程中，可以采取不温不火的行为，人呢，多多少少都会有一点逆反心情和对抗情绪，尤其人陷在爱情这个大迷坑里的时候，这种情绪更为强烈，所以外界如果采取高压政策，有可能反而引起更厉害的反弹，土话叫作狗起劲，什么叫狗起劲呢，就是一只狗，你越是不理它，它倒也没趣，也不会主动进攻来咬你，但若是你去撩它，去把它当回事，它就来劲了，反而会来咬你，说到这里秀云忍不住笑了起来，老师说，是的，秀云你别不高兴，我没有把阿康比作狗的意思，我是说的一种现象，人呢，处在这种状况下，你越是压他，他越是不服，特别是那种一根筋吊住的人。秀云说，我婆婆说，阿康就是一根筋吊住的人，老师说，这就对了，你采取软拖的办法，是对的，老师说这些话的时候，心里说不出是个什么滋味，她想我在教唆她什么呢，我这教唆是有道理还是没道理呢，老师自己也不明白自己在干什么。

老师说过以后，秀云又把话题引到艾珠身上，讲到艾珠是个什么样的人物，秀云虽然有点不好意思，但她还是向老师说了，她说县城里的人都认为艾珠各方面都比不过她的，秀云说，老师，我妈和我婆婆都说艾珠是看上了阿康的钱，老师你说艾珠是不是。

大学老师心里感慨万端，她差一点向秀云说，秀云呀，你别看我人到中年，走向老年，我其实也会碰到像你们家这样的事情呀，当然老师只会把事情埋在心里，不会像秀云和贾经理这样找个人说说，感情这种东西，是说不清楚的，别说教心理学，即使有一门感情学课程，相信教感情学的老师也会有纠缠不清的感情问题，他绝对讲不清楚，老师陷入深思的时候，秀云以为老师是在为她的事情伤神，秀云说，老师，我现在其实已经好多了，老师，我婆婆对我说，只要把钱抓在自己手里，艾珠就会走开，阿康就会回来，老师，您说是不是。

老师笑了一下，笑得很苦，但是在秀云看起来，老师的笑，就是对她的一种宽慰，有了老师的笑，秀云的心踏实了，晚上在老师女儿的干净的床上睡了许多日子来的第一个安稳觉。

家里那边呢，为了把戏做得像，做得天衣无缝，滴水不漏，贾经理口风非常紧，咬紧牙关没有向任何一个人透露事实真相，丈夫、阿兵以及秀云娘家的人都被蒙在鼓里，秀云走的这一天下午，孩子放学回来，没有见到母亲，就问，妈妈呢，大人说，你妈还在公司，一会会回来的，到了晚上，仍然没有回来，贾经理说，会不会回娘家去了，打了电话过去，说没有，一家人都乱了，一起拥进秀云的卧室，看到秀云将平时戴的金首饰全部摘下来放在床头柜上，贾经理说，不好，声音沉闷得叫人心里发慌，阿兵发现母亲两眼含着眼泪，这是阿兵第一次看到坚强的母亲掉眼泪，阿兵二话没说，跑到阿康和艾珠住的地方，一脚踢开了门，看见阿康和艾珠相依相偎在一起看电视，阿兵怒吼一声。

阿康跟着阿兵回来，果然看到秀云的金首饰什么都摘下来了，也是这地方的一种风俗习惯似的，想不开的人在走上绝路之前，总是将金首饰摘下来，也不知出于什么目的，但可以肯定这是善良之举，自己是不想活下去了，但是值钱的东西还舍不得带走，要留下来，给子女，给亲人，秀云的母亲守着一堆金首饰哭着，看见阿康进来，并没有吵闹，只是极鄙夷地盯了他一眼，那眼神像是在看一个最最无耻的无赖，阿康一颗心许多日子以来一直是提着的，准备战斗的，这时候，被丈母娘这么一眼，一颗心突然就沉了下去，一直沉到底，还在继续往下沉，阿康也不知道再往下心会沉到哪里去，懂事的儿子一声不吭，含着眼泪站在一边默默地看着他，好像要从他的脸上看到妈妈在哪里。

阿康呆呆地站在屋中央，头脑里一片空白。

电话铃突然心惊肉跳地响起来，阿康冲过去接电话，急不可待地问，是秀云吗？艾珠在电话那头愣了一愣，阿康想到是艾珠了，说，是艾珠？艾珠慢慢地说，是我，说了两个字就哭起来，阿康说，艾珠，你别哭，艾珠，你别哭，抓着电话感觉到一屋子的人都在盯着他，浑身发烧似的，不知道怎么办，艾珠说，阿康，我害怕，我浑身冰凉冰凉的，阿康说，艾珠，你别哭，你哭了我的心里就更乱了，我现在不能过来，秀云不见了，要去找秀云，艾珠哭着说，阿康，我没有叫你过来。

贾经理脸色凝重，紧锁眉心，神情焦虑，说，我们分头去找，阿康，你排一排秀云有哪几个比较要好的同学和朋友，到他们家找，我呢，到几个亲戚家去，车子给阿兵用，阿兵到乡下去，把乡下亲戚家都找一找。

当然他们找不到秀云，这时候秀云正在千里之外的大学老师家干净柔软的床上睡觉，她做了一个梦，梦见自己爱上了一个人，她在梦中体会那种刻骨铭心深入肺腑的爱的滋味，但她始终没有看清楚她爱的人是谁。

早晨醒来，已是上午八点多，大学老师夫妻已经上班去了，给她留了个条，告诉她早点在哪里等等，秀云心情平静，洗漱过后，还化了化妆，镜子里出现了一个与昨天到达时几乎完全不一样的秀云,秀云吃着早饭的时候,电话便响了,秀云心里突然抽搐了一下,这时候她才明白,镜子里焕然一新的她原来是假的,她仍然是昨天的秀云,她已不可能回到从前,电话是贾经理打来的,向秀云报告了昨天一夜的情形,着重说了阿康的情况,贾经理说看得出阿康真的很紧张,他没有到艾珠那边去,夜里下了一夜的雨,阿康找秀云找了大半夜,浑身淋得透湿,一直到后半夜才回来打了个瞌睡,天一亮又出发了,秀云听了,心里很舍不得阿康,又问了问自己母亲父亲的态度,贾经理叫秀云放心,以贾经理的观察,秀云的母亲很可能猜测到秀云是躲出去了,秀云说,我妈血压高,我怕她急出病来,嘴里是这么说,心里更不放心的却是阿康,秀云问贾经理,她大概什么时候回去比较适合,贾经理说,再等一天。

秀云又等了一天,老师下班回来,仍然开导秀云,说了许多类似的已婚男女发生情感问题的事情,最后秀云对老师说,老师,我婆婆让我明天回家了,老师说,家里情况怎么样,秀云把贾经理的电话内容告诉了老师,老师说,也好,两三天时间,该急的也都急到位了,火候也差不多了,下一天替秀云买了火车票送上车,车到这边时,贾经理在车站接秀云,告诉秀云连续三个晚上,阿康没有住到艾珠那边去,秀云就很紧张,不知道自己回家了,阿康会不会又跑到艾珠那边去,贾经理看出她的紧张心情,就教她,说,秀云,你到了家,见了阿康,他问你什么话,你都不要开口,不要告诉他你到哪里去了。

秀云回到家,阿康不在,儿子扑到她怀里紧紧抱住她不放,秀云哭了,正抹眼泪,阿康推门进来了,一看到秀云,阿康愣住了,两眼圈慢慢地泛红,秀云听婆婆的教导,不管阿康问什么,她什么也不说，只是紧紧地搂住儿子。

一个晚上阿康和秀云就呆呆地坐在房间里，贾经理吩咐家里谁也不要去打扰他们，将电话插头也拔掉了，电视也不开，家里鸦雀无声。

最后，阿康说，秀云，一个月前订购的塔夫绸到货了，秀云说，我明天就去汇钱，阿康说，秀云，你把家里人急坏了，你到哪里去了，你想干什么？秀云又不说话，这样撑到后半夜，秀云支持不住了，和衣躺在床上睡着了，阿康呢，和秀云一样，和衣往沙发上靠着也睡了。

第二天上午阿康和秀云一起到公司处理积压了几天的事务，公司的人看到阿康秀云一起来处理事务，都面露喜色，其实阿康和秀云的内心都十分紧张，阿康尤其坐立不安，快到中午的时候，来了几个客商，谈着生意，阿康请他们稍等，说上个厕所，就溜出来骑上摩托车飞快地来到和艾珠一起住的地方，开门进去，艾珠却不在，看了看日历，才想起这天是法院开庭宣判杨国平起诉的离婚案，心里一下子紧张得不得了，又不能跑到法院去看，又不能守在这里等艾珠回来，公司里客人还在等着签合同，心慌意乱，骑上摩托车又回公司，于是像许多故事里写的那样，由于心神不宁，开车思想不集中，半路上就出了事故，被一辆大卡车撞了，但是奇怪的是，阿康却没有受伤，所有眼看着事情发生的路人都认为摩托车手不死也得重伤，可是他们却发现他从地上爬了起来，摩托车呢，飞出去几丈远，而阿康却只是手臂上擦伤一点皮，连血也没有流，他慢慢地摘下头盔，认得的人认出他是阿康，卡车司机跳下驾驶室的时候，双腿软得支撑不住，差点倒在地上，却眼睁睁地看着阿康好好地站在他的面前,惊讶得张大了嘴,盯着阿康,慢慢地惊讶竟变成了惊恐,也许以为遇上了外星人呢。

阿康定了定神,才发现摩托车远离自己孤零零地倒在马路上,阿康想走过去把摩托车扶起来,就在刚刚跨出步子的短短的时间里,突然有一种说不清的疲倦乏力遍布了全身,他望着被撞得浑身是伤躺在地上的摩托车,奇奇怪怪地想,我怎么躺在地上呢?

在大卡车撞倒阿康的时候,秀云正在公司里向客人说谎,编了个理由说阿康临时有要紧事出去了,一会儿就来,这时候秀云的心已经凉透了,她下决心,不再听婆婆的话,也不再听别的任何人的话,等阿康回来,她就告诉他,她同意离婚了,在同一时候呢,艾珠那边也出现了意想不到的情况,原来以艾珠和阿康的分析,既然是国平坚决要离婚,而像国平这样的头面人物,与法院的关系肯定是很好的,也许早已经和法院谈妥了,一定会判离的,谁知他们估计错误,偏偏法院认定国平和艾珠感情并没有彻底破裂,判决不准离婚,当艾珠走出法院大门,向她和阿康住的租来的房子走去的时候,只觉得一阵头晕眼花,她突然感觉到很累很累,走不动了。

贾经理是一直关注着国平和艾珠的离婚案的,当法庭一宣判,她马上就得到了消息,立即打电话给秀云,秀云也正要给贾经理打电话,一听到贾经理的声音,也不等贾经理说话,她就说,妈,我决定和他离婚了,贾经理说,秀云,你别傻了,你已经坚持到今天,再有一步就胜利了,秀云说,我胜不了,他又说谎,把客人扔在这里,到那边去了,贾经理说,国平和艾珠的事情,法庭刚才已经判了,不准离,秀云听了,抓着电话发愣,贾经理说,秀云,你听我的,他们坚持不了几天。

贾经理的话是对的,阿康和艾珠在这一天下午又回到他们共同的住处,阿康说,艾珠,我爱你,艾珠说,阿康,我爱你,阿康说,艾珠,我爱你是真的,艾珠说,阿康,我爱你是真的,阿康说,艾珠,秀云出了这样的事情,我怕她再……我可能要回去住了,艾珠说,法院判了,不准离,我也要回去住了,阿康说,艾珠,虽然我们分开了,但是我们的心永远在一起,艾珠说,是的,阿康,我们的心永远在一起,他们退了房子,各自搬回家去住了。

也许他们的心确实是永远在一起的,但是也许并不是这样,心这东西别人是看不见的,从此以后,艾珠和阿康再没有来往,一场常见的平平凡凡的婚外恋就这样结束了。

贾经理没有忘记把事情的结果告诉她的大学老师朋友,大学老师听了,在电话那头沉默了一会儿,说,这就好。

半年以后,学校组织了一场由家长和子女一起参加的智力游戏活动,要求父母一齐参加,阿康和秀云都去了,碰见国平和艾珠,阿康和秀云向国平和艾珠打招呼,说,国平,艾珠,你们好,国平艾珠也向阿康和秀云打招呼,说,阿康,秀云,你们好。

他们和自己的孩子一起在老师的指点下参加了各项比赛,艾珠的儿子比从前聪明多了,艾珠告诉秀云,她和国平带儿子到城里大医院去看了,吃了一种药,果然见效,秀云也很为他们高兴,更为孩子高兴。

休息的时候,国平和阿康一起抽烟聊天,国平问了问阿康公司的情况,阿康也问了问国平厂里的情况,他们都干得不错,在大气候不太景气的背景下,县城里所剩福将不多,国平和阿康是其中的两个。

活动结束以后,他们互道了再见,阿康和秀云向国平和艾珠挥着手,阿康心里十分奇怪,他想,那个瘦瘦弱弱的女人是不是艾珠呢,我怎么觉得很陌生呢,这就是我当初认定永不能分离的女人吗,这就是我以为一旦离开了她我的生命就会消亡的女人吗?

国平和艾珠回头向阿康和秀云挥手告别,艾珠看着阿康,艾珠想,我当初向他说,离开他我就死,我怎么没有死呢,我活得好好的呀。

菜花黄时

一

菜花黄时，乡下的老太婆就要出去烧香。

这在从前是不可能的，从前田里的活很多，一年做到头也做不完，再说乡下老太婆她们也没有钱，到镇上交粮交蚕茧也舍不得吃一碗阳春面什么的，出去烧香是要用很多钱的，光光路费说出来就吓老太婆一跳。

现在跟从前确实是大不一样，现在乡下老太婆她们都有些钱，即使不向儿子要，她们自己也能攒一些。现在乡下寻钱的办法很多，她们随便怎么做做就能赚到不少钱，有时候做得好，连在厂里做的儿子媳妇也比不上她们。所以现在乡下的老太婆腰也比从前挺了一些，人也比从前硬气一些，她们要做什么事情，或者说要到哪里去，儿子媳妇也不能拿她们怎么样。

开了年不久，三婶婶就说要到杭州烧香的事。三婶婶反复地在儿子媳妇面前说这样的话，听起来好像是要想向儿子媳妇要一些资助似的，其实不是这样，这一点三婶婶的儿子媳妇也知道，三婶婶这么说，无非是她自己心理上的一种需要。她也不仅仅是跟儿子媳妇说，跟别的人她也是要翻来覆去地说，这样三婶婶心里会很开心，她大概认为到杭州烧香这是一种光荣。三婶婶的想法也不是没有道理，从前是没有人会把乡下的老太婆放在眼里的，现在不一样，城里人看到成群结队的乡下老太婆在城里的大街上逛，大家说，看，现在乡下，真是很有钱，这些老太婆多么得意。

这是事实。

所以三婶婶在很早的时候就开始说这件事情，说得家里人也有些烦了，她的儿子说："你又要去，去年不是去过了么？"

三婶婶说："去年是去年，今年是今年，今年去了，我明年还要去呢。"

媳妇做出一种不屑的脸色来，说："现在老太婆真是起劲。"

三婶婶笑起来，说："就是要起劲。"

儿子说："有钱还不如买点好东西吃吃，买点好衣服穿穿。"

媳妇说："就是，猪头三才会把钱拿去打水花。"

三婶婶说："怎么是拿钱打水花，我们是去敬佛的。"

媳妇说："敬佛也不一定非要出远门。"

三婶婶听儿子媳妇一起说反对的话，虽然那些话也不是很难听，但是三婶婶总有点不大开心，三婶婶说："我出门又不用别人的钱。"

儿子朝媳妇看看，媳妇说："那当然，你就是想用别人的钱恐怕也用不到。"

三婶婶也朝儿子看看，说："我是要去的，随便别人说什么闲话，我是要去的。"

儿子说："我们也只是随便说说，又没有强迫你不去，你要去你就去，谁会说闲话呢！"

三婶婶说："不说闲话就好。"

三婶婶是有她的脾气的，三婶婶如果要是想做一件事情，做不成，或者由于别的什么原因不能去做，她会很难过，心里会闷气，何况是烧香敬佛，想去又不去，菩萨知道也会不高兴的。从前三婶婶是苦于没有条件，现在既然什么条件都有，三婶婶当然是要做她想做的事。

从三婶婶他们这里到杭州，如果是那些厂里的供销人员，他们平时天南海北地跑，到杭州在他们眼里恐怕只不过是在家门口罢了，但是在老太婆想起来，坐机船要坐整整一天时间，那真算是出一次远门了。所以老太婆一般决不会单独行动，总要约了一批人一起走，现在在乡下像三婶婶这样有一些钱的，又是很相信菩萨的老太婆真是很多，而且是越来越多。三婶婶要想约几个人，那实在是很容易的。以往出门一般也都是由三婶婶出头组织，大家也都听她的，三婶婶虽然跟别的老太婆一样没有文化，但是因为她比较热心又比较能干，什么事情都愿意出头，所以大家也就习惯于听从她的指挥。性子慢一些的人，一般都是等三婶婶上门约，也有性子很急的，等不到三婶婶上门，她们自己会找到三婶婶门上，生怕三婶婶到时候忘记她们。

出门的最好时间是在清明以后，谷雨以前，那时候菜花正黄，小麦抽穗，过了春寒，也过了清明雨，太阳暖暖，一切都是欣欣向荣的，大家的心里也是这样。

现在还早，还在清明之前，三婶婶虽然心里已经有一点兴奋有一点激动，但是她不会在家里坐等到出门那一天的，该做什么，三婶婶还是要做的。

一年前，三婶婶和另外三个老太婆合买了一条水泥船。那是一条很小很旧的船，是从前刚刚有了水泥船的时候队里买的，后来过了一二十年，就分给了新根家。新根家用这条小船发了财，重新买了一条很大很好的船，这条小船就不用了，要卖。新根娘说，你要卖给别人，不如卖给自己人。新根说谁是自己人。新根娘说，我是自己人。原来新根娘早已经有了打算，约几个老太婆一起买下这条船，出去捡废铜烂铁卖到钢厂，听说这事情很能赚。新根娘就找了三婶婶，还有玉妹、黑妹，她们一起凑了钱，买下了这条小船。

四个老太婆在农闲的时候，摇了船到四乡捡破烂。她们有时候并不是捡破烂，而是连偷带拿，看到人家厂里有什么东西堆在外面，顺手牵羊就牵走了。人家看到她们这些老太婆就头疼，对她们打当然是不能打的，骂几句她们也不在乎，脸皮厚得很，或者就做出一种很可怜的样子，要是做出可怜样子没有用，就要耍无赖什么的，反正别人拿她们也没有办法，没收了偷的东西下次她们又来，总不能抓了这些老太婆去吃官司。

老太婆们这样做做，不仅经济收入很好，还有一些特别的乐趣，这种偷偷摸摸的事情，虽然做的时候很紧张，但是事后想想，还是很刺激的，也就觉得很有意思。

这样做了几个月，别的都很好，只是新根娘的身体有点不好，也查不出什么病来，只是说没有力气，做不动。开始三婶婶她们还叫她一起出去，不要她做什么，只叫她看看船，可是后来新根娘连看船也看不动，只好回去休息。

到了冬天，新根娘的身体还是不怎么好。

过了年后，三婶婶她们又去看新根娘，似乎好了许多，问她能不能跟船出去，新根娘说："好了，能出去了。"

这样她们几个又一起出去做活。可是她们的活是越来越难做，能捡的东西越来越少，许多单位都把围墙围得紧紧的，也不再把废料到处乱扔，这样三婶婶她们就断了不少财路。不过老太婆们也不怎么着急，现在她们做活实在也是可有可无的，能捡一些卖钱最好，弄不到也无所谓。在太阳好的时候，她们就把船停在河边，在船上晒太阳，说话。

三婶婶一说就要说到去杭州的事上，别的老太婆也乐意听，三婶婶看新根娘好像没有什么精神，问道："新根娘，你怎么样，今年去不去？"

新根娘说："自然要去的。"

玉妹朝新根娘看看，说："你身体怎么样？"

新根娘想了想，说："我也说不清楚，有时候觉得蛮好。有时候就觉得不好，自己也弄不清了。"

三婶婶她们都笑起来，三婶婶说："越是这样越是要去的，去烧了香，拜了佛，回来就会好的。"

新根娘说："这也是的。"

黑妹说："反正时间还早，再等几日看，不用急的。"

大家想想是太急了一点。

到下昼时分,她们就摇着船回去,路上不知不觉地又说起去杭州烧香的事,不知是谁先提了一个头,大家就跟着说,说了好一会儿才发现怎么又说这事,好笑了一回。三婶婶说:"其实说说也好,说了就可以准备起来,还有哪些事情不能忘记的,大家说说就不会忘记。"

新根娘笑着说:"怪不得人家都说你喜欢管事,你真是喜欢。"

玉妹和黑妹也跟着笑。三婶婶说:"我不管你们谁来管?真是的,总是要有一个人出头的么。"

大家又笑,三婶婶说:"我倒是要排一排人头了,哪些人要去的,心中也好有个数。"

新根娘说:"文凤不去了,跟我说过的。"

三婶婶问:"为什么?"

新根娘说:"她媳妇那几天恐怕要养。"

三婶婶说:"真是拣个好日脚。"

玉妹也想起一个来,说:"玉珍大概也不去了。"

三婶婶说:"玉珍为什么不去,去年就跟她说好的,今年一定要一同去的,不好赖皮的。"

三婶婶的口气,有一点急起来,好像去的人少了她的脸上没有光彩似的,其实去的人多还是少,跟她实在是没有什么大的关系,要说有关系恐怕还是去的人少一点,三婶婶也好轻松一点。可是三婶婶不这样想的,照她想起来,要去就大家一起去,热热闹闹。

玉妹说:"玉珍说,开了年要出去做人家了。"

三婶婶问:"到哪里做人家?"

玉妹说:"我也没有问她,总是上海或者哪里吧。"

三婶婶说:"做什么人家呀?这一把年纪,乐得在屋里歇歇。"

玉妹说:"玉珍恐怕也是小辈里叫她去的吧。"

三婶婶说:"玉珍也是的,现在还要听小辈的话,不听又怎么样。"

这时候黑妹插嘴说:"其实做人家也是蛮好的,我倒也想出去做做,拣一家好点的人家,比自己小辈还贴肉呢。"

三婶婶"哼"一声说:"你说的,帮人家还想怎么样,免讨饭罢了。"

新根娘说:"那也不一定,你们大婶婶呢,不是做到一家好人家么。"

黑妹说:"就是,我就是听大婶婶说了,心思也活了。我一个小姐妹在上海做,要帮我介绍人家,现在上海人家要寻保姆的多的是。他们不相信小保姆的,相信老的,老的可靠。"

玉妹说:"倒是的,听说远地方来的小保姆,不规矩的很多,也有手脚不干净的,有的黑心要工钱乱开口,还有不讲道德的,卷了东家的钱财逃走,什么都做得出来,所以他们是说相信老的,老的现在还不好找呢。"

三婶婶说:"黑妹你当真要去啊。"

黑妹说:"我还没有拿定主意,不知道到底好不好。"

三婶婶说:"我看是没有什么好的,还是在自己屋里自由,到人家去,不管人家对你怎么好,你总归是要听别人的。一个小人也要差你东差你西的。"

黑妹说:"话是这么说,不过在屋里也不见得能做多少大,孙子差你，你能不听？儿子叫你做什么，你能不听？还有媳妇呢，你敢不睬她？"

三婶婶说："那是你！我是没有这么好差的？"

新根娘她们都笑三婶婶，说她是嘴硬骨头酥。三婶婶也跟她们一起笑。

笑了一会儿，玉妹说："对了，说起你们家大婶婶，到时候你不要忘记叫她一声。"

三婶婶说："叫她做什么？"

玉妹说："一起到杭州呀，她关照过我的，我倒差一点忘记了，忘记了倒要怪我了。"

新根娘说："你有没有搞错，大婶婶在城里住了这么多年，她还要去呀。"

三婶婶说："就是，不要叫她，不要她去了。"

玉妹说："那不行的，她要去，还是叫她一起去的好。再说，大婶婶在外面住的时间长，到底比我们见识多一点的，在外面万一碰上点事情，大婶婶会有办法的。"

三婶婶说："每年都是我出头弄的，不是都蛮好的么，也没有碰上什么困难呀，你是多操心了。"

玉妹说："就算什么困难也没有，一路上我们听大婶婶讲讲也是很好听的么。她讲的东西真有劲呢。"

三婶婶说："啊，这样说起来，肯定是你叫她一起去的啦。"

玉妹说："我也没有叫她去。那天碰到她，我只是随便问了一句，她说去就去，一起出去看看，好多年不跟老姐妹一起出门了。"

三婶婶"嘘"了一声，没有再说什么。

其实三婶婶不希望大婶婶去是没有什么道理的。大婶婶和三婶婶是嫡亲妯娌，她们的男人是嫡亲兄弟。不同的是大婶婶的男人，也就是他们家的老大过世得早，那时候小孩还没有长大，大婶婶一个拖了三个儿子，吃辛吃苦把他们一个一个拉大了，结了婚，反而都听了女人的话，谁家也不要老娘住。大婶婶一气之下，就走了，出去找了一家人家帮佣。

大家都说大婶婶真是命苦，谁也想不到，许多年以后大婶婶反而比谁都好了，大婶婶做的那家人家，既有钱又有良心。大婶婶帮他们领大了小孩，那一家人真是不知怎么感谢大婶婶才好。等小孩子大了，不需要人照顾了，大婶婶提出来要回家。她们开始是坚决不同意的，说你帮了我们这么大的忙，现在你老了，理应该我们来照顾你了，就在我们家里养老吧。他们说得实在是真心诚意的，但是在大婶婶想来，在人家家里养老，那是万万做不得的事情。人家都有很忙的工作，不能再让他们为她分担什么，所以她坚持要回家。东家没有办法说服她，送大婶婶回家来，专门叫了一辆车子，一起送来一台电视机和一台洗衣机，都是全新的。还给了大婶婶一笔很可观的养老费，另外，说好每个月还要给大婶婶寄几十块钱零用。

大婶婶回来，大家看她耳朵上也戴了金耳环，手上也有金戒指，这些在大婶婶当年出去做人家之前是想也不敢想的。大婶婶的儿子媳妇看大婶婶这样回来，也都不大敢再怎么她了。大家说，大婶婶看她不出，真是有后福的。

大婶婶回来，好多人都到大婶婶那里去看她，听她说说城里的事情。据说大婶婶在人家帮佣，东家也曾经带着她跑了好多地方，汽车火车什么都坐过了，连很大很大的大海轮也乘过。本来东家一定要带大婶婶坐一次飞机的，是大婶婶坚决不要，一张飞机票几百块钱，大婶婶坚决不肯浪费钱。东家说不动她，也就作罢了。村里的人听大婶婶这样说，都很可惜，说大婶婶其实应该乘一回飞机的。

大婶婶回来那一阵，很是热闹过一段时间。大婶婶本来是要到亲戚家走走，可是来的人多，她一时走不开。一直到来看她的人渐渐少了些，她才抽出空来到亲戚家看看。

大婶婶到三婶婶这边，大婶婶说："真是的，本来早就要过来的，人实在是走不开，这些东西，是带给你的，不要嫌少啊。"

三婶婶说："你现在是大人物了，还记得我们呀。"

大婶婶说："你说笑话，我算什么大人物，不过一个免讨饭罢了。"

三婶婶说："免讨饭回来还这么威风啊，要是做别样回来，这地方都是你的天下了。"

大婶婶知道三婶婶心里有点酸溜溜的，也不跟三婶婶计较什么，只是笑着说："你还是这脾气。"

三婶婶说："我的脾气是改不了的。我们没有你的功夫好。"

大婶婶只是笑，一点也不把三婶婶的话往心上去。三婶婶说说也没有什么意思。

她们说了几句，就有几个老太婆也过来，说说话，她们看大婶婶的脸，都说大婶婶见年轻了，说大婶婶比三婶婶大四岁，现在一点也看不出来，看上去好像还是大婶婶嫩一些呢。

三婶婶说："那是，从前都是黑皮色的人不见老么，白皮色的人见老。"

大家又说，大婶婶的皮色现在也看不出黑，本来大婶婶是很黑的，到底在城里过的日子好，风吹不着雨淋不着，太阳也晒不着的，黑皮居然也变成白皮了。

三婶婶朝大婶婶看了又看，说："你是用的香粉吧。"

大婶婶说："是的，你们看，是这一种，东家帮我买的，说是用了减少皱纹的。我已经用惯了，回来想不用也不成了，不用就觉得脸上不舒服。"

大家看，也不认识上面的字。大婶婶告诉说是什么珍珠人参一起做出来的，这一小瓶好几块钱呢。

过了一天三婶婶也到镇上的百货公司去买了一瓶珍珠霜，洗过脸擦在脸上，确实是感到很好的。媳妇那几天老是在家里抽鼻子，又是朝三婶婶脸上看。三婶婶心里好笑，但就是不说。最后媳妇终于忍不住，问起来，三婶婶才说了，还问媳妇看上去她的脸是不是白了一些。媳妇听说老太婆也用香粉，她朝三婶婶的脸看了又看，哈哈笑起来，说："像个老妖怪。"

三婶婶很生气，但又不能把媳妇怎么样。她要是和媳妇吵，儿子定是要站在媳妇一边的。三婶婶明白这一点，所以她平时也不和媳妇吵，免讨气。她倒是有点生大婶婶的气，好像不愉快的事情都是因为大婶婶回来的缘故。

现在玉妹她们提出要叫大婶婶一起去杭州烧香，三婶婶心里就有一些疙瘩。当然尽管三婶婶对大婶婶有一些想法，如果大婶婶真的想跟大家去杭州烧香，三婶婶也是会约她一起走的，这一点不用怀疑。

这一天三婶婶到家，时间还早，过一会儿，就听见外面有人在叫卖香烛锡箔。三婶婶出去看，是邻村的一个妇女。三婶婶说："你倒是有本事，做这种生意，很好赚吧。"

那妇女说："一般性吧。"

三婶婶说："现在买的人肯定多的，我来带个头，大家就会跟上来的。"

三婶婶就进去拿了钱来买，买了一大堆香烛什么的，果然有好多人都来买了。那妇女笑着对三婶婶说："真是要谢谢你呢，你这把香，会有好运的。"

一些人正在讨价还价，三婶婶的儿子媳妇厂里下班回来。媳妇看三婶婶买了那么一大堆香烛，脸上很不屑，说："买这么多，发神经。"

三婶婶听见媳妇的话，但是只当没有听见，或者只当是听见一只狗在叫了几声，三婶婶这样一想，心里也不气了。她笑眯眯地和别人说话谈天。媳妇见气不着老太婆也觉得没有什么意思，就不说了。

三婶婶抱着一大堆香烛回去，把香烛放在一个安全的地方。现在三婶婶觉得很定心，好像一切都已经安排定当，只等上路的日子。

二

到时候，船就来了。

船一来，大家就知道要上路了，都准备起来。由三婶婶她们几个去和船老板打交道。也有些年纪轻的人要一起去的，他们倒未必是要去烧香拜佛，春暖花开，杭州的景色好，年轻人去，多半是玩玩的。把辛辛苦苦挣来的钱用去一些，这样他们心里会很舒服。

这船是一种不大不小的船，平时很少见的，只是在这时候就来了。这船比一般的水泥船大一些，但是比船运公司的客轮要小一些，有船篷，舱里也有座位，最重要的是方向盘在前面。看到这一点，老太婆就觉得这和乡下的船是不一样的。早几年她们出门都是用的自己的船，省一些钱，但是路上很辛苦，日晒雨淋风吹，上了年纪的人有的吃不消，也有在路上就病起来的。后来有船来兜生意，大家也有了些钱，就坐人家的船了。

船有好几只，几乎是同时过来的，停在河边，船老板和船工就用电喇叭喊。

"杭州。"

"苏州。"

"周庄。"

"辛庄。"

每只船都有不同的目的地。三婶婶她们是一心要到杭州去，所以只往最大的一只船上去。

船老板见老太婆过来，笑着说："去杭州。"

三婶婶说："不去杭州过来做什么。"她一边和船老板说话，一边打量这只船，看了一会儿，看不出什么不好的地方，三婶婶问船老板，"你们船是哪个单位的？"

船老板说："交通公司的。"

三婶婶说："噢，交通公司，大单位吧。"

船老板笑，说："那是，我们单位，几百只船呢。"

三婶婶说:"钱怎么算法?"

船老板说:"老规矩。"

老规矩三婶婶是知道的,包括来去的船钱,包括到了杭州的交通费用,还有在杭州两夜的住宿费,也就是说除了吃,其他的船上都包下。

三婶婶说:"那是多少?"

船老板做了个手势,说:"便宜的。"

三婶婶说:"不好了,已经到这个数了,还便宜呀,比去年又多了许多。"

船老板说:"比去年是加了一些,可是你不见今年的物价比去年又加了多少,你想想我们船上用的哪一样东西没有涨价,哪一样开销不要多用钱的。"

三婶婶说:"这倒也是的,不过,你们再贵下去,我们也出不起门了。"

船老板笑起来,露出发黄的牙齿,说:"你说笑话,谁不知道,你们乡下人!上次报纸上也登了,你们这里农民的人均储蓄是多少,比城里人多几十倍呢。"

三婶婶也笑了,说:"你倒关心。"

船老板说:"我当然是要关心的。哪里好,我们就往哪里来。你看今年你们这里来了好多条船,说明你们好么。"

三婶婶听了这话,觉得很有点自豪感,她也没有再跟船老板讨价还价,只是说:"你是老规矩,我们也是老规矩,夜里不住栈房,栈房钱我们不出的。"

船老板说:"那当然,你们不住栈房,是不好收你们栈房钱的,不过我想想你们这些老太婆也真是不会享福,为什么有地方不睡,要在船上坐一夜,真是想不穿的。"

三婶婶说:"我们习惯的,夜里在船上,几个人一起说说话,念念佛,也蛮好,好多年都是这样。"

船老板说:"省这几个钱,真是不值得。你不知道你们的小辈出门,那种开销,说出来吓坏你们老太婆。"

三婶婶说:"他们是他们的想法,我们是我们的想法。"

船老板说:"真是拿你们老太婆没有办法。"

三婶婶和船老板谈妥了,回过去跟几个老太婆说了。她告诉她们船是交通公司的,是很大的单位,公家办的,可以放心。

玉妹她们几个对大婶婶说:"交通公司,是大单位吧。"

大婶婶想了想说:"交通公司,我倒没有听说过,只知道有交通局,或者有汽车公司,轮船公司什么,好像没有听说过交通公司。"

大家看三婶婶。三婶婶说:"这有什么,你不知道的事情多呢,不见得外面的事情你都知道吧。"

大婶婶说:"那倒是的,说不定现在是有了交通公司的。"

三婶婶说:"当然是有的,要不然,那船总不会是天上掉下来的。"

玉妹想了想,说:"会不会是私人弄的,出来拉生意。"

三婶婶说:"不会的,我都问清楚了,船上船下我也都看过了,很好的,私人弄的,不会有这样规矩的。"

大婶婶说:"其实就算是私人的,也不要紧,私人弄的有些也不一定比公家的差。"

三婶婶说:"我说不是私人就不是私人,我就是不问我也看得出来,船老板和那些船工的样子,我有数的,这一把年纪,这点眼光还是有的。"

玉妹她们听三婶婶说,都笑起来,三婶婶说:"笑什么,你们哪回不是跟着我的,哪回让你们吃了亏的。"

玉妹她们笑着说:"我们又没有说不相信你,我们还是要跟着你的呀。"

三婶婶看了大婶婶一眼,说:"那就是了。"

船只在河边等半天,到第二天一早就出发的。三婶婶回去,跟儿子说了,儿子朝她看看,说:"你真是起劲,去过了还要去。"

三婶婶说:"烧香拜佛是每年都要去的。"

儿子说:"你现在也凶起来了,我也说不过你,你要去我又不能不让你去。"

三婶婶说:"这一阵家里没有什么事情。"

儿子说:"我这一两日可能要到苏北联营厂去看看生产情况,凤英厂里要加班。"

三婶婶说:"你就是拣了这一两日出门,你不可以过几天去。"

儿子"哼"了一声,说:"你真是,烧香比生产还要紧,为什么不可以你错开几天。"

三婶婶说:"那不行的,我船已经全说好了。我们一帮老太婆要一起走的。她们几个都不大拎市面的,要我带她们的。"

媳妇说:"现在大婶婶不是回来了么?说起来,大婶婶总要比你见识多一点吧,大婶婶总要比你拎市面吧,也用不着你这样起劲呀。"

三婶婶说:"那也不一定,她不过是在外面待了几年,有什么了不起的。"

儿子和媳妇都笑,儿子说:"你在家里,也好照顾照顾,烧烧饭,凤英加班回来还要弄饭弄别样,多少辛苦。"

媳妇说:"我是没有福气吃人家的照顾,自己的孙子也不知道照顾照顾。"

三婶婶听儿子媳妇冷嘲热讽,不觉有点伤心。她过了一会儿说:"我也是难得的,一年一次,就这一点快活。"

三婶婶这样一说,儿子媳妇倒不好再说她什么。大家闷了一会儿,儿子说:"你去你的,不过,有一件事情我要跟你说的。你自己去就去了,不要到处去拉人家老太婆,人家要怪到我们头上的。"

三婶婶说:"谁会怪我,我是做好事的。"

儿子说:"新根已经来找过我了,要我跟你说,叫你不要约新根娘一起去。"

三婶婶说:"为什么?"

儿子说:"为什么你还不明白,新根的船放出去,家里只有老人小孩,老的一走小的怎么办。"

三婶婶说:"我过去看看。"

三婶婶到新根家,看到新根娘,说:"怎么,你不能去了?"

新根娘说:"我去的。"

新根见三婶婶来,说:"主要是她自己的身体,吃不消的。"

新根娘说:"我自己的身体自己有数的。"

三婶婶说:"那小人怎么办?"

新根娘说:"我去跟亲家母说好了,我出去,她过来帮几天忙,到时候她出去,我也可以去帮她的。"

三婶婶笑起来，说："对，互相帮助。"

新根在一边只是看着两个老太婆叹气，后来他对三婶婶说："我娘的身体说不大准的，路上相帮照顾一点。"

三婶婶说："新根你放心，保你老娘活蹦活跳回来。你看看她这几日，要去烧香，面色也好得多了，烧香转来，就更好了。"

新根苦笑着说："拿你们老太婆没有办法。"

一切说定当，第二天就上路了。

一群乡下老太婆都穿上最好的衣服，满面红光，浩浩荡荡走出村子。她们穿过田野，田野上菜花正黄，新根娘先摘了一朵菜花往头上插，别的老太婆都笑她。笑着笑着，她们也都摘了菜花戴起来，花白的头上立刻有了生气。一路上不断有骑自行车上班的年轻人超过她们。年轻人看着老太婆这样子，他们笑骂，说她们是一群疯老太婆。

老太婆越听他们这样说，越是笑得厉害。

这边船老板和船工都已经做好开船准备，等人一上齐，就开船。

船上除船老板外还有三个船工，两男一女。船是老板自己驾驶的，那三个人主要是负责安全啦，卫生啦，还有售票等等。船上也有烧饭的设备，但是一般都不在船上吃，到吃饭的时候，找一个小镇，沿河停下来，大家上岸去吃饭，这就像长途的汽车一样。这办法也是最近的改革，从前吃饭都是坐船的人自己随身带一些干粮，那样比较艰苦，吃不上一点热汤热水，一整天下来，也是很够呛的。

快到中午时，船经过越溪镇，停下了，这是浙江农村的一个水乡小镇。大家上了岸，看看市场上，很丰富的，什么都有，就是小吃东西也是很齐全的。大家问三婶婶吃什么，三婶婶说："我是老规矩，一碗面。"

玉妹说："加不加浇头。"

三婶婶想了想，说："加。"

新根娘说："我不加了，我喜欢吃阳春面的，加了浇头不好吃。"

大家笑她，说她舍不得吃浇头。新根娘也不争辩，只是要了阳春面，其他的人都说要加浇头，店老板问吃什么浇头，大家又朝三婶婶看，三婶婶说："我吃焖肉面。"

大家又朝大婶婶看，大婶婶想了想说："我来一碗爆鱼面。"

玉妹她们几个也说："我们也要爆鱼面，老是吃焖肉面，也吃厌了，还没有尝过爆鱼面呢。"

三婶婶说："我是喜欢吃肉的。"

吃面的时候黑妹被一根鱼刺卡了，弄了半天才弄出来，已经吓出了一身汗。三婶婶说："叫你吃肉面还不听，你现在知道谁的话有道理了吧。"

黑妹笑笑。

吃过了面离开船时间还早，她们又一起往镇上去看看。市场上摆摊的小贩子，看到她们这些老太穿着打扮还有口音都和他们那里不一样，问起来，才知道是外地到杭州烧香的。那些小贩子都说，现在杭州的香都被你们外省的人烧去了，本省的人去烧香不如从前灵了，口气里好像有点怪她们这些老太婆的。

三婶婶说："怎么怪我们呢？菩萨又不分你家我家的。菩萨是大家的，你可以拜，我也可以拜。你拜的不灵，说明你自己心不诚，菩萨有数。"

小贩子笑了，说："你这老太婆还蛮会说话的，你当什么真呀，跟你们说说玩的。"

三婶婶说:"说说玩说别的可以,说菩萨不灵我们不让你过门的。"

别的老太婆也说是。

小贩子说:"闲话少说吧,我倒是劝你们每人买一点橘子,橘子是吉利的,你们去烧香也要讨个吉利。"

三婶婶说:"你这橘子太贵。"

小贩子说:"要拜佛烧香怎么能嫌贵。"

三婶婶说:"这倒也是有道理,我买一些,不要多,两斤就有了。"

三婶婶一买,别人也都买了些,只有新根娘不买,说她的牙怕酸。别人说橘子不酸,她又说是怕凉。

到了时间她们回船上一看,发现多了几个人,是在这个小镇上搭船的,多半带着货,是要到杭州去做生意的,东西多上不了汽车,就搭船去。船其实已经满载了,但是船老板还是同意他们上来,也不知收了多少钱。上了船的浙江人,把货物放在船头上,几个船工和他们说话,问是什么货,浙江人说是海参。大家看那些海参很大,问是哪里来的,浙江人说是海边弄来的。

三婶婶说:"这一筐要值好多钱呢,海参可是好货。"

大婶婶说:"其实现在海参也已经不算是很高档的东西了。"

浙江人说:"是这样的,海参现在也不稀奇了,我们做海参生意做做也没有什么大劲头了,再过些日子,想换生意做。"

玉妹问大婶婶:"你在东家那里,肯定吃过海参的。"

大婶婶说:"吃过的,吃得也不想吃了。现在请客,吃的什么,你是想也想不到的,那种叫什么虾的,说一百多块钱一斤。"

浙江人说:"是用手剥壳吃的,我们这里叫扒虾。"

大婶婶说:"大概就是,煮一煮,也不放什么料,煮得也不很熟的,开始我真是一点也吃不惯的。"

三婶婶说:"哎哟,虾子不煮熟,怎么吃呀,恶心死了。"

浙江人笑了,说:"你洋盘了,就是这种吃法,外国那边传过来的,广州人先吃起来,觉得好,就传到这边来了,比什么油爆虾什么盐水虾好吃多了。"

大婶婶也说:"就是,我后来吃惯了,真是很好吃,蘸蘸味料,再吃别的虾,就没有味道了。"

浙江人说:"这位老太倒是内行。"

他们一起说话的时候,新根娘就愣愣地盯着说话的人看。三婶婶看看她,说:"新根娘,你是不是也想尝尝那种什么虾。"

新根娘咽了一口唾沫,说:"我哪有福气吃那种东西。"

三婶婶说:"就是我们福浅呀。"

大家说,三婶婶你的福也不算浅的了。

三婶婶说:"总是比不过人家呀。"

浙江人插嘴说:"这世界上,不能往好的比,若往好的比,气死你也不够。"

三婶婶说:"就是。"

新根娘说:"你总要比我好一些。"

大家又说新根娘也没有什么不好的。

一路说说闲话,一天时间过得也是很快的,到了杭州,已经是下晚,天也有些黑了。要住旅馆的人都下了船,准备跟着船老板他们去。船老板回头看看三婶婶她们几个,又问一遍:"你们到底怎么,住不住?"

三婶婶看看玉妹她们,说:"说好了的。"

船老板说:"其实还是住栈房吧,明天要走一天,你们一夜不得好好睡,明天怎么走得动。"

大婶婶说:"是这样,夜里歇不好,明天没有精神的。"

玉妹也说:"要不,今天就到栈房睡一晚上,明天就不一定睡栈房,反正后天就回去。"

船老板说:"就是。"

三婶婶看看新根娘,问道:"新根娘,你说呢。"

新根娘说:"原来说好不住栈房的,怎么又要改变。"

船老板说:"你不要说,我看你是最需要住栈房好好休息的,她们几个倒还好。"

新根娘说:"她们能一夜不睡我也能的,我又不比她们差什么。"

三婶婶看大部分的人都想去住栈房,自己从内心来讲也是想到旅馆住一夜,多少安稳,多少舒服,所以三婶婶最后还是动员大家一起去住栈房。

他们跟着船老板走了不多远,就到了一家旅馆,不很大,但外表看上去还是蛮干净蛮正规的。船老板领着大家进去,就有一个中年的妇女迎出来,笑着对船老板说:"老板来啦,多少客?"

老板报了住旅馆的人数,那妇女说:"哟,今年多了,老板生意兴呢。"

船老板说:"我生意兴,你生意也不错。"

玉妹在一边看着,后来她把三婶婶拉到这边,说:"看上去不像是公家的。"

三婶婶说："你说什么？是船不像公家还是这旅馆不像公家？"

玉妹说："都不像。"

三婶婶想了一下，她也有这种感觉。三婶婶过去问旅馆的那个女人，那女人听了，说："你问这栈房是谁开的？当然是我开的啦，不是我开的，我在这里做什么呢。"

三婶婶说："那是私人旅馆啦？"

那女人说："当然是私人旅馆啦。你也不想想，要是公家的，你十块钱能住这么好的房间？"

三婶婶回头看看船老板，船老板说："就是。"

三婶婶说："那你的船也是自己的？"

船老板说："那当然，要是公家有我们这样周到的么，还上门兜生意啊，不要想了。"

三婶婶说："那你怎么说是交通公司，要做生意也不作兴骗人的。"

船老板说："我没有骗你呀，是交通公司，交通公司就是由个体户的船凑起来组成的么。"

三婶婶看了看玉妹她们，她们脸上有一种上了当的神色。

大婶婶看玉妹几个有一点责怪三婶婶的意思，就说："其实个体的也不一定不好，还要看他们服务得怎么样。"

船老板说："对了，你这位老太有见识的，我们的服务要是比不过公家，你们退钱我也没有意见。"

船老板这样一说，大家想想也是的，到现在为止，实在还说不出这船老板的服务有什么不好的地方，当然最主要的活动还在明天，一切要看明天的安排。

　　分下房间,三婶婶几个在同一间住。这是四人一间的客房,看看床单什么的,都比较干净,房间虽然说不上怎么的高档,但也说得过去。还有电视机,出了门,走廊里就有卫生设备,很方便的。三婶婶脱了鞋,坐了一天的船,浑身都坐僵了。她去打了一盆热水来洗脚,脚往热水里一泡,只觉得浑身舒服,她对大家说:"你们也去弄水来泡泡脚,就有精神了,等会吃晚饭怎么办,大家说说。"

　　玉妹几个也都学着三婶婶去打了热水来泡脚,只有新根娘躺在床上不动。三婶婶说:"新根娘累了,我倒是一点也不累。"

　　玉妹也说:"我也不累。"

　　新根娘坐起来说:"我也不累。"

　　三婶婶说:"不累就好,晚上我们还可以到外面转转。"

　　大家都说是,说杭州变化也是很快,一年不来,许多地方就有点不认识了。

三

　　早上起来,三婶婶的感觉很好,精神饱满,梳头的时候,她觉得有什么东西,拿下来一看,是昨天插上去的菜花,已经枯萎,夜里睡觉又被压着,烂糟糟的,不像样子。三婶婶把菜花丢在地上,笑着说:"真是,没有花戴,拿菜花来戴。"

　　她们在旅馆的食堂吃过早饭。老太婆们总是拣便宜些的吃,吃饱肚子就行,她们中间最能吃的是新根娘,一口气喝了三大碗稀饭还说没有饱。三婶婶说:"你尽是喝稀的,当然不饱,等会儿一泡尿就没有了,还是来两只肉包子。"

新根娘没有听三婶婶的,又喝一碗稀饭,喝过了直说肚子胀。大家笑她,她也不恼,只说是吃得很开心。

吃过早饭,等了一会儿,就来车了。船老板没有来,只来了一个船工,负责带大家出去。车子开出后,船工就告诉大家,中午饭可以有几种吃法,可以到西湖宾馆包桌子,每人交二十块钱。

三婶婶问西湖宾馆怎么回事。船工说那是一家很高级的宾馆,外国人也是进进出出的。

三婶婶说:"我们这样能进去?"

船工笑起来。

大婶婶说:"现在不讲究的,只要有钱,哪里都可以进去。"

船工说:"是的。"

三婶婶说:"那,要是我们交二十块钱,那种虾,那种叫什么虾的,有没有得吃。"

船工说:"你是说竹节吧,那是不可能的,在宾馆里,二十块钱大一点的恐怕只能吃到几虾呢。"

玉妹说:"我是不去什么宾馆。"

新根娘说:"我也不去。"

三婶婶说:"我们都不去,有没有便宜一点的。"

船工说:"有的,到另外一家饭店,交十块钱。"

三婶婶说:"十块钱我们也不吃。"

船工说:"那样你们也可以自己到外面吃,反正我们这里很随便,不勉强的,你们愿意怎么样就怎么样。只是你们到外面吃,要注意两个事情，一是时间，要早一点去找地方，现在是旅游旺季，吃饭很拥挤；还有是当心被小老板斩冲头，敲你们一笔。你们要拎拎清的。"

三婶婶说："我们知道的。"

车是直放西湖灵隐寺的，到了那边人就散开了，约定时间还在下车的地方上车。三婶婶带着玉妹、新根娘还有大婶婶等七八个人一起走。三婶婶关照大家看着一点，人太多，万一挤散了，找不到自己人就麻烦。

虽然是关照过了，但是因为人实在是很多，只走了不多远就发现新根娘不见了。三婶婶叫另外几个人坐在路边等，她和玉妹来回找了一圈，没有找到。回过来，大婶婶说："反正就是这一条路，说不定新根娘已经走上前了，先到大雄宝殿去了，我们不如上前找。"

一群人就一起往山上去，爬得气吼吼的，到了大雄宝殿，里里外外找了一圈，还是没有新根娘的影子。三婶婶就有点发慌了，不管怎么说，新根娘是她动员出来的。三婶婶还向新根作了保证的，那是叫新根放心他娘的身体，现在新根娘连人也不见了，还保证什么身体。三婶婶汗也流下来了。

三婶婶问玉妹她们："新根娘知道不知道住的地方。"

玉妹说："她怎么可能知道，她要是知道也不会这样走散了。她这个人就是有点不灵清。"

三婶婶说："那怎么办，那怎么办？"

玉妹说："都是你，一定要带她出来，我说不要叫她的。"

三婶婶张了张嘴。

大婶婶说："现在怪来怪去也没有用，慌也不要慌，想一想，新根娘是来做什么的,当然是来烧香的,要烧香自然是要到这里来的。她可能走得慢一点,我们在这里等,一定能等到的。"

玉妹说:"还是大婶婶,遇事不慌的。"

三婶婶说:"就是,我是不行的,我一遇事就要慌的,我当然是不如人家的。"

大婶婶说:"我在这里等着,你们要烧香拜佛先进去好了。"

三婶婶想这么多路来了,就是为了来敬一支香的,现在新根娘不见了,真是搅得人不安,烧香也没有心思了。她到大雄宝殿门口看看,里面简直是人山人海,菩萨前的蒲团上挤满了人。

三婶婶退了出来,不知为什么,她叹了一口气。

玉妹她们进去烧香了。三婶婶和大婶婶坐在门前的台阶上等着新根娘。眼前尽是人,三婶婶望得眼睛都发酸,发花,都看不清人了,后来她听见大婶婶说:"新根娘来了。"

三婶婶定眼一看,果然新根娘挤在一群人中间一起过来了。三婶婶连忙迎上去,生气地说:"你怎么搞的,把人急死了。"

新根娘却是一副泰然自若的样子。她看看三婶婶,说:"什么急死了,谁急死了。"

三婶婶说:"还问呢,你到哪里去了,我们找了你好半天,找不到你。"

新根娘说:"我到哪里去,我到菩萨那里去。"

三婶婶越发生气,说:"你这个人真是后悔带你出来,人家为你急,你还有心思寻开心。"

新根娘笑起来,笑得很开心。

大婶婶对三婶婶说:"好了,新根娘也来了,你进去敬香吧。"

三婶婶这才定了些心，到大雄宝殿上了香，跪下来，念南无阿弥陀佛。

刚念了一会儿三婶婶就听见有人在旁边骂人。三婶婶抬头看时，却是在骂新根娘。新根娘也是不好，正当中地坐在大雄宝殿的高门槛上，进进出出的人被她挡得不好走路，有的人也不跟老太婆一般见识，绕过去算了，但也有人不肯饶人的，就骂起人来。

新根娘被人家骂了"瘟老太婆"，好像没有听见，还是坐在门槛上不动。骂人的人更加来气，说的话也更不好听，说新根娘不是来烧香敬佛，是来作死的。

三婶婶在一边听不过去，上前说："喂，这位同志，说话不要太难听，在菩萨面前怎么好骂人。"

那人朝三婶婶看看，说："关你什么事，我又不是骂的你。"

三婶婶说："她是我们一起出来的。"

那人说："一起出来正好，你自己说说，她这算什么，贴当中坐在门槛上，又不是十三点。"

三婶婶说："你也不要骂人。"她一边就去把新根娘拉起来，说，"哎呀，你出来怎么总要惹点事情。"

新根娘也不说什么，只是看着三婶婶笑。

三婶婶本来还要再念一会儿佛的，可是看新根娘老是要惹事，也没有心思念什么佛，就坐在新根娘一边，看着她，等玉妹她们出来。

玉妹她们倒是什么也不往心上去的，过了好半天才出来，一个个眉飞色舞，如愿以偿的样子。三婶婶说："你们倒好，也不管新根娘的事情。"

玉妹说:"你自己说的,有什么事情你来负责。"

三婶婶没有话说。

这一天大家不仅到灵隐寺烧了香,还玩了西湖,下午又玩了其他几个风景点,因为有专车,方便得很,一天下来就把杭州主要的地方跑过来了。

晚上三婶婶她们就宿在船上。第二天一大早就要开船,回去和来的时候不一样,船老板也要抓紧时间,要赶在天黑之前到家。船老板他们还要拉第二天的生意,要是天黑了,拉生意就难,所以好多人怕一大早赶不过来,也都在船上过夜,坐的坐,靠的靠,说话的说话,打瞌睡的打瞌睡,别有一番情景。

三婶婶她们走了一天,这时候都很累了,只有新根娘精神特别的好,口中念念有词,听得出是在念佛。

夜里四周很安静,河里有一点轻轻地流水声,这样的环境休息是很好的,三婶婶她们一会儿就要入睡了,可是新根娘的念佛声音在夜里听起来十分的清楚,搅得大家睡不着。

三婶婶说:"新根娘,你歇歇吧,也不晓得省点力。"

新根娘说:"菩萨叫我不要歇。"

三婶婶"嘘"她一声,又去睡。

后来大家就都睡着了,也不知道新根娘后来有没有睡。

到第二天天刚亮,三婶婶醒了,看到新根娘还是那样子,嘴里还在念佛,三婶婶说:"你真有道理,一夜不睡,你不困啊。"

新根娘笑着说:"不困。"

天一亮船就动身了,一路上加大马力,速度很快。三婶婶她们夜里睡过了,现在也有了说话的精神。她们都有点兴奋,就像是出门办了一件很大的事情就要回到家一样,那种心情自然是有点激动的。

后来新根娘对三婶婶说:"我先在你肩上靠一会儿,等一会儿你累了,再换过来,你靠在我身上。"

三婶婶说:"我是不累了,夜里歇过了,谁叫你夜里不歇的。"

新根娘说:"不累最好,要是累了你就叫醒我,我让你靠。"

三婶婶说:"你歇吧,不过我们说话,会不会影响你。"

新根娘说:"你们说好了,不会的。"

三婶婶说:"那就好。"

新根娘就把头靠在三婶婶肩上睡一会儿。

果然不管三婶婶她们怎么大声说话,新根娘照睡她的。过了好一会儿,三婶婶对玉妹她们说:"你们看看,开始说是放一个头在我肩上的,现在越来越沉,整个身体靠到我身上,我怎么吃得消。"

玉妹她们都笑,说:"你是该应。"

三婶婶推推新根娘,说:"喂,你醒醒,你这样要把我压倒了,换个人靠靠吧。"

新根娘不说话。

大家说,新根娘真是累了,一夜不睡谁撑得住。

三婶婶又推新根娘,还是推不动。三婶婶回头看新根娘,三婶婶突然明白了。

新根娘死了。

三婶婶最先的感觉是心里一刺,她本是要把死了的新根娘猛地推开的,可是她好像听到一个声音在说,这没有什么。

三婶婶突然地就冷静下来,她抱住新根娘,对大家说:"新根娘死了。"

玉妹她们几个听三婶婶突然说新根娘死了，先是吓了一跳。她们回头朝新根娘看，只看到新根娘安安稳稳地靠在三婶婶身上，睡得好好的。玉妹"呸"了三婶婶一下，说："你张嘴。"

三婶婶用力把压在她身上的新根娘扶住，看着大家说："她真的死了。"

大婶婶看三婶婶很沉重的样子，一点不像寻开心，她凑过来看新根娘。玉妹她们也觉得事情不对头了，紧张起来，等大婶婶回头对大家说"新根娘去了"，玉妹和几个老太吓得叫起来。

玉妹指着三婶婶，说："你怎么还抱着，快放下来呀，叫我是吓也吓死了，我是最怕死人的。"

三婶婶其实也是最怕死人的，平时村上死了什么人，三婶婶也是不敢去看的，总是要避得远远的。可是现在死了的新根娘就在她身上，三婶婶并不觉得害怕，她自己也很奇怪。

大婶婶相帮三婶婶把新根娘放在长椅上，说："怎么会，刚才还好好的呀。"

三婶婶看着新根娘平和的脸，说："真是快。"

船工都在船头上，听这边吵吵闹闹，过来看，看到一个死人，一个个都心惊肉跳，大概从来还没有碰上过这种事情，又奔上船头去告诉了船老板。船老板听说死了人，连忙停了船，下船舱来问要不要去医院。

三婶婶探了探新根娘的鼻息。摇了摇头，说："已经去了。"

船老板说："怎么回事，是不是什么急病？"

三婶婶说："没有，没有什么病呀。"

玉妹说:"就是,刚才还好好的,和我们说话呢。"

船老板"呸"一口,说:"倒霉的,拉了你们这帮老太婆,真是倒霉。"

三婶婶说:"话不能这么说,我们又不知道她这时候会去,谁也想不到她会在船上就走了,连到家也等不及了。"

船老板也看了看新根娘,他也确认新根娘是死了,说:"你们说不要送医院的啊,到时候不要怪我不肯送医院,我担当不起的。"

三婶婶说:"怎么会。"

船继续开,老太婆们围着新根娘,胆子大的靠近一些,胆子小的离远一点。她们说起新根娘的死,一个个心有余悸。玉妹说:"叫她买橘子她不肯买,不吉利的。"

另一个老太说:"她到了灵隐寺,是不是没有烧香?"

玉妹说:"就是,人也不知到了什么地方。"

三婶婶看看她们,说:"这不管的。"

玉妹说:"那你说怎么搞的。"

三婶婶摇摇头,她不好说。在她们那里乡下有一种说法,说是人出去烧香的时候,心里有不好的念头,在回来的路上就要出事情,难道新根娘这一次去烧香真的有什么不好的心思?现在新根娘已经去了,再也不会说话,要不然三婶婶是一定要叫她起来问一问清楚的。她不相信像新根娘这样的人会有什么不好的心思,会对菩萨有什么不敬。

船老板大概想想又不放心,过了一会儿又下到船舱来,对三婶婶说:"到家怎么向她家里人交代,是你们的事情,跟我没有关系啊。"

三婶婶点点头。

船老板又说:"你们看看她身边有没有什么值钱的东西,到时候不要找不见了。"

三婶婶说:"新根娘也不会有什么值钱的东西。"

大婶婶说:"老板说得有道理,还是找一找。"

他们就在新根娘身上找了一下,除了有一个瘪瘪的钱包,里面只有两三块钱,其他是一无所有。

船老板看了,叹了一口气,说:"真是的。"

三婶婶说:"我们乡下老太婆出来都不带什么东西的,钱么,够用也就行了,多带了做什么。"

船老板说:"那也是。"

船老板走后,玉妹对三婶婶说:"新根娘她会不会知道自己要去了?"

三婶婶想了想,说:"她大概知道的,她大概在灵隐寺的时候就知道了。"

玉妹点点头,说:"是呀。"

大婶婶说:"新根娘这一世也真是可怜的。"

大家都说是。

可是三婶婶不同意,她说:"也很难说,到底谁可怜,谁不可怜,新根娘这样死法,是很安逸的。一点也不难过,至少她的死是好死,别的人像我们大家,还不知道呢。"

玉妹愣了一会儿,瞪眼看看三婶婶,说:"你怎么说这种话,触我们的霉头啊。"

三婶婶没有接玉妹的话头,她看到新根娘头上有什么脏东西,去给她拿下来，原来是一朵菜花，还是第一天出门时在地里摘了戴在头上的。这几天新根娘不知是一直没有梳头，还是梳头的时候没有舍得扔掉，三婶婶把那菜花拿下来，有一股烂糟糟的异味，玉妹也探头看了看，说："是菜花。"

三婶婶想起那一天新根娘带头摘了菜花戴的情景，——还在眼前，三婶婶不由长长地出了一口气。

她想，一个人，就是这样。

船开得很快，到这一日下昼，太阳还老高的，就到家了。船进入河湾放慢了速度，三婶婶对大家说："新根娘怎么办，我们相帮弄回去吧。"

玉妹说："你们弄，我不敢的，我胆小。"

大婶婶说："去叫新根吧。"

三婶婶说："新根不在家。他的船早几天就出发了，家里只有新根娘的亲家母在，叫她来她也弄不动的。"

大婶婶说："我们相帮是可以相帮的，但是没有东西抬，怎么弄呢？"

玉妹说："还是先回去叫几个男人家来吧。"

三婶婶说："好的。"

船靠了岸，三婶婶说："你们在这里等一等，我去叫人。"

三婶婶就跨上了岸。

坐了一天的船，腿脚都发硬，路也不大会走了，三婶婶在岸边站了一会儿，她朝前面看，眼前是一大片菜花田，三婶婶突然觉得有一种很陌生的感觉，好像她已经离开这里许多年了，一切都已经不是从前的样子。

其实，连头带尾三婶婶她们只出去了三天，现在回来，一切依旧，菜花还是那样黄。

可是新根娘却不在了。

三婶婶想，人，就是这样。